Von Gärtnern und Mördern

4. Niederrheinkrimi

von Ursula Fuchs

Ursula Fuchs

Von Gärtnern und Mördern

Niederrheinkrimi

Bibliografische Information der Deutschen Nationalbibliothek:
Die Deutsche Nationalbibliothek verzeichnet diese Publikation in der Deutschen Nationalbibliografie; detaillierte bibliografische Daten sind im Internet über
http://dnb.dnb.de abrufbar.

Titelbild: Ingrid Fuchs, © 2024
Zeichnungen: Ingrid Fuchs, © 2024

Verlag: BoD · Books on Demand GmbH, In de Tarpen 42,
22848 Norderstedt
Druck: Libri Plureos GmbH, Friedensallee 273,
22763 Hamburg

ISBN: 978-3-7597-9254-9

Der Schein, der Schein,
der leistet Großes,
verdreht das Sein
und meint Famoses.

Die Bilder sind wieder ganz toll geworden.
Danke, Mama.

Wichtige Personen

ANDREA JANSEN
aus Frankfurt am Main. Sie will Jura studieren.
Ein vorbereitendes Praktikum macht sie bei Hofmeister in Niederheid am Niederrhein.

POLIZEIOBERKOMMISSAR NICK WILMS
bleibt Polizeioberkommissar, weil er in Niederheid
blieben will. Er ist Andreas bester Freund.

FERDINAND UND YASMIN HOFMEISTER
Schlichter und Notar, bei dem Andrea ihr Praktikum macht. Yasmin engagiert sich stark in der
Gemeinde. Beide sind anerkannt und geachtet.

MARION GUSTAFS
Polizeikommissarin und Freundin von Andrea.

JENNIFER TREILERT
Kriminalhauptkommissarin des LKA. Sie ist zuständig, wenn es in Niederheid einen Mord gibt.

PIA SINDWER
Ärztin und Gerichtsmedizinerin.

ANNA REI
Andreas beste Freundin. BKA-Beamtin.

SAMIRA
eine Tigerkatze, die zu Andreas Leben gehört.

JO UND EVA-MARIA PETERS
ein junges Ehepaar mit modernen Bauernhof.
Freunde von Andrea, Jo ist Nicks bester Freund.

EHEPAAR LEUTER
weiß Alles über Jeden. Sie wollen einen Freund
für Andrea finden.

HOLGER BOREJAANS, JAN BRECHTSOHN, ARMIN THEMEN UND MALTE LOHDEN
sind Freunde von Nick und Jo. Holger und Malte
sind Bauern, Jan ist Hufschmied, Armin der protestantische Pastor.

PAUL FRIEDRICHS
Pflanzenexperte aus Andreas Nachbarschaft.

LIESCHEN
eine esoterische Frau, die Andrea unverhofft ins
Herz geschlossen hat.

LISA WILMS
Nicks Oma (Oma Lissi).

LADY EDNA WILLSFRESH, ELEONORE ELIASSON, LILI JARNSWITCH
60-70-jährige, reiche Damen, die in Deutschland
stationierte, englische Soldaten geheiratet haben.
Deshalb werden sie „Lady" genannt. Sie nehmen
am Wettbewerb um den schönsten Garten teil.

DENIS KUPFERMARK
ein junger Mann, der eine Affäre mit Lady Eleonore hat. Er arbeitet als Gärtner.

BRUNO VELTEN
ein Bauer. Er hat Land von Lady Willsfresh gepachtet.

1 – 2 Vorbemerkungen

In diesem Krimi geht es das ein oder andere Mal um Pflanzenschutzmittel. Ich habe den Text vor zehn Jahren geschrieben. Die Pflanzenschutzbestimmungen, die Zulassungssituation und das Pflanzenschutzmittelangebot ändern sich laufend. Das heißt, das was vor zehn Jahren aktuell war, ist heute völlig überholt.

Ich habe den Text nicht angepasst. Zum einen ging das nicht, weil ich dann die Geschichte teilweise hätte neu schreiben müssen (und heute – glaube ich – die „passenden" Mittel gar nicht mehr existieren), zum anderen habe ich seit Jahren nichts mehr mit professionellem Pflanzenschutz zu tun und hätte mich erst wieder umfassend einlesen müssen.

Das zweite, das ich anmerken möchte ist: heutzutage wird oft und schnell über Diskriminierung nachgedacht. In diesem und auch den folgenden Krimis ist der protestantische Pastor oft Ziel von Spott und „nicht freundlichen" Kommentaren.

Das spiegelt <u>nicht</u> meine Meinung wieder! (Und im Grunde auch nicht die Meinung der Großmäuler, die sich in diesem Buch entsprechend äußern!)

Kapitel eins

Andrea genoss die frische, würzige Frühlingsluft. Sie hatte das Fenster von Nicks Geländewagen
weit geöffnet und hielt die Nase in den Fahrtwind.
Weil es aber recht kühl war, trug sie ihren Winter-
mantel bis oben geschlossen. Nick beobachtete sie
amüsiert aus den Augenwinkeln. Außer ihr kannte
er nur Frauen, die Kälte verabscheuten. Andrea tat
das eigentlich auch, aber für den Geruch der Frühlingsluft nahm sie die Kälte in Kauf.

„Riecht das hier immer so im Frühling?" wollte
sie wissen. Sie sah ihn an und schloss das Fenster.

„Mmh."

„Wenn ich das gewusst hätte, wäre ich schon
vor fünf Jahren hierhergekommen."

Nick sah sie überrascht an: „Und du wärst hier
geblieben?" fragte er skeptisch.

Sie zuckte mit den Schultern: „Warum nicht?"

Er schwieg verwirrt. Sie hatte schon oft erzählt,
wie gut ihr die Gemeinde Niederheid am Niederrhein gefiel. Aber sie hatte noch nie erwähnt, dass
sie länger bleiben wollte als das eine Jahr, in dem
sie ihr Praktikum beim Notar Hofmeister machte.

„Willst du nicht mehr zurück nach Frankfurt?"

Sie überlegte und meinte schließlich: „Doch. Aber hier ist es auch schön!"

Nick grinste: „,Auch'? Was ist denn an Frankfurt schön? Asphalt, Beton und Straßenschilder?"

Sie lachte: „Nein. Aber es gibt auch schöne Ecken. Außerdem leben meine Freunde und meine Familie da. Und es ist viel mehr los als hier."

„Ich dachte, dir gefällt es, dass es hier so ruhig ist. Zumindest erzählst du das immer, wenn wir uns beschweren, weil nichts los ist."

„Es ist beides schön. Hier gibt's Natur und Ruhe, da gibt's Partys und Kultur."

Nick grinste: „Partys gibt's hier auch, nur Kultur nicht." Er bog auf die Zufahrt zu Eva-Maria und Jo Peters´ Bauernhof ab. Sie waren zum Mittagessen eingeladen. Die letzten Vorbereitungen für Jos Geburtstagsfeier am Wochenende sollten besprochen werden. Jo wurde dreißig Jahre alt.

„Warum stellst du dein Auto eigentlich immer genau zwischen die beiden Schlepper?" fragte Andrea.

„Warum nicht?"

„Hast du keine Angst, dass Jo da mal kurz drüber fährt, weil er den übersieht, wenn er schnell aufs Feld muss?"

Nick lachte. Sein bester Freund war wie alle Landwirte: wenn das Wetter es zuließ, waren sie mit ihren Schleppern auf den Feldern. Und wenn der Regen nachließ, konnten sie nicht schnell genug dort sein. „Der weiß, wieviel der Wagen kostet und dass er bezahlen muss, wenn er den beschädigt."

„Und daran denkt der, wenn er pflügen, säen oder sowas machen kann?"

Nick zuckte mit den Schultern: „Wenn nicht, bekomme ich ein neues Auto."

Andrea lachte: „Das ist gut! Das versuche ich ab jetzt auch! Ich glaube, mein Auto hält nicht mehr lange."

Nick grinste nur.

„Fabian hat gestern angerufen", fiel Andrea ein, als sie über den Hof zur Küchentür gingen.

Nick war überrascht: „Warum das denn?"

„Er hat gefragt, wohin er meine Sachen bringen soll, die noch in seiner Wohnung waren", erklärte Andrea. Sie zeigte nicht, was sie davon hielt und erwiderte Nicks Blick nicht.

Nick wusste mittlerweile, was das bedeutete. „Dafür ruft der an? Und vorher schafft er es nicht anzurufen, um zu fragen, wie es dir geht?" regte er sich auf.

„Mmh", machte Andrea.

„Tut mir leid, Andrea. Das ist nicht fair", murmelte er.

Sie nickte.

„Versuch, ihn zu vergessen. Der hat dich nicht verdient. – Kopf hoch", fügte er an, als sie nicht reagierte, und drückte sie kurz.

Sie lächelte leicht zu ihm auf: „Danke. Ich versteh´s nur einfach nicht: was ist passiert?"

Nick kannte Fabian nur als jemanden, der seine Freundin vernachlässigte. Da Andrea aber lange mit ihm zusammen gewesen war, musste es mal anders gewesen sein. Aber das konnte Nick nicht beurteilen.

Andrea sah ihn an: „Du bist ein Mann: kannst du mir das erklären? Bin ich zu weit weg? Als ich in Frankfurt war, war alles in Ordnung...“

„Aber ich bin nicht Fabian“, brummte Nick dazwischen.

Sie sah ihn erstaunt an, dann lächelte sie: „Stimmt!“ Sie legte ihren Arm um seine Taille. Das tat sie manchmal, seitdem sie mit Fabian Schluss gemacht hatte. „Du bist aufmerksamer und für deine Freunde da, wenn sie dich brauchen.“

Er legte seinen Arm um ihre Schultern: „Ich hoffe doch, dass ich ‚aufmerksamer‘ bin! Fabian war überhaupt nicht ‚aufmerksam‘, als er hier war.“ Sie waren vor der Türe stehengeblieben.

„Das war mal anders“, murmelte sie.

Nick hob ihr Gesicht so, dass sie ihn ansehen musste: „Glaube ich dir. Aber ich habe ihn so nicht kennengelernt und ich bin froh, dass du den arroganten, selbstverliebten und ignoranten Kerl los bist.“

Erst war Andrea sprachlos. So hatte ihr bester Freund ihr noch nicht gesagt, was er von Fabian hielt. „Das denkst du von ihm?“

Er nickte: „So habe ich ihn kennengelernt.“

Andrea schwieg. „Ich kenne ihn auch anders", murmelte sie nach einer Weile.

„Das hoffe ich. Sonst wäre es erschreckend, dass du so lange mit ihm zusammen warst."

Andrea seufzte: „Lass uns bitte das Thema wechseln: das macht mich irgendwie traurig. – Ich bin froh, dass du mein Freund bist: du kannst gut zuhören."

Nick lächelte und klopfte an Peters Küchentür. Doch bevor er öffnen konnte, tat Jo es von innen: „Ich dachte, ihr klopft gar nicht mehr", murrte der rothaarige Hüne. Er trug seinen Sohn auf dem Arm, der Andreas Lächeln erwiderte, als er sie sah.

„Sie macht mich verrückt", erklärte Jo.

Nick grinste: „Deshalb hast du sie doch geheiratet, oder nicht?"

„Nee. Ich wollte, dass Joschi geboren wird und er auch Geschwister bekommt..."

„Der ist von mir, hat sie dir das immer noch nicht gesagt", meinte Nick und nahm Jo den Jungen ab.

Jo grinste: „Soll das heißen, ich hätte dich heiraten müssen?" Nick lachte nur und wandte sich dem Baby zu.

„Wo ist Eva denn?" wollte Andrea wissen, als sie am Küchentisch saßen.

„Überall gleichzeitig", knurrte Jo. „Ich weiß nicht, ob sie den Papst eingeladen hat, aber sie tut so."

Nick sah auf. Er hatte Jos kleinen Sohn gekitzelt, der vergnügt krähte und nach Nicks Fingern griff. „Der Papst kommt? Dann kann ich also doch nicht in Jeans und Hemd kommen?"

Jo warf ihm einen finsteren Blick zu.

Nick lachte: „Stell dich nicht so an. Sie ist so! Und das weißt du. Du bist das nur nicht mehr gewöhnt, weil du während ihrer Schwangerschaft einen Grund hattest, sie ganz kurz zu halten."

Jo nickte: „Stimmt."

„Wann kommt das nächste Kind?"

Jo grinste: „Damit ich ihr wieder verbieten kann, so hektisch zu sein? Ist noch ein bisschen früh, oder? Joschi ist erst vier Monate alt."

Nick grinste: „Ich denke nur an deine Nerven."

„Soll ich sie mal holen?" fragte Andrea dazwischen.

„Nee", brummte Jo. Er setzte Kaffee auf: „Sie bügelt und telefoniert. Und schreibt auf, was wir noch alles vergessen haben."

Andrea sah Jo erstaunt an. Sie sagte lieber nichts.

„Ich glaube, sie würde noch nebenbei Kuchen backen, wenn das ginge", brummte Jo.

Andrea lachte: „Und warum sind wir hier? Sie scheint doch alles im Griff zu haben?" Dafür erntete sie einen genervten Blick von Jo.

„Wenn sie die Planung nicht wieder umgeworfen hat, wollten wir dich fragen, ob du den Streuselkuchen von Oma Lissi mitbringen kannst?" wandte Jo sich an Nick.

Der nickte: „Klar, kann ich machen. Ich muss sie sowieso mal besuchen, dann frage ich sie nach dem Rezept."

Andrea sah die beiden großen Männer verwirrt an: „Wessen Oma ist das?"

„Meine", erklärte Nick.

„Aber mich mag sie lieber", feixte Jo.

„Von wegen!" grinste Nick. „Wir sind beide eigentlich mit acht Großeltern aufgewachsen", erklärte er.

Nick grinste breit, als er wieder mit Andrea im Auto saß: „Ich habe nie verstanden, wie er es schafft, Eva zu bändigen, aber im Moment tut er mir sogar leid."

Andrea kicherte: „Es hat ihn doch niemand gezwungen, sie zu heiraten, oder?"

„Doch. Sie hat Land. 100-150 Morgen. Da wird jeder Bauer schwach. Und ich fürchte, er war verliebt."

Andrea lachte: „Das ist er noch! Wieviel ist ein Morgen?"

„2.500 Quadratmeter."

„Also ein Viertel Hektar?" Sie hatte noch nie mit Flächenmaßen größer als Quadratmetern zu tun gehabt, bevor sie in die ländliche Gemeinde gekommen war. Jo gab ihr bei jeder Gelegenheit Nachhilfe in allen Bereichen der Landwirtschaft – sehr zu Nicks Belustigung, der immer froh war, dass er vom ‚Unterricht' verschont blieb.

„Mmh", bestätigte Nick.

„Also 25-35 Hektar. Ist das viel?"

„Mmh. Wäre sie hässlich und dumm, sie hätte trotzdem mehrere Ehemänner zur Auswahl gehabt." Er grinste breit: „Für manche Bauern hätte sie wahrscheinlich auch eine ansteckende Krankheit haben können."

Andrea kicherte, dann sah sie Nick tadelnd an.

Er schmunzelte: „Du hast gefragt!"

„Darf ich Eva das sagen?"

„Die weiß das. Und das nutzt sie auch als Druckmittel gegen Jo."

„Ehrlich? Wie? Warum?"

„Hast du noch nie gehört, wie sie ihm vorwirft, er hätte sie nur wegen ihres Geldes geheiratet?"

„Doch... ach so: viel Land oder viel Geld bedeuten Reichtum."

„Mmh."

„Und... hat... hat Jo sie..."

„Nein. Der hätte selbst genug Land gehabt, um eine Familie zu ernähren. Der war völlig verrückt nach ihr. Seit dem Kindergarten schon. Ihr Erbteil Land war für ihn nur eine nette Zugabe. Und umgekehrt auch. – Hast du was dagegen, wenn wir eben bei meiner Oma vorbei fahren? Das liegt fast auf dem Weg."

„Nichts dagegen", meinte Andrea. Sie kannte fast niemanden aus Nicks Familie.

Nick hielt wenig später am Straßenrand vor einem Fachwerkhäuschen. Sie waren in Heidberg, einem kleinen Nachbarort von Niederheid. Andrea verliebte sich sofort in das kleine Hexenhäuschen mit dem vor Blumen überquellenden Garten. Sie konnte ihre Augen gar nicht mehr von der bunten Pracht wenden.

Der Polizist kam um das Auto herum und blieb neben ihr stehen: „Du sagst ja gar nichts." Der Hüne grinste insgeheim. Es war selten, dass etwas Andrea die Sprache verschlug. Sie redete nicht so viel wie zum Beispiel Eva, aber dass sie gar nichts sagte, war trotzdem selten.

„Ich..." Sie seufzte: „Irgendwann habe ich auch so einen Garten! Ganz sicher!"

„In Frankfurt? Da musst du aber erst den Beton aufstemmen", feixte Nick.

Sie bedachte ihn mit einem finsteren Blick: „Du warst noch nie in Frankfurt. Da, wo Mama wohnt, ist es schön und grün..."

„Haben die den Beton grün angestrichen?"

Andrea lachte auf. „Blödmann", kicherte sie und boxte ihn in den Bauch. „Vielleicht ziehe ich ja nach Ostbayern!?"

„Warum das denn?"

„Damit ich möglichst weit von dir weg wohne und du mich nicht mehr ärgerst."

Nick lachte: „Nix dagegen. Dann werde ich nicht dauernd verprügelt."

„Verdient hast du's. Wo wohnt jetzt deine Oma?"

„Hier", er wies auf den blumenüberwucherten Garten und das herrliche kleine Häuschen mit dem dunklen Fachwerk.

„Ehrlich? Dann ziehe ich zu deiner Oma", entschloss sich Andrea. Bewundernd folgte sie Nick über den gepflasterten Weg zum Haus. Der Weg führte durch ein kleines Stück ordentlichen Rasen, der von Blumenbeeten umsäumt wurde. Große, farbenprächtige Iris wechselten sich mit bunten Rhododendren und Azaleen ab. Eine Magnolie zeigte einige späte rote Blüten und mehrere Kamelien reckten die letzten ihrer perfekt-symmetrischen Blüten in die Sonne. Hornveilchen durchbrachen hier und da den blauen Blütenteppich der Vergissmeinnicht, Pfingstrosen zeigten ihre ersten kugelrunden Blütenknospen. Insgesamt sah Andrea mehr Pflanzen, als sie benennen konnte. An einer Stelle wuchsen blau und violett blühende Stauden, dazwischen Akelei. An einer anderen Stelle sah sie Maiglöckchenblätter und ihre knospigen Ähren. Die Clematis am Zaun zum Nachbarn öffneten ihre ersten Blüten.

„Andrea!" Nicks kräftige Hand riss sie aus dem Staunen.

Verwirrt sah sie ihn an: warum tat er ihr weh?

Er grinste leicht: „Tschuldigung. Ich hab keine Lust, dich aus dem Brunnen zu fischen."

Überrascht sah Andrea den alten Brunnen, gegen den sie fast gestoßen wäre. „Ist..."

Nick schob sie auf den Weg zurück und ließ sie vorgehen. Er schob sie fast.

„Ist der Brunnen... echt?"

„Mmh. Ist zusammen mit dem Haus gebaut worden."

Sie ging ein paar Schritte, dann drehte sie sich so abrupt um, dass Nick gegen sie stieß.

„Ey. Was denn jetzt?"

„Erbst du das Haus mal?"

Erst belustigt, dann laut lachend sah er sie an: „Heiratest du mich dann?"

„Ja, klar!"

Kichernd legte Nick einen Arm um ihre Schultern und zog sie sanft weiter: „Oma hat drei Kinder und elf Enkel. Ich fürchte, da bleibt nicht viel. – Du musst dir einen anderen Grund suchen, um mich zu heiraten", riet er.

Andrea lachte auf: „Ich überlege mal: vielleicht finde ich ja einen. Aber... nachdem, was ich bisher in der Gemeinde gehört habe, haben viele einen Grund, dich zu heiraten. Nur du hast noch keinen Grund gefunden, eine von denen zu heiraten."

Nick grinste: „Stimmt. Und ich glaube nicht, dass ich noch einen finde..."

„Ist da wirklich keine, mit der du dir vorstellen kannst, eine Familie zu gründen?" Sie war stehengeblieben und sah zu ihm auf. Er war etwa anderthalb Köpfe größer als sie.

Nick zögerte: eine gab es...

„Ich meine: du kennst die ganze Gemeinde und die Nachbargemeinden: irgendwo muss doch eine Frau für dich wohnen?"

„Bestimmt", erklärte er nach kurzem Zögern. „Aber die will mich dann wahrscheinlich nicht."

Andrea sah ihn prüfend an: warum hatte er gezögert? Und warum dachte er, die Frau wollte ihn nicht? „Was meinst du damit? Ich dachte... Ich dachte, du kriegst alle Frauen, die du willst?"

Nick seufzte: „Und noch viel mehr..."

„Ja, klar", lachte Andrea. „Jo hat mir schon erzählt, wie bedauernswert du bist, weil du dich nicht gegen deine Verehrerinnen wehren kannst."

Nick sah sie irritiert an. Es passte nicht zu seinem besten Freund, dass er jemandem so was erzählte. Selbst Andrea würde er das nicht erzählen. Jo wusste, wie gern Nick die hübsche, intelligente und lebensfrohe Blondine hatte.

„Er wollte mich glauben lassen, dass du mit weniger Frauen... du weißt schon... wenn die Frauen dir eine Wahl ließen", erklärte Andrea grinsend. „Na ja, er hatte die Nacht durchgefeiert, ich glaube mit dir, Jan, Holger und so, und er war noch ziemlich blau. Ich fand es süß: ich glaube, er hat gedacht, er müsste dich verteidigen."

„Und? Muss er?"

„Du bist mein Freund! Deine Frauengeschichten interessieren mich nicht. Hauptsache, dir geht's gut, du bleibst ehrlich und findest irgendwann eine Frau, mit der du alt werden willst... Obwohl: wenn du mit fünf Frauen alt werden willst – und das nervlich schaffst – soll mir das auch Recht sein."

Nick lachte auf. Er drückte Andrea kurz an sich: „Danke, aber eine reicht vollkommen!"

„Vielleicht gibt es ‚die Richtige' gar nicht? Vielleicht bist du zu romantisch?"

„*Zu romantisch*", wiederholte er sehr amüsiert. „Das hat mir noch niemand gesagt." Er drückte auf den Klingelknopf neben der Haustüre.

„Vielleicht wollten die Frauen nie eine Beziehung, weil du sie mit deinem Bedürfnis nach Romantik erdrückt hast?"

„Biest!" lachte Nick. „Es lag nicht an den Frauen, dass es keine Beziehung gab! – Hallo Oma."

Andrea hatte das Gefühl, noch nie besseren Tee getrunken zu haben, als den bei Nicks Oma auf der sonnenüberfluteten Terrasse unter blühendem Blauregen. Die Bienen summten von einer Blüte zur nächsten, ein weißer, zotteliger Hund lag zu ihren Füßen und wärmte sie und der Duft von Tausend Blumen erfüllte die Luft. Nick sprach mit seiner Oma über Familienangelegenheiten. Andrea hörte nur mit halbem Ohr zu. Sie kannte die meisten Namen nicht und konnte kaum folgen. Oma Lissi war klein, etwas rundlich und fröhlich. Sie hatte Nick zur Begrüßung liebevoll in die Arme geschlossen und kichernd protestiert, als ihr Enkel sie hochgehoben hatte. Aber sie war stolz darauf, dass er so groß und stark war, das hatte Andrea ihr angesehen. Andrea war freundlich und etwas neugierig begrüßt worden.

Nach einer Weile bemerkte Andrea aus den Augenwinkeln, wie Nick seine Oma mit einem Kopfnicken auf sie aufmerksam machte. Anschließend fragte er: „Ist alles in Ordnung, Andrea? Entschuldige, dass wir nur über…"

„Kein Problem!" unterbrach sie ihn strahlend. „Der Garten ist so schön! Ich… ich bin froh, dass ich nicht mitreden musste", erklärte sie etwas verlegen.

Nick lachte.

Sie wusste, dass er über sie lachte, aber das störte sie nicht. Er lachte sie nicht aus.

Seine Oma sah Andrea prüfend an: „Meinen Sie das Ernst?"

„Ja, klar! Warum denn nicht?"

„Nein, nein! So war das nicht gemeint! Sie sind die neue Schlichterin, oder?"

„Ja, na ja, ich arbeite als Praktikantin bei Hofmeister. Ich bin nicht…"

„Aber Sie schlichten schon viele Streits. Ferdinand hält große Stücke auf Sie und erzählt immer wieder, wie froh er ist, dass Sie ihn unterstützen. Ich wusste nicht, dass solche Gesetzesverfechter auch schöne Sachen sehen."

Erst stutzte Andrea, dann lachte sie auf. „Von Ihnen hat er das!" Sie deutete auf Nick: „Das stimmt nicht! Ich... Außerdem ist Nick auch ein ‚Gesetzesverfechter'. Sogar noch mehr als ich!"

Oma Lissi grinste: „Da haben Sie Recht. Aber kein gutes Beispiel: er hat kein Auge für schöne Blumen."

„Hab ich wohl. Ich muss nur nicht darüber reden", meinte Nick.

Seine Oma winkte ab: „Das kann jeder behaupten. Aber ganz stimmt es nicht, was ich gesagt habe. Er hat schon eine Auge für Schönes: er wurde seit seiner Jugend immer nur mit den schönsten Mädchen gesehen."

Nick verdrehte die Augen.

Andrea lachte: „Und er hat eine Schwäche für schönes, kühles Bier."

Jetzt lachte Oma Lissi auf. Sie nickte: „Stimmt! Männerfreuden halt."

Eine Weile redeten die beiden Frauen über den Garten. Andrea fragte viel und Oma Lissi antwortete freudig und ausführlich. Nick beobachtete die beiden Frauen, die sich miteinander unterhielten, als würden sie sich schon seit Jahren kennen. Nur das ‚Sie' erinnerte immer wieder daran, dass sie sich eigentlich fremd waren. Als Andrea nach einem Gemüsegarten fragte, stand Oma Lissi auf:

„Kommen Sie, wir gehen hin." Andrea war Feuer und Flamme.

„Was habe ich getan?" fragte Nick, als seine Oma sich wieder zu ihm auf die Terrasse setzte. Andrea bewunderte noch die Blumenbeete. „So hast du immer geguckt, wenn ich was angestellt hatte."

Oma Lissi lachte: „Gar nichts, Nicki, gar nichts! Ich frage mich nur... Warum hast du sie mitgebracht?"

„Wir waren bei Jo zum Essen eingeladen. Der feiert Samstag seinen Geburtstag und wollte gerne deinen Kuchen haben. Ich hab das Rezept nicht und es ist nur ein kleiner Umweg, hier vorbeizukommen."

Die ältere Frau nickte. „Wird sie die Mutter meiner Urenkel?"

Nick sah sie verblüfft an. Er schwieg, weil ihm keine Antwort einfiel.

„Deine Geschwister habe ich das zu oft gefragt, dich noch nie. Einmal darf ich fragen!" verteidigte sie sich.

Er nickte langsam: „Ich weiß es nicht... Wenn sie mich will, ja."

Seine Oma musterte ihn prüfend. Sie kannte jeden ihrer Enkel gut und Nick war ihr einer der liebsten, weil er immer ehrlich war, auch wenn es für ihn Ärger bedeutete. Schon als Kind hatte er ihr ihre Fragen ehrlich beantwortet, was nicht bedeutete, dass er ihr alles gesagt hatte. Er hatte einfach nur die Fragen beantwortet. Als er älter wurde, hatten sie daraus eine Art Wettbewerb gemacht: wenn sie die richtigen Fragen stellte, erzählte er ihr alles, wenn sie dumme Fragen stellte, erfuhr sie nichts. Drei Fragen hatte sie stellen dürfen. Und meistens hatte sie genau die richtigen Fragen gestellt.

„Was bedeutet das?"

„Ich weiß es nicht." Nick zuckte mit den Schultern: „Ich weiß nicht, ob sie… mich lieben kann. Im Moment denkt sie noch sehr oft an ihren Exfreund."

„Aber du liebst sie?"

Der große Mann nickte: „Ja. – Aber sie weiß das nicht. Ich will sie nicht… Sie soll erst mit ihrem Exfreund abschließen."

Seine Oma nickte: „Gut. Das ist sicher wichtig. Ich werde meinen Mund halten. Versprochen!" Sie strahlte Nick an: „Ich freue mich für dich, Nicki! Sie ist eine tolle Frau! Ich drücke dir alle Daumen!"

Nick schüttelte den Kopf: „In vier Monaten ist ihr Praktikum zu Ende und dann geht sie nach Frankfurt zurück. Jura studieren und in die Kanzlei ihres Vaters einsteigen."

„Die Zukunft ist noch nicht geschrieben, Nick. Warte ab, was kommt und lebe jetzt. Hör auf eine alte Frau."

„Du bist nicht alt!"

„Doch! Und das ist auch richtig so: ich habe er-erwachsene Enkel!"

„Andrea, wollen Sie vielleicht gleich mitkommen zum Komitee für den Wettbewerb um den schöns-ten Garten? Ich glaube, daran hätten Sie viel Spaß: Lady Willsfresh hat einen wunderschönen Garten, den Sie sich angucken könnten."

Andrea sah die kleine Frau, die jünger aussah, als sie sein musste, überrascht an. Nicks Oma hatte weißes Haar mit schwarzen Strähnen an den Schläfen und grüne Augen. Sie lachte gerne und hörte aufmerksam zu, wenn jemand etwas sagte. Sie schien immer ein bisschen besser zu verstehen, was gesagt wurde, als sie zugab.

Sie erklärte: „Normalerweise gehe ich mit mei-ner Mitbewohnerin dahin, aber die besucht ihren Sohn in England. Sie können gerne mitkommen, sich alles angucken, mitessen und -trinken und dann fahren wir wieder. Lady Willsfresh wird nichts dagegen haben und ich bin froh, wenn ich angenehme und bodenständige Begleitung habe."

Perplex sah Andrea von Oma Lissi zu Nick. Der nickte ermutigend.

„Äh... Danke... Ich... Ist das nicht etwas selt-sam? Wir kennen uns kaum und... ich kenne da auch niemanden... Ich... Warum nehmen Sie nicht Nick mit?"

„Sie sind genau die Richtige dafür: Sie haben Spaß an Gärten und gute Umgangsformen..."

Nick tat, als habe er sich verschluckt. Er erntete einen amüsierten aber finsteren Blick von Andrea.

Seine Oma ließ sich nicht unterbrechen: „Und Nick kann ich nicht mitnehmen: die Ladies sind ganz verrückt nach jungen Männern. Die würden ihre Gastgeberpflichten vergessen und ihn verführen. Und ich kann es meinem Sohn und meiner Schwiegertochter kaum erklären, wenn ihr Sohn von einer einundsechzigjährigen, englischen Lady vernascht werden würde."

„Da habe ich noch mitzureden", brummte Nick.

Aber seine Oma widersprach: „Das haben schon viele gedacht. Bisher bin ich noch jedem gutaussehenden, jungen Mann, der mal da zu Besuch war, viel zu früh morgens im Haus einer der Ladies begegnet."

„Das meinen Sie nicht ernst?" fragte Andrea atemlos.

„Doch. Also... es sind jetzt nicht so viele, wie es sich anhört. Aber eine Hand reicht schon nicht mehr, um die jungen Männer aufzuzählen – wenn man Lady Willsfreshs und Lady Eleonores Affären zusammen zählt. – Keine Angst, Andrea, junge Frauen haben das Problem nicht."

„Ich komme gerne mit", freute sich Andrea. Sie grinste Nick an: „Sei nicht traurig: du wärst eh nicht glücklich geworden – bei so wenig Romantik." Sie freute sich diebisch über Nicks strafenden Blick und Oma Lissis neugierigen Nachfragen.

Pünktlich um sechs Uhr stiegen Andrea und Nicks Oma aus dem Kleinwagen der älteren Frau. Andrea sah staunend die Fassade der Villa von Lady Willsfresh hinauf. Das weiße, viktorianische Haus beeindruckte durch Großzügigkeit, Eleganz und imposante Rosenbeete drum herum. Eine breite Treppe führte in eine große Eingangshalle, die mit dicken Teppichen ausgelegt worden war. Von dort führten Türen und Treppen in andere Teile des Hauses. Gegenüber der Eingangstür sah

Andrea durch eine deckenhohe Glasfront über eine breite Terrasse in den Garten. Staunend folgte sie Nicks Oma. Sie war froh, dass Oma Lissi darauf bestanden hatte, dass Andrea sich bei ihr unterhakte. Sie hätte sonst den Anschluss verpasst und alles Mögliche in der großen, hellen Empfangshalle umgelaufen. Alle Gäste, die Andrea sah, waren in schwarz gekleidet, wie sie selbst auch. Oma Lissi war eingefallen, dass es neben dem Treffen des ‚Komitees zur Wahl des schönsten großen Gartens' noch einen weiteren Grund für das Treffen gab: die Beerdigung eines Dackels. Andrea hatte gelacht, als Lissi davon berichtete. Doch Oma Lissi hatte sie gewarnt, das nicht zu tun, wenn das trauernde Frauchen dabei wäre. Beileidsbekundungen würden erwartet, hatte Andrea erfahren.

Zielstrebig zog Lissi Andrea auf die Terrasse. Unterwegs grüßte sie einige der Diener und bat sie um Wasser und Apfelschorle. „Setzen wir uns hierher", meinte Oma Lissi und deutete auf einen Tisch am steinernen Geländer der Terrasse.

Von ihrem Sitzplatz aus konnte Andrea den parkähnlichen Garten teilweise übersehen. Große Rhododendron-Büsche blühten überreich und bunt, der Rasen war englisch-perfekt, jedes der Beete mit Buchsbaumhecken eingefasst. Frisch grüne und auch noch nicht ausgetriebene Sträucher versprachen eine andauernde Blütenfülle über das ganze Jahr hinweg. Andrea konnte gar nicht genug sehen. Oma Lissi wechselte mit jedem der anderen Gäste einige Worte und stellte ihnen Andrea vor. Die begrüßte die neuen Bekannten jedes Mal freundlich, schaffte es aber nicht, ihre Augen lange von dem wunderbaren Garten abzuwenden. Erst als sich eine elegante, etwa sechzigjährige Dame mit teurem Kleid und wertvollem Schmuck zu ihnen setzte, erwachte Andreas Neugier für die Menschen in ihrer Umgebung. Lissi stellte die Frau als Lady Eleonore vor.

Die Lady war groß und schlank, hatte braune Augen und dichtes, dunkles Haar. Sie sprach mit aufgesetztem englischem Akzent, wenn sie deutsch sprach: „Nice! Nice to see such a young face in unseren Reihen. Kommen Sie jetzt öfter?"

Andrea stolperte dem Sprachwechsel etwas hinterher, dann lächelte sie freundlich: „Nein, ich bin nur als Vertretung für... für... für Frau Wilms' Freundin hier." Sie hoffte, dass ‚Wilms' Oma Lissis Nachname war. Ihr war nicht aufgefallen, dass sie ihren Nachnamen nicht kannte.

„Ach, my dear, kommen Sie ruhig öfter! You are very welcome! Sie sind mein Gast, my personal guest! Excuse me", sie stand auf, drückte kurz Andreas und Oma Lissis Hand und rauschte davon. Fasziniert sah Andrea ihr nach. Die Frau hatte sie beeindruckt, wodurch genau, vermochte sie nicht zu sagen.

„Jetzt kennen Sie die exzentrischste und egozentrischste der Ladies", erklärte Lissi pragmatisch. „Sie hat Charisma, jede Menge, und sie kann alle mitreißen, wenn sie von etwas begeistert ist. Aber sie kann auch vernichtend urteilen, wenn ihr etwas nicht in den Kram passt. Sie hat eine scharfe Zunge und einen unbeugsamen Willen, weshalb die meisten Angst vor ihr haben. Und… ich halte es auch für besser, ihr nicht zu widersprechen. Das kann sie fuchsteufelswild machen. Und wundern Sie sich nicht, dass Sie ihr ‚persönlicher Gast' sind, obwohl das Anwesen Willsfresh gehört: die Lady macht da keinen Unterschied."

Andrea sah die freundliche Frau überrascht an, konnte aber nicht antworten.

„Und nennen Sie mich doch bitte ‚Lissi'. ‚Frau Wilms' klingt so… so vornehm. Oder ‚Lisa', wenn Ihnen das lieber ist."

Andrea nickte: „Ja, gerne. Ich wusste nur nicht…"

„Eliza, come, der Tisch ist besser. Come here and bring your lovely friend here", rief Lady Eleonore über mehrere Tische hinweg. Sie folgten der Aufforderung. Bedauernd stellte Andrea fest, dass sie nun nicht mehr am Geländer saßen und sie nicht mehr direkt in den Garten gucken konnten. Sie saß nun an der Hauswand, neben Lisa, Lady Eleonore gegenüber.

„Wo gucken Sie hin, all the time? I'm here", bemerkte Lady Eleonore plötzlich spitz.

Andrea sah sie überrascht an. Ertappt kicherte sie: „Entschuldigung. Aber der Garten ist so schön.

Ich kann mich einfach nicht von dem Anblick losreißen."

Sie erntete einen missbilligenden Blick und erfuhr: „Lady Willsfreshs Garten ist tatsächlich sehr schön, isn`t it, Eliza? Fourteen times she won the price für den schönsten Garten. Aber wir wollen mal sehen, ob nicht dieses Jahr ich gewinne. This year wird sogar Herr Friedrich von meinem Garten überzeugt sein... Oh, my dear! Oh, you are looking wonderfully, my poor sweety". Lady Eleonore rauschte zwischen den Tischen hindurch zu einer rundlichen Frau mit großer Sonnenbrille und wirrer Frisur. Sie nahm sie in die Arme.

„Das ist Lady Willsfresh", erklärte Lisa leise. „Ihr Dackel ist gestorben. Den beerdigen wir gleich vor dem Komitee-Treffen."

„Aber große Konkurrentinnen sind die nicht, oder?"

„Öffentlich nicht, nein. Aber hinten rum will Lady Eleonore unbedingt den Titel ‚schönster Garten' haben. Es wurmt sie unglaublich, dass sie nicht gewinnt. Ihr Mann hat den Garten so gut in Ordnung gehalten, dass er vierzehn Mal hintereinander den ersten Platz gemacht hat. Dann hat sie angefangen, ihren Mann auf Reisen zu schicken, um freie Hand für ihre Liebhaber zu haben. Seitdem ist ihr Garten verfallen. Erst in den letzten Jahren bemüht sie sich wieder ernsthaft um den Titel. Wenn Willsfresh dieses Jahr gewinnt, ist Eleonores Rekord gebrochen und das will sie unbedingt verhindern. Sie erzählt auch schon mal richtig widerliche Geschichten über die Anderen, speziell über Lady Willsfresh und unseren Vorsitzenden. Sie unterstellt ihm, parteiisch zu sein. Er ist in dem Jahr unser Vorsitzender geworden, als Lady Willsfresh das erste Mal gewonnen hat. Aber Lady Willsfresh steht Eleonore in nichts nach, wenn es um gemeine Gerüchte geht."

„Das klingt nach Schlammschlacht?"

„Mmh, ist es meistens. Aber von den großen Gärten haben wir glücklicherweise nur drei. Hauptsächlich mache ich wegen der mittleren Gärten hier mit: die anzugucken und zu bewerten macht Spaß. Die Besitzer sind auch Konkurrenten, aber sie sind durchweg fair und haben Freude am Wettbewerb. Den Wettbewerb unter den großen Gärten wollten wir schon einige Male abschaffen, aber Lady Eleonore und Lady Willsfresh haben es immer verhindert..."

„...und immer mit Intrigen und Bestechung. Guten Abend." Am Tisch stand eine große, schlanke Frau mit dunkelblondem Haar.

„Hallo Lili", lächelte Lisa und umarmte die Frau. „Das ist Andrea Jansen, eine Freundin meines Enkels. Andrea, Lili Jarnswitch ist unsere dritte ‚Lady'."

„Oh, ja", lachte die umwerfend gut aussehende Frau. Sie war auf zurückhaltende Weise elegant, im Gegensatz zu Lady Eleonore. „Hallo Frau Jansen, freut mich."

„Hallo. Warum betonen Sie das ‚Lady' so?" wunderte sich Andrea.

„Ich bin keine ‚Lady'", Lili Jarnswitch setzte sich. „Wir werden von den Deutschen nur so genannt, weil wir englische Offiziere geheiratet haben. Eigentlich sind wir ganz normale ‚Mrs', wenn es schon Englisch sein muss. Sonst müssten wir auch mit Vornamen angesprochen werden. Aber so haben die Deutschen einfach das ‚Frau' durch ‚Lady' ersetzt und schon waren wir klassifiziert: deutsche Frauen englischer Offiziere."

„Aber…" Lisa sah sich um: „Lady Eleonore will das nicht hören. Die wird fuchsteufelswild, wenn sie nicht mit ‚Lady' angesprochen wird. Sie ist auch die Einzige, die sich mit Vornamen – wie eine echte Lady – ansprechen lässt."

„Sie haben englische Offiziere geheiratet? Und warum sind Sie hier?" fragte Andrea neugierig.

„Ich bin Deutsche. Damals, als die Engländer kamen, habe ich mir den Bestaussehendsten geangelt und der war halt Offizier."

Da Andrea sie verständnislos ansah, erklärte Nicks Oma: „Die Engländer waren als Besatzer nach dem zweiten Weltkrieg hier. Viele junge Mädchen waren damals ganz verrückt nach denen. Die sahen ja auch schick aus in ihren Uniformen. Aber ich war vor dem Krieg schon mit Nicks Opa verlobt.

Und der sah auch ohne Uniform schick aus", grinste die kleine Frau.

Lady Jarnswitch lachte: „Das haben sich die eingeredet, die das Pech hatten, keinen Engländer abzukriegen! – Ja, okay: dein Mann sah gut aus", lenkte die Offiziersgattin grinsend ein, als sie Lisas angriffslustiges Gesicht sah.

„Wo ist Gerti?" wollte Lili Jarnswitch wissen.

„Die besucht doch ihren Jüngsten in London."

„In London?"

„Ja. Lady Eleonore hat ihm doch eine Stelle bei einer Londoner Firma vermittelt."

„Oh. Hat er... Hat sie..."

„Nein, nein! Sie hat ihn nicht... abgeschoben. Sie hat ihn nie gesehen. Ich glaube, das war eine ganz selbstlose Tat."

Lili Jarnswitch zog ungläubig die Augenbrauen hoch, sagte aber nichts.

„Sie meinen... was Sie eben angedeutet haben, weshalb Nick nicht mit darf?" fragte Andrea atemlos.

„Nick! Ach, du lieber Himmel! Nein, den hübschen Jungen muss man wirklich von hier fern halten!" entsetzte sich Lady Jarnswitch. „Dem verfällt die alte Gottesanbeterin sofort und träufelt ihm so viel zuckersüße Lieblichkeiten ins Hirn, dass der arme Junge gar nicht mehr weiß, was er tut – und hoffentlich aufwacht, bevor sie ihn zum Frühstück verspeist! – Obwohl: sie ist erstaunlich monogam in letzter Zeit, oder?"

Oma Lissi nickte: „Mmh, ich glaube schon. Ich habe von niemand anderem gehört als von diesem Gärtner."

„Ich auch nicht. Ist aber auch ein hübsches Kerlchen. – Vielleicht wird sie langsam ruhiger?"

Lisa lachte: „Das kann ich mir nicht vorstellen. Ist der Gärtner hier? Er ist doch immer in ihrer Nähe?"

Lady Jarnswitch schüttelte den Kopf: „Ich wüsste, wenn ich ihn gesehen hätte!"

Lisa grinste: „Lady Lili hat nämlich auch eine Schwäche für junge, gutaussehende Männer. Aber sie bevorzugt langfristige Beziehungen..."

„Und ich betrüge meinen Mann nicht: der ist seit neun Jahren tot."

„Und Lady Eleonore..."

„Die schickt ihren Mann in Urlaub", erklärte Lili Jarnswitch Andrea. „Der ist maximal zwei Wochen im Jahr zu Hause."

„Wäre ich auch – freiwillig – wenn ich mit ihr verheiratet wäre", meinte Lisa nüchtern.

Andrea hörte den beiden Freundinnen noch eine Weile zu. Sie erfuhr Klatsch und Tratsch über fast jeden der Anwesenden. Die beiden Frauen lachten über die Schwächen und Missgeschicke ihrer Bekannten genauso wie über ihre eigenen. Sie hatten nicht die skandalschwangeren und sensationslüsternen Stimmen wie beispielsweise das Ehepaar Leuter.

Als Andrea wider Erwarten ein bekanntes Gesicht entdeckte, entschuldigte sie sich.

„Herr Friedrichs!" Sie lief dem weißhaarigen, freundlichen Mann nach.

Es erschien ein strahlendes Lächeln auf seinem Gesicht, als er sie sah: „Frau Jansen! Das ist aber schön, Sie zu treffen! Was machen Sie hier?"

„Nicks Oma hat mich eingeladen. Sie sagt, hier kann man sich tolle Gärten ansehen."

„Ja, das stimmt! Aber gerade hier ist es auch ein Schlangennest. Kommen Sie: wir haben noch etwas Zeit. Wir gehen ein paar Schritte."

„Es wird dunkel..."

„Keine Sorge: die Damen haben eine horrende Stromrechnung, damit man ihren Garten zu jeder Tages- und Nachtzeit bewundern kann."

Andrea sah den freundlichen älteren Mann an: „Sie scheinen nicht begeistert davon zu sein?"

„Nein, bin ich nicht. Es ist nicht mehr natürlich... Aber wir... Wir sind uns nicht darüber im Klaren, dass wir auch ohne die großen Gärten einen guten Wettbewerb ausrichten können."

„Wie meinen Sie das?"

„Na ja, also... Mal ganz unter uns..."

„Ja natürlich", versicherte Andrea, als Herr Friedrichs zögerte.

„Also mir persönlich wäre es lieber, wenn wir die Wettbewerbe unter den großen Gärten aufgeben. Sie erfordern mehr Zeit und Aufwand, als sie Bedeutung haben. Aber andere aus dem Komitee...

sind... sagen wir mal... Günstlinge der reichen Damen. Wir stimmen im Komitee mehrheitlich ab und bisher haben die Damen immer eine Mehrheit erreicht. Und so bin ich machtlos."

„Sie sind auch in dem Komitee? Das wusste ich gar nicht!"

„Doch, seit vierzehn Jahren. Ich bin der Vorsitzende."

Andrea lachte: „Das hätte ich mir auch denken können." Sie hakte sich bei dem Mann unter: „So sehr, wie Sie Pflanzen lieben."

Mit einer adretten Verbeugung bedankte Herr Friedrichs sich für die Ehre und führte Andrea zur Terrasse zurück: „Kommen Sie: wir müssen jetzt diese unsägliche Beerdigung hinter uns bringen. Lady Willsfresh hat sogar einen Priester gefunden... Unglaublich! Wir dürfen gespannt sein, welcher Religion ihr Hund angehörte."

Andrea lachte. Sie liebte den klugen, humorvollen Mann für seine kleinen, netten, altmodischen Gesten. Niemand sonst würde sich mit einer Verbeugung dafür bedanken, dass sie sich bei ihm unterhakte.

Die Beerdigung belustigte Andrea. Die geladenen Gäste versammelten sich an einer kleinen, reich mit Blumen geschmückten Kapelle. Ein kleiner, schwarzgekleideter Mann mit großem Kreuz an einem Rosenkranz um den Hals hielt eine rührende Predigt. Danach setzte sich die Gemeinschaft mit der trauernden Lady Willsfresh an der Spitze langsam in Bewegung. Ihr folgten zwei Diener, die den Mahagoni-Sarg des Hundes trugen. Die Trauergemeinde sang schwermütige, englische Lieder. Lady Willsfresh führte die Gäste zu den Lieblingsplätzen ‚ihres Lieblings', erzählte aus dem Leben des Hundes und klagte lautstark ihr Leid. Andrea hatte Mitleid. Sie schien ihren Hund wirklich gemocht zu haben. Aber der Aufstand, den sie wegen seiner Beerdigung veranstaltete, war peinlich. Nachdem sie alle Lieblingsplätze des umtriebigen Dackels besucht hatten, trugen sie den Leichnam zu seiner letzten Ruhestätte: einer großen Ulme am Rande des Grundstücks. Darunter habe der Dackel gerne gesessen und durch eine Lücke in der Hecke das Geschehen außerhalb des Gartens beobachtet. Stundenlang habe er dort gesessen, Spaziergänger freundlich gegrüßt, Freunde nett empfangen und jedem Passanten einen liebevollen Gruß entgegengebellt. Das Grab war bereits ausgehoben, üppige Blumenkränze lagen zum Schmuck bereit und die Gravur auf dem marmornen Grabstein gab Geburts- und Todestag des Dackels ‚Sir Edward Wellington IV' an. Andrea schluckte schwer, als sie dies sah.

Nicks Oma drückte ihren Arm etwas fester: „Sagen Sie nichts!" zischte sie leise.

Andrea schüttelte den Kopf: sie konnte vor Erstaunen nicht sprechen. Und hätte sie sprechen können, ihr wäre nichts eingefallen.

„Nicht zu fassen! Jetzt wird das elende Viech noch mit riesigem ,Tam-Tam' beerdigt! Die sollten doch froh sein, den alten Kläffer endlich los zu sein! Endlich kann man mal eine ganze Nacht durchschlafen, ohne dass das Vieh einem Geist hinterher bellt!"

„Sie... Wie können Sie... es wagen... Sie..." Lady Willsfresh sah den Mann auf der anderen Seite des Zauns fassungslos an. Andrea befürchtete, sie würde umfallen und dem Priester ging es wohl ähnlich. Er stützte sie rundliche Frau und redete beruhigend auf sie ein.

„Tschuldigung", murmelte Andrea. Sie löste sich von Nicks Oma und ging zu dem Mann am Zaun. Er trug staubige Arbeitskleidung, hatte strähniges, dunkles Haar und einen Spaten in der Hand. Er sah die Trauergemeinde feindselig an.

„Hallo. Ich heiße Andrea Jansen und arbeite bei Schlichter Hofmeister. Können wir kurz miteinander reden?" fragte sie den Mann freundlich.

Der sah sie finster an, brummte etwas, was sie nicht verstand und nickte dann. Mit einer Kopfbewegung dirigierte er sie ein Stück von der Trauergemeinde weg. Es überraschte sie etwas, aber sie war froh, dass er einsichtig war.

„Bruno Velten", stellte der Mann sich vor und gab ihr über den Zaun hinweg die Hand. „Tut mir leid, dass ich so... ich weiß auch nicht. Der Köter war eine Plage und ich bin froh, dass er tot ist. Glauben Sie mir, das sage ich nicht gerne, aber bei dem Vieh trifft das zu."

„Warum?" fragte Andrea erstaunt.

„Den ganzen Tag saß der hier am Zaun und hat gekläfft. Bei Vollmond und Neumond auch nachts. Wir wohnen auf dem Hof dahinten und machen kein Auge zu, wenn der Köter ˋnen schlechten Tag hat. Und die Kinder kann man auch nicht spielen lassen. Die rennen ja zu so einem Tier und wollen es streicheln. Den Jüngsten von meiner Schwester hat der Köter letztens gebissen. Der Kleine wollte das Biest nur streicheln. Jetzt kann er nicht in der Schule mitmachen, weil der Hund ihm eine Sehne in der Hand durchtrennt hat. Und mein Sohn wird auch immer größer: ich kann ihn doch nicht einsperren. Wenn der einen Hund sieht, läuft der dahin."

„Ich dachte, der Hund wäre so lieb gewesen?"

Der Mann schnaubte verächtlich. Er war jünger als Andrea zuerst angenommen hatte. „Quatsch! Ein ausgebildeter Jagdhund mit ausgeprägten Verhaltensfehlern war das – wie die Besitzerin. Der hätte einen Maulkorb gebraucht. Aber sagen Sie das mal ‚Ihrer Hochwohlgeboren'. Da kommt am nächsten Tag ein Haufen Anwälte und droht Ihnen mit Kündigung der Pacht und einer Klage wegen

Verleumdung. – Ja, das meiste Land, was ich bearbeite, habe ich von ihr gepachtet. Ich brauche das Land. Ich...

„Haben Sie es mal mit einem Schlichter versucht?"

Bruno Velten schüttelte den Kopf: „Sie kennen Lady Willsfresh noch nicht lange, oder?"

„Gar nicht, nein."

„Sehen Sie: ich bin ein friedliebender Mensch. Die meisten sagen, ich wäre schwierig und das stimmt wahrscheinlich auch. Ich bin gerne für mich und rede nicht gerne. Außerdem gehe ich nicht zum Schützenfest und solche Sachen. Aber ich mache meine Arbeit wie alle anderen auch, kümmere mich um meine Familie und mache auch alles andere, was so als Gemeindemitglied von einem verlangt wird. Aber diese Frau hält sich an gar keine Regeln. Die meint, sie stünde über dem Gesetz, nur weil sie reich und adelig ist. Und ihr verzogener Hund hätte eingeschläfert werden müssen, nachdem er das Kind verletzt hat. Da hat er Blut geleckt. Ich bin zur Polizei gegangen! Muss ich ja: das Krankenhaus verständigt die Polizei ja automatisch und die wollten meine Aussage haben. Am nächsten Tag hat ‚die Lady' die Pacht erhöht und ihr Anwälte darauf angesetzt, den Hund ‚freizusprechen'. Jetzt muss meine Schwester einen Kurs für Kindererziehung machen, weil das Kind den Hund angeblich provoziert hat. Das ganze Dorf redet über sie. Sie würde am liebsten wegziehen..."

Paul ist ein ganz lieber, kleiner Kerl. Der liebt Tiere über alles und streichelt alles, was ein Fell hat. Der hat den Hund niemals provoziert. Aber..." resigniert zuckte der Mann mit den Schultern. Er wirkte müde und abgearbeitet. „Na ja, jetzt ist der Hund tot. Vielleicht haben wir jetzt mehr Ruhe..."

„Herr Velten, es tut mir sehr leid, was Ihnen alles wiederfahren ist. Und der Angriff auf das Kind ist schrecklich! Ich möchte nicht herzlos erscheinen, aber..."

„Ich bin manchmal impulsiv. Ich hätte eben nichts sagen sollen. Aber ich war so froh, dass der Hund tot ist... Ich wollte keinen Ärger machen."

Andrea lächelte: „Danke. Ich verstehe Sie gut! Wirklich. Aber manchmal..."

„...muss man die Zähne zusammenbeißen, um weiteren Ärger zu verhindern. Ich weiß. Ich wollte auch wirklich nicht... Ach, lassen wir das. Meine Frau ist schwanger. Ich bin einfach froh, dass die Nächte jetzt ruhiger sind. Die Kleine in ihrem Bauch macht ihr nachts schon genug zu schaffen. Danke, Frau Jansen, dass sie sich meine Geschichte angehört haben. Ich werde jetzt nach Hause gehen. Ich wollte wirklich nicht stören."

Andrea lächelte: „Alles Gute für Ihre Frau und das Baby. Darf ich sie mal besuchen kommen? Mir tut es so leid, dass sie solche Probleme mit Ihrer Verpächterin haben."

„Da werden Sie nichts ändern können. Sie war schon immer so. Wenn ihre Tochter erbt, wird es besser. Sie ist eine nette, vernünftige Frau, hat viel von ihrem Vater. Aber Sie dürfen gerne kommen. Franziska freut sich immer über Besuch. Wir bekommen nicht viel Besuch, weil es sich niemand mit Lady Willsfresh verscherzen will. Auf Wiedersehen, Frau Jansen."

Andrea sah dem Mann nach. Er schien ihr nicht schwierig. Und schweigsam war er auch nicht. Aber viele Menschen hatten ein verzerrtes Bild von sich selbst. Viel Zeit hatte sie nicht zum Nachdenken. Die Ladies Willsfresh und Eleonore fielen ihr fast um den Hals, bedankten sich, überschütteten sie mit Komplimenten über ihr Verhandlungsgeschick mit ‚garstigen Landarbeitern' und luden sie zu allen kommenden Festlichkeiten in ihre beiden Häuser ein. Andrea wurde der Ehrengast des Abends. Sie fügte sich geduldig in dieses Schicksal.

„Was ist mit dem Teich passiert?" fragte sie später Lisa und Lili Jarnswitch. Bei der Führung durch das sagenhaft angelegte Anwesen hatten die beiden exzentrischen Ladies Andrea vergessen. Die erholte sich bei Nicks Oma und ihrer Freundin. Der große Ententeich lag da wie ein vergiftetes Gewässer neben einer Chemiefabrik: ein etwa ein Meter breiter Rand um den See herum war wie verbrannt. Gras, Schilf und andere Wasserpflanzen waren hässlich braun und abgestorben. Zwischen den Schilfstengeln entdeckte Andrea tote Fische.

„Scht!" machten Lisa und Frau Jarnswitch gleichzeitig. Leise erklärten sie: „Das ist ihr ganzer Stolz. Der See ist sonst lupenrein und glasklar. Sie hat drei Gärtner, die sich nur um diesen See kümmern und den künstlichen Bach, der dazu gehört. Es gehen Gerüchte um, dass dieses Jahr einer der Gärtner von seiner Freundin verlassen worden ist und er davon so abgelenkt war, dass er statt dem Zeug gegen Algen ein Unkrautmittel in den See geschüttet hat."

„Auf jeden Fall betreibt Edna Willsfresh gerade einen riesigen Aufwand, um das gesamte Teichwasser, den Sand und die Erde zu reinigen. 300.000 soll das Ganze kosten."

„Und das geht?"

„Keine Ahnung. Sie hat einen Experten von irgendeiner Firma, die darauf spezialisiert ist, geholt. War ein hübscher Junge: ich denke, die kennen sich schon besser."

„Und der Gärtner?" wollte Andrea wissen.

„Der ist gefeuert worden. Er schwört zwar, keinen Fehler gemacht zu haben, aber der hat gegen die alte Ziege keine Chance. Nicht mal seinen letzten Lohn soll er bekommen haben und ein ganz miserables Zeugnis."

Lili Jarnswitch nickte: „Stimmt. Aber ich denke, ich kann ihn bei mir unterbringen. Ich habe genug Arbeit für ihn und er ist gut. So einen Rauswurf hat er nicht verdient!"

Lisa grinste: „Ich dachte, du gehst nicht fremd?"

Lili kicherte: „Tu ich auch nicht! Außerdem ist der Mann verheiratet."

Andrea sah die elegante Frau an: „Sie hatten doch gerade gesagt, seine Freundin hätte Schluss gemacht?"

„Mmh, das war ein Missverständnis: er hat mit seinen Kumpels in einer Kneipe Geburtstag gefeiert und seine Frau dachte, er hätte sich von der alten Schreckschraube verführen lassen. Es hat keine Scheidung und keine Trennung gegeben. Bei denen ist alles wieder in Ordnung."

Andrea schüttelte den Kopf: „Das sind Zustände... Ich dachte – ohne Ihnen zu nahe treten zu wollen", sie sah zu Lili Jarnswitch hoch. „Männer würden sich eher jüngeren Frauen zuwenden?"

„Sie treten mir nicht zu nahe, Frau Jansen. Ich habe unverschämtes Glück mit meinem Lebensgefährten. Oder er ist doch nur hinter meinem Geld her. Aber davon bekommt er nicht viel. Das weiß er und das kann er nicht anfechten. Meine Kinder erben alles! Bei Lady Eleonore... sie ist eine attraktive, stolze und sehr dominante Frau. Ich kann mir vorstellen, dass es viele Männer reizt, sie zu... na ja, ich sage mal: sie zu ‚besitzen'. Und Lady Willsfresh... tja, das kann ich nicht erklären. Manchmal denke ich, es ist Mitleid. Aber irgendwie glaube ich das nicht. Ich weiß nicht, wie sie das macht. – Oh, da ist der Siegfried von unserem Drachen. Der sieht ja wieder zum Anbeißen aus..."

Lisa kicherte: „Lili meint: das ist der Gärtner und Liebhaber von Lady Eleonore. Sehen Sie, da: der aufgeblasene Gockel."

Andrea sah den Mann: groß, dunkelhaarig und braungebrannt. Seine Lederhose und das zu eng gewählte Seidenhemd ließen keine Spekulationen über seinen durchtrainierten Körper zu.

„Der würde mir auch gefallen", gab Andrea grinsend zu. Die beiden älteren Frauen lachten.

„Glauben Sie mir: nur solange er den Mund hält. – Oh! Wo ist...?" Lili Jarnswitch sah sich um und atmete auf: „Glück gehabt: der Drache hat mich nicht gehört."

Kapitel zwei

„Nick? Warum…? Was machst du hier?" Andrea
ließ die Haustüre offen und ging den Flur entlang
ins Wohnzimmer.

Nick sah ihr irritiert nach. „Störe ich?" fragte er.

Andrea schüttelte den Kopf.

Er schloss die Türe und folgte ihr. In der Wohn-
zimmertüre blieb er stehen: „Was ist los? – Wartest
du auf `nen Kerl?"

Sie grinste: „Sehe ich so aus?" Sie hatte das
blonde Haar zum Zopf zusammen gebunden, trug
einen alten Pullover und eine zerschlissene Jeans.

Nick lehnte sich an den Türrahmen und ver-
schränkte die Arme vor der Brust: „Ja." Es war ihm
ziemlich egal, was sie trug, sie gefiel ihm immer.

Andrea lachte: „Ja, klar! Ich hab meine ältesten
Klamotten an."

„Wenn er sie dir sofort vom Leib reißt…?"

Andrea kicherte: „Ich warte nicht auf dich."

Er grinste: „Das traust du mir zu? Dass ich hier
reinkomme und dir die Kleider vom Leib reiße?"

Andrea schüttelte den Kopf: „Nein, eigentlich
nicht. Ich… ich weiß ja nicht, wie du bei anderen
Frauen bist, aber ich kann mir nicht vorstellen,
dass du das so machst."

Er nickte langsam: „Da hast du recht."

Sie sah zu ihm auf. Er trug Jeans und ein dunkelblaues Hemd dazu. Er hatte wie immer einen leicht amüsierten Zug um den Mund und sah sie mit einem liebevollen Blick an. Er hatte helle, braune Augen. Sein Haar war über Winter dunkel geworden, doch langsam bildeten sich wieder blonde Strähnen in den meist wirren Locken. Sie sah ihn gerne in Zivilkleidung, sie fühlte sich ihm dann näher. Außerdem standen sie ihm besser. Die Polizeiuniform verdeckte seine schlanke, starke Gestalt, die breiten Schultern und die schmale Taille.

„Was machst du hier?"

„Mir war langweilig. Ich hab gedacht, ich frage dich, ob wir irgendwo hin gehen. Aber wenn ich angerufen hätte, hättest du abgesagt, weil es regnet. Also wollte ich dich abholen." Er hatte den ganzen Tag an sie denken müssen, und als er es nicht mehr ausgehalten hatte, war er zu ihr gefahren.

Andrea lachte wieder: „Du hättest besser angerufen. Ich kann nicht weg, ich..."

„Doch ein Date?"

Andrea stockte, dann kicherte sie: „Ja."

„Mit wem?"

„Eifersüchtig?"

Nick grinste: „Klar! Wenn du deine ältesten Klamotten an hast, hast du nicht vor, die lange anzubehalten."

Andrea lachte: „Anna kommt. Sie wollte eigentlich schon lange da sein. Ich warte seit drei Stunden auf sie."

Nick hob die Augenbrauen: „Und die reißt dir dann die Klamotten vom Leib?"

Als Andrea breit grinsend nickte, entschied Nick bestimmt: „Dann bleib ich auf jeden Fall."

Andrea lachte: „Klar. Komm, setz dich."

Er nickte: „Ich hab befürchtet, dass du nicht weg willst. Für den Fall habe ich ein paar Stücke von Jos Geburtstagskuchen mit. Interesse?"

Andrea sah mit tellergroßen Augen zu ihm auf. „Ich heirate dich", schmachtete sie.

Nick lachte: „Ich bin da altmodisch, Andrea: ich frage und du sagst ‚ja' – oder ‚nein'."

„Wenn du Kuchen hast, ist die Chance groß, dass ich ‚ja' sage."

„Ich dachte, dafür bräuchte ich einen Ring mit einem riesigen Diamanten?"

„Den kann man doch nicht essen", protestierte sie.

Lachend ging Nick den Kuchen holen.

„Leuters waren heute Morgen hier", erzählte Andrea.

Nick verdrehte die Augen: „Und was wollten die?"

„Die haben mir von einer Verschwörung um den Tod von Lady Willsfreshs Dackel erzählt."

„Ah ja... Und wer ist ‚Lady Willsfresh'?"

Andrea kicherte: „Die gibt's wirklich. Die habe ich auf diesem Komiteetreffen kennengelernt, zu dem deine Oma mich mitgenommen hat. Und ihr Dackel ist tot. Den haben wir vor dem Komiteetreffen begraben."

„Und den soll ich jetzt exhumieren und untersuchen lassen?"

Andrea lachte: „Nein. Der war zwar eigentlich noch zu jung zum Sterben, aber..." Sie zuckte mit den Schultern: „Ich glaube, so jung war der auch nicht mehr. Aber das wäre doch eine gute Gelegenheit, Treilert wiederzusehen."

Nick runzelte die Stirn. Das tat er immer, wenn er nachdachte: „Wen?"

„Treilert. Jennifer Treilert vom LKA."

Nick stöhnte. Er schüttelte den Kopf: „Nein, das muss nicht sein."

KHK Jennifer Treilert hatte beim letzten Mordfall in dem ländlichen Städtchen Niederheid ermittelt. Sie hatte nachdrücklich Interesse an Nick bekundet.

Eva hatte Andrea gebeten, ihr beim Schmücken des Hofes zu helfen. Sie hatten sich verabredet, Samstag gemeinsam zu Mittag zu essen und dann mit dem Dekorieren zu beginnen.

Als Andrea, Anna und ihre kleine Schwester Sophie kurz vor zwölf auf den Hof der Peters kamen, war schon alles fertig. Bunte Luftballons waren aufgehängt, ein langer Tisch gedeckt und mit Blumen geschmückt, die großen Schlepper auf Hochglanz poliert und der winzigste Staub vom Innenhof des Vierkanthofes verschwunden.

Andrea grinste: „Ich hätte wetten können, dass Eva keine Ruhe hat. Was machen Nick und Jo denn da?"

Anna zuckte mit den Schultern: „Sieht aus, als würden die das Auto reparieren."

„Nana, komm, Kühe gucken", verlangte die vierjährige Sophie und zerrte an Annas Hand. Das kleine Mädchen war schon ein paar Mal auf dem Hof gewesen und wusste genau, wo die Kälber standen.

„Ich gehe mal eben mit ihr hin, ja?" gab Anna dem Drängen des Kindes nach.

Andrea nickte: „Ich guck mal, was die Beiden da machen. Eva ist bestimmt nicht damit einverstanden, dass die jetzt noch mitten auf dem Hof Autos reparieren. – Guten Morgen", rief sie Nick und Jo fröhlich zu.

Die Beiden waren über den Motor von Jos Wagen gebeugt. Beide trugen saubere Kleidung. Die Männer richteten sich auf, als sie Andrea hörten.

„Es ist Mittag", brummte Jo.

„Es ist vor zwölf und dann darf man ‚Morgen' sagen. Herzlichen Glückwunsch, Jo!" Sie umarmte und küsste ihn auf die Wange.

Der rothaarige Hüne lachte: „Danke. Die andere Seite auch", verlangte er und hielt ihr die andere Wange hin. Andrea kicherte und kam seinem Wunsch nach. Jo war so groß wie Nick, etwa anderthalb Köpfe größer als Andrea. Er war auch an den Schultern genauso breit wie Nick, hatte aber nicht Nicks schlanke Taille.

„Bekomme ich auch einen?" bat Nick.

Andrea schüttelte den Kopf: „Du hast nicht Geburtstag."

Nick schmollte, was Andrea zum Lachen brachte: „Du kannst dich jeden Tag von tausend Frauen küssen lassen. Jo ist verheiratet, der hat nur ein Mal im Jahr eine Ausrede dafür. – Was macht ihr da? Dürft ihr das überhaupt?" Andrea sah sich den Motor von Jos Auto an.

„Sie kocht", brummte Jo. „Sie kriegt das gar nicht mit." Sicherheitshalber sah er aber doch zur Küchentüre, hinter der seine Frau arbeitete.

„Wo ist Anna?" wollte Nick wissen.

„Im Stall. Sophie wollte unbedingt die Kälber sehen. Und was macht ihr jetzt hier? Verkuppelt ihr die beiden Autos?"

Überbrückungskabel führten von Nicks zu Jos Wagen. Weil beide schwiegen, fragte Andrea vergnügt weiter: „Wollt ihr Baby-Autos bekommen?"
Sie wusste, dass sie die Männer damit ärgerte.
Die stöhnten auf. „Mmh, für Joschi", erklärte Nick schließlich.

„Toll," freute sich Andrea. „Kann ich auch eins haben? Ich denke, mein Auto hält nicht mehr lange."

Die Männer verdrehten die Augen, was Andrea als Anreiz nahm, weiterzumachen: „Wenn ich mir eins wünschen darf, hätte ich gerne so einen netten... Ey!" protestierte sie.

Sie hatte nicht mitbekommen, wie Nick und Jo sich abgesprochen hatten. Jetzt hob Jo sie über seine Schulter. Nick öffnete den Hundezwinger und gemeinsam steckten sie sie hinein. Kichernd zappelte sie, um sich zu befreien, doch es half nichts.

Chet, der Deutsch-Langhaar-Rüde der Peters freute sich über den Besuch. Er empfing Andrea schwanzwedelnd und schmiegte seinen Kopf an ihre Beine. Sie streichelte den Hund und rief Jo und Nick nach, die wieder zum Auto gingen: „Hey! Lasst mich hier raus! Sonst rufe ich Eva an."

Beide Männer blieben auf der Stelle stehen.

„Das nächste Mal nehmen wir ihr das Handy ab", brummte Jo. Er warf Nick seinen Schlüsselbund zu und der kam zu Andrea zurück. Als er den Zwinger geöffnet hatte, sprang Chet freudig an Andrea vorbei auf den Hof. Sie folgte dem Hund in die Freiheit.

„Danke", sagte sie und reckte sich zu Nick hoch, um ihm einen Kuss auf die Wange zu geben. „Ich lenke Eva mal ab, damit ihr noch Zeit habt, mir auch ein Baby-Auto zu machen, ja?" Sie grinste und war weg, bevor Nick antworten konnte.

„Nick! Stopp!" befahl Jo so deutlich, dass Nick in seiner Bewegung innehielt.

„Was ist?"

Jo sah seinen Freund zweifelnd an. „Wegen 'nem Kuss auf die Wange? – Du wolltest ‚Minus' an ‚Plus' anschließen", erklärte Jo, als er Nicks fragenden Blick sah.

Der ließ seufzend das Überbrückungskabel sinken.

„Kalt duschen", empfahl Jo mitleidlos und nahm ihm das Kabel ab.

Nick lehnte sich an sein Auto: „Warum hast du dich nicht so aufgeführt?"

Jo lachte: „Hab ich. Du warst nur geduldiger und aufmerksamer als ich. Ich weiß noch, wie du mir den Schlüssel von Papas Giftschrank abgenommen hast, weil ich dauernd das falsche Mittel in den Tank mischen wollte. Papa hätte mich umgebracht, wenn ich ihm den Mais statt mit ‚Terano' mit ‚Gallant' gespritzt hätte."

Nick lachte bei der Erinnerung an die Zeit, als es ernst zwischen Eva und Jo geworden war. Er hatte in seiner Jugend oft auf dem Hof von Jos Vater geholfen, weil er dort große Schlepper fahren durfte und den Tag an der frischen Luft und mit seinem besten Freund verbringen konnte. Damals hatte er auch gelernt, mit Spritzmitteln umzugehen und dass es grob eingeteilt drei Sorten Pflanzenschutzmittel gegen Unkraut gab: Totalherbizide gegen alle Pflanzen, Herbizide gegen Pflanzen mit einem Keimblatt, wie Gräser, Getreide und Mais, und Herbizide gegen zweikeimblättrige Pflanzen, wie Löwenzahn und Melde, aber auch Kartoffeln und Rüben. Hätte Jo damals ‚Gallant' auf den gerade gekeimten Mais gespritzt, wäre jeder einzelne Keimling eingegangen – und Jo von seinem Vater geköpft worden.

„Gibt's das Zeug noch?"

„‚Terano' ja, ‚Gallant' heißt jetzt ‚Gallant Super' und hat vier Gramm weniger Wirkstoff."

Wenn Zulassungen für Pflanzenschutzmittel ausliefen, veränderten die Hersteller oft die Rezeptur minimal und benannten das Mittel um. So erreichten sie mit wenig Aufwand eine erneute Zulassung.

„Hast du noch was vom alten ‚Gallant'?"

„Mmh, Restmengen."

„Darfst du die noch aufbrauchen?"

„Nein, eigentlich nicht mehr. Aber es ist der letzte Rest. Reicht noch für den kleinen Acker an der Bundesstraße. Warum fragst du?"

„Nur so."

Jo wusste, dass es seinem Freund nicht passte und erzählte: „Das merkt niemand. Weißt du, wie aufwendig es ist, nachzuweisen, dass da vier Gramm mehr Wirkstoff pro Liter drin sind? Gerade, wenn das Zeug schon in drei Kubikmetern Wasser verteilt ist? Das sind..." Er rechnete nach: „Das sind fünf Liter Gift auf drei Kubikmeter Wasser, also zwanzig Gramm Wirkstoff auf dreitausend Liter... und das sind weniger als 0,001 % Wirkstoff, der zu viel ist."

Als Nick schwieg, seufzte Jo: „Na gut. Will ja nicht, dass du Ärger kriegst, weil du Mitwisser bist."

„Da sind Anna und Sophie."

„Wenn Anna so aussieht wie immer, gehen wir zusammen kalt duschen", brummte Jo.

Nick grinste. Anna war genau der Typ Frau, bei dem sein Freund schwach wurde: dunkles Haar, dunkle Augen, gute Figur, energiegeladen, zielstrebig, dominant und liebenswürdig. Wobei Anna keine ‚gute', sondern eine ‚Traumfigur' hatte. Sie trug Jeans und eine weiße Bluse. Das lange, fast schwarze Haar fiel weich über ihre Schultern.

„Dann geht mein Traum endlich in Erfüllung", seufzte Nick.

„Spinner!" grinste Jo. „Eben hast du uns fast gegrillt, weil Andrea dich geküsst hat und jetzt willst du mit mir duschen? Sag mir lieber, wie ich Ärger mit meiner Frau vermeide, wenn Anna den ganzen Abend hier ist?"

„Guck nicht hin", meinte Nick leichthin.

„Zu meiner Frau oder zu Anna?"

Nick lachte: „Was einfacher ist."

Jo grinste schief: „Du bist ein wahrer Freund! Du bist mein Trauzeuge! Lass dir gefälligst was Besseres einfallen!"

„Denk einfach daran: wenn Eva denkt, du betrügst sie, kastriert sie dich ohne Betäubung."

„Na, toll", murrt Jo. „Und wer sagt mir, dass sich das für eine Nacht mit Anna nicht lohnen würde?"

Nick lachte auf: „Krieg dich wieder ein! Du würdest Eva nie betrügen. Selbst wenn sie dich nicht verlassen oder kastrieren oder beides würde."

„Stimmt", meinte Jo. „Aber träumen darf man."

„‚Gucken'. Nicht ‚träumen'", widersprach Nick.

„Zuviel gucken darfst du aber auch nicht", murrte Jo.

Sie feierten Jos dreißigsten Geburtstag bis tief in die Nacht. Bei der Essensplanung schien Eva jeden Gast mindestens doppelt gezählt zu haben und das Bier reichte ebenfalls für fünfzig weitere Gäste.

Nick erklärte Andrea zwischendurch, dass dies kein Planungsfehler sondern Absicht war. Peters feierten gerne mit ihren Freunden und ließen es sich nicht nehmen, diese zu verwöhnen.

Als es abends kühler wurde, stellten die Männer Feuerkörbe auf und verteilten Decken. Die sehr kälteempfindlichen Gäste lud Eva ins Wohnzimmer ein.

Erst nach zwei Uhr nachts verabschiedeten sich Jos Kumpel: die Bauern Holger Borejaans (der nur sehr widerwillig ging, aber eine Familienfeier am nächsten Tag erforderte etwas Schlaf) und Malte Lohden und der protestantische Pfarrer Armin Themen. Nick und der Hufschmied Jan Brechtsohn blieben noch zum Aufräumen. Ebenso Andrea, Anna und Jans Frau Emily, Evas beste Freundin.

„Andrea, wo ist dein Verehrer?" rief Jan vergnügt über den halben Hof.

Andrea verdrehte genervt die Augen.

Jo sah auf: „Hab ich was verpasst?"

Jan grinste breit: „Unser Hirte hat ein ganz besonderes Schäfchen gefunden."

„Oh Gott!" stöhnte Nick.

„Ich hab's ihm verboten", knurrte Jo.

Jan lachte: „Das hilft nicht, Jo. Armin hat entdeckt, dass das Gottes Wille ist. Das hat er mir erzählt."

„So blau war der?" fragte Emily Brechtsohn, Jans Frau. Sie hatte umwerfendes, langes, rotes

Haar und war ähnlich umtriebig und ruhelos wie Eva.

Jo schüttelte den Kopf: „Der war sehr besoffen. Aber so ˋn Scheiß erzählt der auch, wenn der nüchtern ist. Mein Beileid, Andrea. Wenn er dich zu sehr nervt, ruf mich an."

„Und was machst du dann?" wollte Anna wissen.

Jo zuckte mit den Schultern: „Keine Ahnung. Mir fällt schon was ein. Aber ich erzähl es dir und Nick nicht. Ihr kommt mir dann mit Gesetz und Menschenrechten und so ˋnem Quatsch", zwinkerte er.

„Ich nicht", meinte Nick. „Staat und Kirche sind getrennt: für Armin bin ich nicht zuständig."

Die Freunde lachten und Anna stimmte zu: „Da hat er Recht! So habe ich das noch nie gesehen, aber er hat Recht."

Jan lachte: „Endlich hast du für Armin freie Hand, Jo. Wie lange wartest du da schon drauf?"

Jo grinste zufrieden: „Seit der ersten Klasse, als er mir zum ersten Mal auf die Nerven ging, weil seine Mutter ihm ein Käse- statt einem Schinkenbrot mitgegeben hatte. Er meinte, es wäre Nächstenliebe, wenn ich mit ihm tauschen würde."

„Hast du getauscht?" wollte Emily wissen.

Nick schüttelte lachend den Kopf „Nein, natürlich nicht. Jo hat ihm klargemacht, dass Armin ihn nervt und die logische Konsequenz ist, dass er ihm den Hals zudrückt bis er nicht mehr nervt. Aber er könnte es mit Nächstenliebe versuchen und ihn weiter atmen lassen. Das hat Armin eingesehen und seitdem ist Jo sein Idol."

Sonntagmorgen trafen sie sich wieder. Eva und Jo hatten die Aufräum-Helfer zum Frühstück eingeladen. Beim Frühstück fragte Jo Nick: „Was machst du heute Nacht?"

Nick sah ihn erstaunt an. Belustigt meinte er: „Ich glaube, da schlafe ich. Aber ich gucke noch mal in meinem Terminkalender nach."

Jo schmunzelte: „Kann doch sein, dass du arbeiten musst. Kannst du mir helfen?"

„Wobei?"

„Muss spritzen. Die haben die nächsten Tage nur Regen gemeldet. Wenn es heute trocken bleibt, trocknen die Pflanzen ab und ich kann in der Nacht spritzen. Wenn ich das Spritzmittel jetzt nicht aufs Land kriege, ist es zu spät."

Nick seufzte: „Du weißt, dass ich diese Giftmischerei hasse."

Entgegen Andreas Erwartung begann Jo keine Belehrung über Ertragseinbußen und Erzeuger- und Verbraucherpreise.

„Ich weiß", erklärte er einfach. „Und ich würde auch nicht fragen, wenn ich jemand anderes fragen könnte. Malte und Tiedjers, Gregor haben gefragt, ob ich deren Felder auch spritzen kann. Die haben ja keine eigene Spritze und der Lohnunternehmer ist überlastet. Alleine schaffe ich das nicht.

Du musst nur zwischendurch mal zwei Stunden übernehmen, sonst schlafe ich ein."

„Und Gregor kann man nicht fahren lassen: der macht ja alles kaputt", warf Eva ein.

„Und Malte?"

„Stress mit seinem Alten. Irgendwas mit verschwundenen Fahrzeugschlüsseln. – Ich bin echt froh, dass mein Vater nicht auf meinem Hof arbeitet!"

Der Polizist nickte langsam: „Aber das Zeug ist zugelassen!?"

Jo lachte auf: „Ja, natürlich! Nicht-Zugelassenes spritze ich tagsüber selbst. Das ist weniger auffällig", zwinkerte er.

Andrea sah ihn ungläubig an: „Echt?"

Er grinste: „Nein. Ich spritze nur zugelassene Mittel."

Andrea fiel der See von Lady Willsfresh wieder ein: „Jo, kann so ein nicht-zugelassene Mittel die Pflanzen und Fische in einem Gartenteich vergiften?"

„Klar. Das können auch Zugelassene. Die meisten Herbizide sind wassergefährdend." Als er ihren fragenden Blick sah, erklärte er: „Herbizide sind Mittel gegen Unkräuter. Wenn davon zu viel in ein Gewässer kommt, werden die Wasserpflanzen natürlich abgetötet. Und die meisten Herbizide sind auch gefährlich für Fische. Warum?"

„Aber... und dann sind die trotzdem zugelassen?" entsetzte sich Andrea.

„Die sind ja nur für den Gebrauch auf dem Land zugelassen. Es ist verboten, die in Gewässer zu kippen. Da gibt es ganz strenge Richtlinien."

„Auch wenn die Mittel zugelassen sind, ist es immer noch Gift", mischte Eva sich ein. „Eine Zulassung heißt ja nicht, dass man das Zeug problemlos trinken kann."

Andrea schwieg.

Nach einer Weile fragte sie: „Ist so ein Mittel auch für... für uns tödlich?"

„Die sind verboten", erklärte Nick, da Eva und Jo kauten. „Früher gab es echtes Teufelszeug. Je nachdem, was du da hattest, sind die Leute reihenweise umgekippt. So was gibt's heute nicht mehr – zumindest nicht in Deutschland und nicht in der EU. In der Dritten Welt sieht das anders aus."

„Und für Tiere? Hunde oder so?"

Nick sah auf. Warnend fragte er: „Andrea, du untersuchst nicht den Tod von diesem Dackel, oder?"

Ertappt sah sie ihn an. Ihr fiel keine Antwort ein.

„Andrea, versprich mir, dass du diesen Dackel in Frieden in seinem Luxussarg ruhen lässt."

Sie hatte Nick von der Beerdigung erzählt, als sie auf Anna gewartet hatte. „Ich kann doch mal nachfragen, oder? Der See von Lady Willsfresh war vergiftet: alle Pflanzen waren braun und ein breiter Streifen am Ufer entlang auch. Und da waren tote Fische im Teich..."

„Lass es sein, Andrea!" forderte Nick. „Der Hund ist tot, und wenn du weißt, wer welches Mittel in den See gekippt hat und ob es für Hunde tödlich ist, wird er auch nicht mehr lebendig."

„Der blöde Kläffer von der Willsfresh ist tot? Was ein Segen", seufzte Jo. „Wenn das Absicht war, gibt es mehr Verdächtige, als du dir vorstellen kannst, Andrea. Aber selbst Velten hat keine Mittel, die so giftig sind, dass das Mistvieh davon stirbt."

„Wie kommst du jetzt auf Velten?" wunderte sich Nick.

Jo winkte ab: „Nicht so wich..."

„Der nimmt es mit den Zulassungen nicht so genau. Das wissen alle", erklärte Eva dazwischen.

Jo seufzte leise. Er hätte gerne gehabt, dass dieses Gerede nicht weitergetratscht würde. Nicht, weil er Velten schützen wollte – der war ihm relativ egal. Aber es waren nur Gerüchte und die mochte er nicht weiterverbreitet wissen.

„Velten ist jähzornig: der hätte das Vieh überfahren, nicht vergiftet", versuchte Jo Evas Aussage etwas zu relativieren. „Lass die Finger davon, Andrea. Kümmere dich um schönere Sachen: du hast Besuch." Er wies auf Anna und die kleine Sophie, die sich hingebungsvoll um seinen Sohn kümmerte und Eva und Anna auf Trab hielt, weil sie Joschi mit ihrem Marmeladen- und Nutellabrot füttern wollte.

Am Montag hatte Andrea nicht viel Arbeit. Die Frühjahrskirmes stand bevor und so hielten sich die Beschwerden, die bei ihrem Chef eingingen, in Grenzen. Andrea hatte das vollgestopfte Zimmerchen, das von Anfang an ihr Arbeitsplatz gewesen war, mittlerweile in ein nettes, helles, aufgeräumtes Büro verwandelt. Es stapelten sich immer noch Akten in den Regalen, aber die Regalfächer wirkten nicht mehr vollgestopft. Hier und da hatte sie sogar Platz für ein Foto oder eine Grünpflanze schaffen können. Sie mochte das kleine Zimmerchen. Es war ihr Reich und sie kannte jeden Winkel. Herr Hofmeister hatte ihr einen schnelleren Rechner zur Verfügung gestellt und Frau Hofmeister hatte sie eines Tages überredet, mit ihr Gardinenstoff zu kaufen. Sie hatte darauf bestanden, dass Andrea sich einen Stoff aussuchte, der ihr gefiel.

Andrea überlegte, sich an dem Montagnachmittag frei zu nehmen und etwas mit Anna und Sophie zu unternehmen. Doch Anna war mit ihrer kleinen Schwester in den Duisburger Zoo gefahren und das bedeutete eine ganze Stunde Fahrzeit. So beschloss sie, den Nachmittag zu nutzen um vorzuarbeiten: in der nächsten Woche hatte sie einige Termine, die vorbereitet werden mussten, teilweise alleine, teilweise mit Hofmeister zusammen.

Als Frau Hofmeister in ihr Büro trat, sahen sich die beiden Frauen gleichermaßen erschreckt an. Normalerweise klopfte Frau Hofmeister kurz, bevor sie eintrat.

„Frau Jansen! Was machen Sie denn noch hier? Ich dachte, Sie wären mit Ihrer Freundin unterwegs?"

Andrea lächelte die hochgewachsene, immer freundliche Frau mit dem langen, weißen Haar an: „Ich wollte Sie nicht erschrecken. Anna ist in Duisburg und bis ich da bin, ist Sophie so müde, dass die wieder nach Hause fahren."

„Ja, aber es ist doch gar nichts zu tun, sagt Ferdinand."

„Mmh, aber ich wollte die Termine, die wir nächste Woche haben, vorbereiten."

Frau Hofmeister überlegte kurz, dann schüttelte sie entschlossen den Kopf: „Nein! Fahren Sie nach Hause. Kochen Sie Ihrer Freundin was Leckeres oder... keine Ahnung! Ich rede mit Ferdinand: es muss ja nicht sein, dass Sie hier die Zeit totschlagen! Sie machen genug Überstunden..." Yasmin Hofmeister war gegangen, bevor sie ausgeredet hatte.

Andrea grinste heimlich. Eigentlich machte sie keine Überstunden. Sie arbeitete von neun bis 17.30 Uhr und machte eine Stunde Pause. Manchmal blieb sie länger, aber das kam nicht oft vor. Frau Hofmeister konnte sich nicht mit dem Gedanken anfreunden, dass Andrea so lange arbeitete, aber nur ein Praktikantengehalt bekam. Sie argumentierte immer, Andrea würde so selbstständig und umsichtig arbeiten, dass das ausgezahlte Entgelt eine Beleidigung wäre. Ihr Mann gab ihr Recht.

Doch war der Vertrag so unterschrieben worden, und eine Änderung kam nicht in Frage: Andrea war noch für vier Monate in dem kleinen Dorf nahe der niederländischen Grenze beschäftigt.

„Gehen Sie nach Hause", sagte Frau Hofmeister. „Ich habe mit Ferdinand gesprochen: er hat nichts dagegen. Er hat auch gedacht, Sie wären schon gegangen."

Andrea beschloss, zu Bruno Velten zu fahren, dem Bauern, der Land von Lady Willsfresh gepachtet hatte.

Als sie auf den Hof fuhr, sprangen ihr drei kleine Yorkshire-Terrier entgegen. Sie hüpften um ihre Füße herum, bellten und freuten sich. Andrea streichelte sie und sah sich um. Der Hof hatte die typische Form niederrheinischer Bauernhöfe: vier große Gebäude waren so angeordnet, dass sich in ihrer Mitte ein abgeschlossener Innenhof bildete. Zwei große Zufahrten gab es in den Innenhof: durch die Scheune, wenn das äußere und das innere Tor geöffnet wurden und durch das Haupttor, das nur aus einem Tor bestand. Die dritte Möglichkeit auf den Innenhof zu gelangen, war bei diesen Höfen durch das Wohnhaus zu gehen. Andrea mochte diese Bauweise. Jo und Eva feierten immer auf dem Innenhof und hatten so viel Platz und Ruhe vor neugierigen Blicken. Spielsachen lagen auf dem Hof der Veltens verteilt, Blumen wuchsen in großen Kübeln und Katzen schliefen an geschützten Stellen. Der Hof war unordentlicher als der von Jo und Eva, aber Andrea gefiel er trotzdem: er wirkte lebendiger.

„Kann ich Ihnen helfen?" Etwas unsicher wurde Andrea von einer jungen Frau gemustert. Sie hatte eine wirre Frisur und trug eine bemehlte Schürze, die sich über dem Babybauch spannte.

„Hallo. Andrea Jansen. Ich habe am Samstag mit Ihrem Mann gesprochen, als diese Beerdigung von Frau Willsfreshs Dackel war."

Die Frau lächelte vorsichtig: „Franziska Velten. Hallo. Bruno hat mir von Ihnen erzählt. Was... Was machen Sie hier?"

Andrea lächelte die Frau offen an, sie wusste, dass sie so Vertrauen schaffte: „Ich wollte fragen, wie es Ihnen geht? Ihr Mann sagte, Sie würden sich vielleicht über Besuch freuen? Wenn Sie zu tun haben, gehe ich wieder. Das ist gar kein Problem."

„Nein, nein, bleiben Sie. Sie dürfen gerne bleiben. Ich backe gerade Streuselkuchen, wenn es Sie nicht stört...?"

„Nein, gar nicht. Kann ich Ihnen helfen?"

Franziska sah sie überglücklich an. Sie führte Andrea in die Küche, gab ihr einen Becher Kaffee und erzählte von ihren Kindern, dem Hof und ihrem Mann, während sie weiter Zutaten für den Blechkuchen mischte.

Als der Kuchen im Ofen war, setzte Franziska Velten sich zu Andrea an den Tisch. „Ich rede und rede und lasse Ihnen gar keine Zeit, selbst was zu sagen. Tut mir leid. Ich habe nur so selten Besuch... Meine Familie wohnt in Bielefeld und ich habe hier noch nicht so richtig Freunde gefunden. Ich bin nicht so der gesellige Typ, verstehen Sie? Aber Bruno sagt, das kommt noch."

Andrea hörte weiterhin zu. Sie nickte und lachte an den richtigen Stellen. Franziska hatte die gleiche Angewohnheit wie ihr Mann, sich selbst Eigenschaften zuzuschreiben, die nicht zutrafen. Von selbst kam sie auf Lady Willsfresh und den Dackel zu sprechen.

Insgeheim triumphierend dachte Andrea an Nick: ‚Von selbst, Nick! Ich habe nicht nachgefragt! Konnte ich gar nicht: sie redet am Stück!'

„Der Dackel war ja wirklich eine Katastrophe! Der hätte eingeschläfert werden müssen, glauben Sie mir. So ein aggressiver kleiner Widerling! Mich würde nicht wundern, wenn diese Lady Eleonore was mit dem Tod von dem Vieh zu tun hätte. Ihr Grundstück grenzt direkt an das von Lady Willsfresh und der widerliche Dackel hat immer irgendein Schlupfloch gefunden, um da rüber zu kommen. Und dann hat der Lady Eleonores Hühner gejagt. Och... was war das manchmal für ein Geschrei! Da haben die beiden Ladies sich angeschrien, als wären sie Weiber auf dem Fischmarkt. Ehrlich! Soll man gar nicht denken, bei diesen adeligen Engländern, richtig? Aber ich hab manchmal hier mit meinem Mann gesessen und wir haben nur die Köpfe geschüttelt. Ich glaube ja, diese Lady

Willsfresh ist gar keine echte Lady. Die behauptet das nur. Lady Eleonore ist da ganz anders. Die ist wirklich vornehm und... ach, halt alles, was man so einer adeligen Lady nachsagt. Ach, wenn die unsere Verpächterin wäre, wäre vieles einfacher! Ehrlich! Aber Lady Willsfresh ist ja auch nicht mehr die Jüngste und wenn ihre Tochter erbt, wird es besser, sagt Bruno. – Was ich nicht so ganz verstehe", Franziska machte eine kurze Pause. „Lady Eleonore ist doch verheiratet. Aber dann geht sie immer mit Denis spazieren... Zuerst habe ich gedacht, der stützt sie nur, aber dann... Ich weiß ja nicht... Aber Denis ist ein ganz Lieber! Ehrlich! Der kommt manchmal her und bringt uns Eier von Lady Eleonores Hühnern. Sehr leckere Eier, Delikatessen, wissen Sie? Sie hat ja nicht irgendwelche Hühner. Das sind Edelhühner, ,Siamesische Seidenhühner' oder so, ich habe da keine Ahnung von. Lady Eleonore aber schon. Seit Jahren züchtet sie schon diese Hühner. Und was denken Sie, was der Dackel für einen Schaden anrichtet, wenn der die immer jagt und fängt und zerfleddert? Die sind ja auch nicht billig, solche Hühner. Diese fiese Person will so bestimmt auch den Gartenwettbewerb gewinnen: es sieht ja so fies aus, wenn überall die Leichen von den armen, liebenswerten Hühnern liegen. – Oh, da ist Denis. Er kommt immer vormittags oder am frühen Nachmittag, wenn mein Mann nicht da ist. Bruno kann ihn nicht leiden.

Ich weiß aber nicht, warum. Kommen Sie, ich stell Sie vor: Sie werden ihn mögen."

Denis trug wieder eine enge schwarze Lederhose und diesmal ein Figur betonendes Muskelshirt dazu. Franziska hatte auf dem Weg aus dem Haus ihre Haare gebändigt und ihre Bluse zurecht gezupft. Strahlend stand sie jetzt vor dem großen, breitschultrigen Mann, der ihre Bewunderung sichtlich genoss.

Andrea wusste auf Anhieb, warum Franziskas Mann Denis nicht leiden konnte.

„Hallo Denis", flötete Franziska. „Ich habe Besuch. Darf ich vorstellen: das ist Denis und das ist... äh..."

„Andrea Jansen", half Andrea und gab dem Schönling die Hand. Er sah wirklich gut aus: braungebrannt, definierte Muskeln, breite Schultern und lange Beine. Seine braunen Augen waren freundlich und das braune Haar hatte er hochgegelt.

Als er Andrea sah, wurden seine Schultern noch etwas breiter und der Brustkorb größer, als würde er aufgepumpt werden. Er gab ihr mit einem umwerfenden Lächeln die Hand: „Denis Kupfermark, hallo. Ich wusste nicht, dass mich gleich zwei wunderhübsche Damen empfangen würden."

Franziska kicherte verlegen. Andrea verabschiedete sich.

Als sie auf der Bundesstraße zurück in den Ort fuhr, klingelte ihr Handy. Sie hielt in einem Feldweg und meldete sich.

„Papa! Hallo! Wie geht's Dir?" freute sie sich, als sie die Stimme erkannte. Er rief sie nur ganz selten an. Meistens schrieb er ihr kurze E-Mails, zu denen ihn seine langjährige Sekretärin drängte. Sie kannte Andrea, seit sie als kleines Mädchen ihrem Vater in der Kanzlei hatte helfen wollen.

„Mir geht's gut, danke, mein Mädchen. Und dir?"

Die Frage hatte Andrea nicht erwartet. Das fragte er nie. „Gut. Anna ist hier zu Besuch und ich habe schon frei. Heute war wenig zu tun."

„Ich habe eben mit Ferdi gesprochen: er ist sehr zufrieden mit deiner Arbeit." Ferdinand Hofmeister und Andreas Vater waren Studienkollegen gewesen.

„Das ist schön", freute sich Andrea. „Die Arbeit macht auch Spaß…"

„Ja, aber denk daran, dass mit dem Job kein Geld verdient werden kann. Mag sein, dass es Spaß macht, aber das Ganze hat keine Zukunft."

Andrea schwieg. Wieso schickte ihr Vater sie in dieses Praktikum, wenn er den Nutzen anzweifelte?

„Aber weshalb ich eigentlich anrufe: Fabian hat mir gesagt, was du gemacht hast."

Andrea schwieg weiterhin. Ihr Vater mochte Fabian sehr gerne, er hatte ihn als Juniorpartner in seine Kanzlei aufgenommen und ihm schon die Seniorpartnerschaft in Aussicht gestellt.

„Ich muss sagen, Mädchen, das hätte ich dir nicht zugetraut. Du hast meine Anerkennung."

Jetzt war Andrea verwirrt.

„Ich meine das genau so, Andrea. Ich finde das toll, dass du so erwachsen reagierst."

Langsam fragte Andrea sich, was Fabian ihrem Vater erzählt hatte. Sie hatte sich von ihm getrennt, weil er keine Zeit für sie hatte. Sie hatte manchmal wochenlang nichts von ihm gehört.

„Fabian hat jetzt sehr viel mehr Zeit und ich kann ihm größere Fälle geben..."

Andrea schluckte hart, bevor sie weiter zuhören konnt.

„...Es ist wirklich sehr erwachsen von dir, ihm diese Zeit zu geben. Es wird sich lohnen, das wirst du sehen. Und du profitierst ja auch davon: wenn er sich erst mal einen Namen gemacht hat, kann er es etwas ruhiger angehen und ihr könnt mit der Familienplanung anfangen. Ich freue mich ja auch auf Enkelchen. Und es ist ja auch schön, wenn man den Kindern was bieten kann. Das sieht Fabian auch so. Der ist richtig erleichtert, dass du so viel Verständnis für ihn hast. Und es geht ihm besser, wenn er dir mehr bieten kann..."

„Ich muss Schluss machen, Papa", brachte Andrea mühevoll heraus. „Ich ruf dich wieder an, ja? Ich bin im Auto und da kommt die Polizei", log sie. Sie legte auf, bevor ihr Vater antworten konnte.

Es dauerte eine Weile, bevor sie sich zutraute weiterzufahren. Tränen der Wut liefen ihr über das Gesicht. Bevor sie losfuhr, schrieb sie Nick eine SMS: „Wo bist du?"

Er antwortete schnell: „Parkplatz an der Bundesstraße nach Heidfeld. Warum?"

Sie antwortete nicht. Sie drehte ihre Lieblings-Schlechte-Laune-Musik laut auf, um die Erinnerung an das Telefonat mit ihrem Vater zu verdrängen und fuhr um Niederheid herum zu dem Parkplatz, von dem Nick geschrieben hatte.

Nick stand mit einem jungen Kollegen auf einem Parkplatz im Wald und erklärte ihm die Radarpistole. Es würde ein ruhiger Nachmittag werden. Zwar war die gerade Straße durch den Wald eine beliebte Strecke für Raser, aber am frühen Nachmittag fuhren dort nicht viele Autos und am späten Nachmittag würde sein Kollege soweit eingearbeitet sein, dass er selbstständig arbeiten konnte und Nick nur noch zur Rückendeckung dabei blieb.

„Nicht zu schnell, aber sehr laut", rief Nicks junger Kollege Kevin ihm zu, als sich ein Auto näherte.

„Mmh, hol sie raus."

„Sie? Du weißt, wer das ist?"

„Ich denke schon. Mir fällt nur eine ein, die solche Musik so laut hören würde."

„Gute Musik. ‚Guns and Roses', oder? Sollen wir nicht ein Auge zudrücken?"

Nick schmunzelte: „Machen wir. Hol sie trotzdem raus. Das ist ‚Metallica‘. ‚Guns and Roses‘ mag sie nicht.“

„War ich zu schnell?“ fragte Andrea die beiden Polizisten verwundert.

„Nein, nur zu laut“, brummte Nick. „So hörst du ja kein Martinshorn…“

„Aber wir wollen ein Auge zudrücken, weil Sie gute Musik hören“, platzte Kevin heraus.

Nick warf ihm einen tadelnden Blick zu, aber einen amüsierten Zug um den Mund konnte er nicht unterdrücken.

Andrea lachte: „Gut zu wissen!“

„So was darfst du nie sagen, Kevin“, erklärte Nick. „Gerade Andrea merkt sich das. PMA Kevin Hindersandt, das ist Andrea Jansen. Sie arbeitet bei Schlichter Hofmeister. Ab und zu arbeiten wir mit dem Schlichter zusammen.“

Der Polizeimeister-Anwärter musterte Andrea genauer.

„Hallo Herr Hindersandt“, grüßte Andrea freundlich. „Wann sind Sie denn fertig mit der Ausbildung?“

„In acht Monaten.“

„Kommst du einen Moment alleine klar, Kevin? Dann kann ich eben mit ihr reden.“

Der Polizist nickte eifrig und sah schon wieder durch seine Radarpistole: „Ein großer Schlepper, auf jeden Fall zu schnell. Das schaffe ich.“

„Kennzeichen?“ wollte Nick wissen.

„Äh… von hier, JP-609."

„Das ist Jo", Andrea sah zu Nick auf.

Der grinste breit: „Mmh, stimmt. Hol ihn raus, Kevin, und lass dich nicht um den Finger wickeln."

Nick führte Andrea ein Stück von Kevin weg. Neben dem Polizeimannschaftswagen blieb er stehen: „Was ist los?"

„Ist eigentlich gar nicht so schlimm", wehrte sie verlegen ab. Plötzlich schien es ihr kindisch, sich von den Worten ihres Vaters verletzen zu lassen.

Nick unterbrach sie: „Ich mag deinen Musikgeschmack, Andrea. Aber so hartes Zeug hörst du nur, wenn es dir nicht gut geht."

„Und das gefällt dir nicht?"

Nick lachte auf: „Doch, die Musik gefällt mir. Dass es dir nicht gut geht, nicht! Was ist los?"

Nach einer Weile sagte sie leise: „Papa hat eben angerufen." Sie sah auf ihre Hände hinab.

Nick fluchte innerlich. Er hatte erwartet, Fabians Namen zu hören, aber Andreas Vater brachte sie auch jedes Mal wieder aus ihrem fröhlichen Gleichmut, wenn er anrief.

„Und was wollte er?" Er konnte eine gewisse Härte in seiner Stimme nicht unterdrücken.

Als sie aufsah, hatte sie Tränen in den Augen: „Er hat gesagt, es wäre nett von mir, dass ich mit Fabian Schluss gemacht hätte. Jetzt hätte Fabian mehr Zeit, sich auf seine Arbeit zu konzentrieren und wenn er ein erfolgreicher Anwalt ist, könnte ich wieder zu ihm gehen und wir könnten eine Familie gründen."

Nicks Mund blieb offen stehen.

„Das hat er gesagt", klagte Andrea. „Er meint, ich hätte nur Schluss gemacht, damit Fabian Karriere machen kann und ich warte solange…" Sie brach ab.

Nick schwieg ratlos. Schließlich zog er sie in seine Arme. Dankbar verkroch sie sich in seiner schützenden Umarmung. Sie mochte es, wenn seine starke Hand in ihrem Nacken lag. Das gab ihr immer ein Gefühl von Sicherheit.

Nick wusste nichts zu sagen. Seine Eltern hatten ihn und seine Geschwister nie im Stich gelassen. Er konnte nicht nachfühlen, wie es Andrea ging. Und er wusste nicht, was sie trösten könnte. Dass ihr Vater es vermutlich nicht so gemeint hatte, mochte er nicht sagen, da er ziemlich sicher war, dass er es so gemeint hatte. Er mochte ihr auch nicht sagen, was er von ihrem Vater hielt, sie mochte ihn schließlich.

„Beruhige dich, Andrea. Ist doch egal, dass er das denkt", brummte er schließlich.

„Mmh, ich weiß", jammerte sie an seiner Brust. „Aber… Warum denkt der so was? Warum… warum geht es immer nur um Fabian? Nie um mich! Ich bin doch seine Tochter!" Sie sah ihn an. Tränen schimmerten in ihren Augen.

Es versetzte Nick einen Stich in der Brust, sie so zu sehen. Er strich ihr eine Haarsträhne aus dem Gesicht.

„Weiß ich nicht", antwortete er mit trockener Kehle. Sie war schön, trotz ihres gequälten Gesichtsausdrucks.

„Nein, natürlich nicht", lenkte sie ein. Sie löste sich aus seiner Umarmung: „Danke, Nick. Tut mir leid, dass ich so..."

„Kein Problem", unterbrach er sie. „Ist es denn jetzt wieder gut?" fragte er ungläubig.

Sie zuckte mit den Schultern: „Geht so. Ich sollte mich langsam damit abfinden, dass Fabian der Wunschsohn ist und ich nur die nervige Schwiegertochter – und nicht umgekehrt. Und dann muss ich Papa davon überzeugen, dass ich gar keine Schwiegertochter sein will. Jedenfalls nicht, wenn es um Fabian geht. – Anna wird sauer sein. Gut, dass sie hier ist. Sonst würde sie bestimmt sofort zu Papa fahren. Und Mama... ich glaube, der erzähle ich das gar nicht." Sie seufzte und lehnte sich wieder an Nicks Schulter: „Warum hörst du dir meine Jammerei eigentlich immer wieder an?"

Nick lachte auf. Er drückte sie an sich: „Weil ich dich gern hab."

Andrea grinste: „Echt? Was genau?"

„Alles", erwiderte Nick wahrheitsgetreu.

Andrea lachte: „Glaub ich nicht. Dass ich immer wieder von Fabian erzähle, gefällt dir zum Beispiel nicht." Sie sah ihn an.

„Stimmt", gab er zu.

„Du hast ja Recht. Und eigentlich will ich ja auch gar nicht mehr von ihm reden. Aber er macht es mir echt schwer. Bei meinem letzten Exfreund habe ich Schluss gemacht, hab ihm seinen Kram zurückgegeben und dann habe ich nach zwei Jahren wieder von ihm gehört, als er in Memphis einen Anwalt brauchte: er wollte wissen, ob Papa da jemanden kennt. Aber Fabian... der muss wissen, wohin er meine Sachen bringen soll, dann muss er wissen, wo er seinen Smoking hat, dann fragt er, wann seine besten Freunde Geburtstag haben... Manchmal denke ich, er macht das mit Absicht, damit ich ihn nicht vergesse. Und Papa scheint das zu unterstützen."

„Was willst du jetzt machen?"

„Anna meint, ich soll Fabians Anrufe auf mein Handy sperren. Ich glaube, sie hätte ihm einige Male schon gerne die Meinung gesagt."

„Aber du hast es ihr verboten?" rief Nick.

Andrea schüttelte den Kopf: „Nein. Aber Papa hätte ihr Ärger gemacht und das kann sie in ihrem Job nicht brauchen."

„Und warum sperrst du seine Nummer nicht?"

„Ich hab gedacht, das geht so. Außerdem muss ich dann sechs Nummern sperren: zwei berufliche

Festnetznummern, privates und berufliches Handy und das Telefon seiner Sekretärin."

Nick stöhnte: „Was macht der mit so vielen Telefonen?"

Andrea zuckte mit den Schultern: „Er ist immer erreichbar. Es sei denn, ich will mit ihm Schluss machen. Lass uns bitte das Thema wechseln. Das ist deprimierend. Da kommt Jo."

„Fünfzig Euro für das bisschen zu schnell fahren", murrte Jo, als er zu ihnen trat.

„Fünfzig Euro? Was war denn noch?" Nick schnappte sich den Zettel aus Jos Hand, bevor der ihn wegziehen konnte. „Beamtenbeleidigung?" Er sah seinen Freund warnend an.

„Hab gesagt, er wäre... kleinkariert."

„Kleinkariert'?" wiederholte Nick mehr als ungläubig.

Jo grinste schief: „Vielleicht hab ich auch was anderes gesagt. – Geh mal weg, Herr Polizeioberkommissar, das ist jetzt nichts für deine Ohren." Er schob Nick weg, der sich aber wehrte.

Nick grinste: „Von wegen! Deine Frau sagt, du hättest mehr Geheimnisse vor ihr als vor mir."

„Da hat sie Recht. Ihr kann ich wohl kaum sagen, dass Schwiegermutters Kuchen besser schmeckt als ihrer."

Andrea kicherte.

Jo sah sie zufrieden an: „So gefällst du mir schon besser. Erzähl: was hat das Arschloch jetzt wieder gemacht? Und was soll ich mit ihm machen? Hör weg, Nick!"

Nick grinste nur.

Jos Blick wurde immer finsterer, während Andrea vom Anruf ihres Vaters berichtete. Als Andrea endete, wunderte Nick sich, dass Jo den Griff der Schiebetüre vom Polizeiwagen nicht abriss, den er festhielt.

„Vielleicht kann Anna Fabians Anrufe einfach auf eine freie Nummer umleiten oder so was. Die kann solche Sachen einrichten", überlegte Andrea.

„Und die Anrufe von deinem Vater am besten auch", knurrte Jo. „Das ist doch nicht zu glauben! Waren die zusammen auf einer Fortbildung für fortgeschrittene A..., schon gut", brummte er, als er Nicks warnenden Blick wahrnahm.

„Willst du heute Abend zum Essen kommen? Wir wollten grillen und Reste essen. Das muntert dich bestimmt auf."

Andrea nahm Jos Einladung gerne an.

„Anna und Sophie können auch gerne kommen", erklärte Jo.

„Und ich?" fragte Nick, als Jo ihn nicht einlud.

Jo versuchte vergeblich, ein Grinsen zu unterdrücken: „Dich hätte ich ja auch eingeladen, wenn ihr mir eben nicht fünfzig Euro abgenommen hättet. Jetzt habe ich nicht mehr genug Geld, um dich auch noch durchzufüttern. Außerdem kannst du nicht bei euren Polizeifesten von meinem Geld satt werden und dir dann noch bei mir Zuhause den Bauch vollschlagen."

Nick lachte: „Ich bring Bier mit. Ihr hattet gestern keins mehr."

„Mmh, gut. Sieben, wie immer", murmelte Jo schmunzelnd.

Die beiden Männer sahen Andrea nach, als sie nach Hause fuhr.

„Was ist?" wollte Jo wissen.

Nick seufzte: „Sie geht mir keine Sekunde aus dem Kopf. Aber wenn sie von ihrem Vater erzählt, bekomme ich Angst."

Jo lachte laut auf und schlug Nick so kräftig auf die Schulter, dass der aufstöhnte. „So geht's mir mit meiner Schwiegermutter auch."

Nick grinste: „So schlimm ist Karin nicht."

„Mmh, aber dein Schwiegervater wohnt dafür 400 km weit weg."

„„Potentieller Schwiegervater'", verbesserte Nick.

Jo verdrehte die Augen.

„Du meinst, dass gleicht sich aus?" fragte Nick.

„Mmh, klar!"

„Sie ist süß", meinte Kevin Hindersandt und gesellte sich zu Nick und Jo.

Die älteren Männer sahen den Einundzwanzigjährigen überrascht an.

„Hör zu, Kleiner", verlangte Jo und legte ihm einen Arm um die Schultern. „Erspar uns beiden doch die Umstände, die Körperverletzung so mit sich bringt und denk nicht mal an sie…"

„Jo!" mahnte Nick.

PMA Hindersandt sah unerschrocken zu Jo auf: „Drohen Sie mir?"

„Nein, tut er nicht", erklärte Nick bestimmt. Er warf Jo einen warnenden Blick zu und trennte seinen Freund von seinem Kollegen.

Der junge Polizist schüttelte den Kopf: „Sie ist doch viel zu alt für mich. Und ich habe eine Freundin. Ich meinte für ihn", er zeigte auf Nick.

Jo lachte auf und legte seinen Arm erneut um Kevins Schultern: „Guter Mann! Nick, der Kleine war eine gute Wahl!"

Nick schmunzelte: „Schön, dass ich endlich einen Kollegen gefunden habe, der deine Zustimmung findet. Verschwinde! Deine Frau wartet und der Kaffee wird kalt."

Abends klopfte Andrea mit Sophie und Anna an Jos und Evas Küchentüre. Vorher hatten sie Sophies Drängen nachgegeben und die Kälbchen besucht. Sophie hatte extra für alle drei Kälber frisches Gras gepflückt, das sie ihnen unbedingt sofort hatte geben müssen. Sie erzählte Jo auch sofort davon, als der die Türe öffnete. Der hob die Kleine hoch und hörte interessiert zu.

Anna grinste: „Ich glaube, er ist adoptiert."

Jo sah Anna hinter Sophies Rücken an. Er grinste breit: „Ich weiß eben, wie man Frauen behandelt."

„Vorsicht, Schatz", warnte Eva schmunzelnd. Sie stillte ihren Sohn.

Anna streichelte über Joschis Kopf und seufzte: „Genießt die Zeit, in der er nur schläft und trinkt."

Eva nickte und fragte dann: „Ist Sophie gestillt worden?"

„Nein. Mama war zu alt. Sie war nur knapp zwei Monate bei Mama und Papa, dann hab ich sie genommen."

„Und wie hast du das gemacht? Du musstest doch arbeiten?" wollte Jo wissen.

„Elternzeit", meinte Anna. „Es war viel Papierkram, aber meine Schwester ist Anwältin und mein Bruder war damals nur halbtags beschäftigt: er konnte sich um Sophie kümmern und hat viel von dem Papierkram erledigt. Und Andreas Mutter hat uns auch sehr geholfen."

„Mama und Papa suchen", meinte Sophie und sah Anna an.

Die schüttelte den Kopf: „Wir können Mama und Papa jetzt nicht besuchen. Die sind ganz weit weg. Aber wir können sie gleich anrufen, ja?"

„Ja!" bestätigte Sophie bestimmt. „Komm!" verlangte sie von Jo.

Der lachte: „Weißt du denn die Nummer?"

„Steht in Telefon", erklärte Sophie. „Eins!"

„Nein, hier nicht, Sophie, hier ist die nicht eingespeichert. Wir rufen die gleich an, wenn wir wieder bei Andrea sind, ja?"

„Ihr könnt auch von hier anrufen", meinte Eva. „Das Telefon ist im Wohnzimmer."

Sophie sah Anna strahlend an und die stand seufzend auf: „Wie gesagt: seid froh, solange er nur schläft und trinkt. Dann komm, Prinzessin. – Nein, ich trage dich nicht. Du kannst laufen. Komm."

Beim Essen brummte Jo: „Gib Nick nicht so viel, Maria. Der hat mir heute fünfzig Euro abgenommen."

„Warum?"

„Bin nur ein bisschen zu schnell gefahren", winkte Jo ab.

Nick grinste: „Und er hat meinen Kollegen als ‚kleinkariert oder so was' bezeichnet..."

„Jo! Du kannst doch nicht..."

„Ja, ja", unterbrach Jo seine Frau. „Die müssen doch auch von irgendwas leben. Aber wenn du denen einfach so Geld gibst, reden die von Bestechung."

Anna sah Jo ungläubig an: „Du fährst zu schnell, damit..."

„Klar, tut er das! Ohne Jo und seine Kollegen hätten wir die Wache schon auflösen müssen", feixte Nick. „Die Bauern sind unsere zuverlässigsten Finanzierer."

Jo schwieg und Andrea kicherte: „Jo, findest du auch eine Ausrede, um mir ein bisschen Geld zu geben?"

Er schüttelte den Kopf und drückte ihre Schulter liebevoll: „Später vielleicht. Erst... Anna: Andrea sagt, du kannst Anrufe umleiten. Kannst du alle Anrufe von Fabian und von ihrem Vater auf mein Handy umleiten? Dann..."

„Hoh!" machte Nick überrascht. Er widersprach: „Das ist keine gute Idee. Ich will dich nicht im Knast besuchen."

„Wieso? Was ist denn?" fragte Anna erstaunt.

Nachdem Andrea ihrer besten Freundin vom Anruf ihres Vaters erzählt hatte, nickte die und erklärte trocken: „Mach ich, Jo. Ich..."

„Sag mir, wann du ein Alibi brauchst, Schatz", grollte Eva. Sie sah Andrea an: „Das ist doch nicht zu glauben! Das..."

Ein Kuss von Jo unterbrach sie. Er kicherte: „Du bist genau die richtige Frau für mich!"

Ebenfalls kichernd erwiderte Eva seinen Kuss. Danach hatte sie vergessen, was sie sagen wollte.

„Ich glaub, ich erzähle es Mama nicht", sagte Andrea etwas kleinlaut zu Anna.

„Warum nicht? Die ist die einzige, die einigermaßen mit deinem Vater umgehen kann."

Andrea stocherte in ihrem Rührei: „Die regt sich nur auf..."

„Na klar regt die sich auf! Und anschließend macht sie ihn einen Kopf kürzer! Ruf sie an! Der kann mit dir doch nicht machen, was er will!"

Andrea nickte langsam und starrte auf ihr Käsebrot.

„Sonst ruf ich sie an", drohte Anna.

Andrea nickte wieder: „Ja, ich ruf sie an."

Kapitel drei

„Nick, bist du krank?" brüllte Holger durch den Gastraum. Alle Gäste drehten sich nach dem untersetzten Schweinemäster um, der breit grinsend zu seinen Freunden stapfte.

„Dass Gerti ihn immer wieder raus lässt!" wunderte sich Jo. Gerti war Holgers Mutter.

Jo saß Nick gegenüber an ihrem Stammtisch in der einzigen Kneipe des Dorfes.

„Wieso?" fragte der schlaksige Malte, der neben Jo saß.

„Weil er bei seinem Benehmen nur im Schweinestall nicht auffällt", erklärte Jan geduldig.

Holger schob sich auf den Stuhl neben Nick: „Und? Bist du krank? Filzläuse oder so?"

„Schließt du von dir auf andere oder hast du einfach nur Appetit auf dein eigenes Blut?" fragte Nick.

„Wie kommst du darauf?" wollte der Hufschmied Jan von Holger wissen.

„Hab gestern meine Cousine getroffen. Die ist mit ihren Freundinnen hier bei meiner Tante in Urlaub. Ganz süße Mädels! Ehrlich! Genau der Typ, den Nick nicht ganz so lange zappeln lässt wie die anderen. Aber: du hast nicht mal geguckt", wandte Holger sich anklagend und verwundert an Nick.

Der zuckte mit den Schultern: „Und?"

„Junge! Du konntest noch nie wiederstehen, wenn solche Mädels sich für dich verrenkt haben. Aber vor anderthalb Monaten hast du die Schwester von Mannis Freundin auch abblitzen lassen. Und die ist auch... Holla!" Er nickte anerkennend und fuhr fort: „Du bist krank oder so?!"

„Nein, ich bin völlig gesund", murmelte Nick.

Holger wartete noch einen Moment auf weitere Auskünfte, aber weil Nick nichts mehr sagte, sah Holger Jo, Jan und Malte auf der anderen Seite des Tisches an: „Und wie geht's euch?" fragte er vergnügt. „Wie feierst du denn morgen deinen ersten rechtmäßigen Vatertag, Jo?"

„Wie immer", grinste Jo. „Mit euch und jeder Menge Bier."

„Kommst du auch, Nick?" wollte Jan wissen.

„Nein. Ich muss arbeiten. Die Kollegen mit Kindern haben morgen frei."

Die Freunde nickten etwas enttäuscht. Aber bisher hatte Nick an solchen Feiertagen immer – mit ganz wenigen Ausnahmen – arbeiten müssen.

„Aber du kommst mal vorbei, oder?" fragte Malte.

Der Polizist nickte: „Klar: Kontrolle, ob ihr euch benehmt."

Die Freunde grinsten breit: „Dann komm früh! Und wenn du Feierabend hast, kommst du mitfeiern."

„Zieht ihr wie jedes Jahr von Hof zu Hof?"

Jeder von Nicks Kumpels stellte bei sich zuhause eine Kiste Bier kalt. Beim ersten trafen sie sich, tranken das Bier und zogen dann zum nächsten. Meistens bereiteten Jos und Jans Frauen und Holgers Mutter noch etwas zu Essen vor, das die Männer dankbar annahmen. Dieses Jahr würde auch Maltes Freundin Linda etwas Essbares bereithalten.

„Mmh, klar. Anfang und Ende ist bei Armin."

„Ist schließlich ein kirchlicher Feiertag", grinste Jo.

„Vergesst vor lauter Beten das Saufen nicht", lachte Nick.

Wie immer, wenn die sechs Freunde sich trafen, redeten sie viel, lachten viel und tranken viel Bier. Die Kellnerinnen fragten nicht nach ihren Wünschen, sie ersetzten leere Biergläser einfach durch volle. Sie hatten viel zu tun: jeder Platz in dem Gasthof war besetzt. Alle feierten den morgigen freien Tag.

Plötzlich hielt Holger mitten in seiner Erzählung inne und starrte zur Tür. Die Freunde sahen ihn erstaunt an, da sie sich sowieso über seine Erzähllust wunderten. Der dunkelhaarige, breite Mann war sonst etwas schweigsamer, ließ sich aber unter keinen Umständen unterbrechen.

„Heilige Scheiße! – Ihr drei: macht bloß die Augen zu! Ihr seid verheiratet." Er deutete auf Jo, Jan und Malte. „Und du am besten auch, Nick."

Nick hatte gerade sein Glas gehoben, ließ es aber wieder sinken. Zu Jos Belustigung vergaß er, den Mund zu schließen. Armin hatte auch gerade etwas trinken wollen. Er schloss den Mund als er Andrea sah, doch kippte er das Glas weiter.

„Ey!" schimpfte Holger, der Bierspritzer abbekam, als das Bier Armins Hose traf. „Normalerweise kommt das Bier erst in dem Mund, bevor es in der Hose landet", knurrte er.

Armin erschrak, entschuldigte sich kleinlaut und versuchte seine Hose mit einer Servierte trocken zu tupfen. Belustigt verfolgten die Freunde das Schauspiel.

Nick gab sich Mühe, Andrea nicht anzustarren. Sie trug ein glitzerndes, besticktes, schwarzes Kleid, das ihr knapp zu den Knien reichte und perfekt passte, dazu schwarze Riemchensandalen mit hohem Absatz. Sie hatte ihre Augen dunkel umrandet und ihr blondes Haar hochgesteckt. Sie sah umwerfend aus.

Sie lächelte freundlich, als sie an den Tisch der sechs Männer trat: „Hallo. Ich habe gehofft, euch hier zu finden."

„Du siehst aus wie ein Engel!" erklärte der kleine, neben seinen muskulösen Freunden schmächtig wirkende Pfarrer Armin. „Und ich habe Engel studiert…"

Jo verschluckte sich an seinem Bier. Die anderen versuchten ein Lachen oder Stöhnen mehr oder weniger erfolgreich zu unterdrücken.

Andrea sah den protestantischen Pfarrer nur an. Ihr fiel keine Antwort ein.

„Oh, das ist nur Bier", stammelte Armin. Da Andrea ihn immer noch nur ansah, nahm er an, sie hätte den Bierfleck auf seiner Hose entdeckt. „Entschuldigung", murmelte er, versuchte den Bierfleck mit den Händen zu verstecken und zwängte sich an Andrea vorbei zu den Toiletten.

Andrea sah die Männer an: „Habt ihr mal überlegt, dem alkoholfreies Bier zu geben?"

Jo lachte auf: „Nein, bisher nicht. Ist aber eine hervorragende Idee."

„Was machst du hier? Mit dem Kleid bringst du die ganze Kneipe in Aufruhr", meinte Nick.

„Ach ja", brummte Jo leicht grinsend und so leise, dass nur Nick ihn verstand. „Unseren Polizeichef lässt das völlig kalt."

Nick warf ihm einen amüsierten Blick zu.

Andrea kicherte verlegen: „Das war nicht meine Absicht. Ich wollte nur fragen, ob... na ja... mein Auto ist so alt und... na ja... – Ich bin zu einer Gartenparty bei Lady Eleonore eingeladen und da kann ich doch nicht mit meinem klapprigen Auto hinfahren. Ich wollte dich fragen, ob ich mir für den Abend dein Auto leihen kann? Oder deins, Jo?"

Beide Männer nickten.

„Klar", meinte Jo. „Aber nimm mal Nicks Auto, das steht hier um die Ecke. Meins ist Zuhause."

„Ehrlich?" freute Andrea sich.

„Klar", brummte Nick. „Hab den Schlüssel wohl nicht mit." Er nahm zwei Schlüssel von seinem Schlüsselbund und warf sie Andrea zu. „Damit kommst du in die Wohnung. Der Autoschlüssel liegt auf dem Küchentisch."

„Und die Fahrzeugpapiere?"

Nick grinste schief: „Lass dich einfach nicht anhalten."

„Na toll", lachte Andrea. „Deine Kollegen wissen mit Sicherheit, dass du hier feierst. Wenn die dein Auto sehen, halten die mich doch sofort an."

Nick zuckte mit den Schultern: „Ich hab die nie mit. Die sind in irgendeiner Schublade…"

„Und dann machst du bei mir so einen Aufstand!?" empörte sich Malte.

„Du hast deine Karre tiefergelegt. Woher soll ich wissen, dass der TÜV damit einverstanden ist?" gab Nick zurück.

Malte schwieg.

„Meine Papiere wollte er noch nie sehen", überlegte Jan.

„Ich kenn euch doch und eure Autos. Wenn ihr fremde Autos fahrt, dann frage ich danach. Ich sag Marion Bescheid", bot Nick Andrea an. „Dann bekomme ich Ärger und nicht du."

„Ja, gut", freute sie sich. „Danke! Hast was gut bei mir! – Schönen Abend noch! Nick, ich werfe dir den Autoschlüssel in den Briefkasten, ja? Oh! Und die Wohnungsschlüssel? Die brauchst du doch wieder, sonst kommst du nicht rein."

„Jo hat noch Schlüssel. Gib mir die Schlüssel morgen wieder."

„Okay. Super. Schönen Abend!"

„Danke. Viel Spaß!"

„Gott!" stöhnte Nick, als er ihr nachsah.

„Hey!" staunte Holger. „Er ja lebt doch noch! Hab schon gedacht, wir müssten den Doc rufen."

Nick ignorierte seinen Freund. Der Rock von Andreas Kleides umspielte ihre Beine, ab der Taille lag das Kleid jedoch eng am Körper an und betonte ihre Figur. Nick beobachtete, wie sie kurz mit der Inhaberin der Kneipe sprach. Die beiden Frauen verstanden sich ganz gut miteinander. Sie winkte ihm vergnügt zu, als sie sah, dass er sie beobachtete, dann verließ sie die Kneipe.

Plötzlich schien Nick der überfüllte Gastraum leer und trostlos. Es war laut, ungemütlich und sie fehlte. Lange ertrug er das Gefühl nicht.

„Verdammt!" Mit der flachen Hand schlug er auf den Tisch.

Seine Freunde sahen ihn fragend an.

„Komm gleich wieder", murmelte er.

Holger sah ihm nach und verstand plötzlich: „Den hat`s ja erwischt."

„Oh ja!" bestätigte Jo grinsend.

„Was? Echt?" zweifelte Malte.

„Das wird Armin aber nicht gefallen. Der hat sich auch in die Kleine verguckt."

„Armin ‚verguckt' sich in jede Frau, die ihm länger als zwei Minuten zuhört. Was meinst du, warum unverheirateten Frauen nicht in seinen Gottesdienst gehen?" knurrte Jo.

Die anderen Männer nickten grinsend.

„Also ist unser größter Weiberheld verliebt. Deshalb haben die anderen Frauen keine Chance mehr", überlegte Malte. Er lächelte: „Ich gönn es ihm. Sie ist toll. Hat er Chancen?"

„Es ist Nick! Der kriegt jede rum!" meinte Jan nachdrücklich.

Jo grinste: „Sie will ihn nicht."

Die Männer mussten lachen.

„Der muss ja sowas von…" Holger pfiff durch die Zähne.

„Der muss richtig verrückt nach ihr sein."

„Klar, dass er sie will!"

Jo grinste: „Absolut! – Ich glaub, er hat es einfach noch nicht richtig versucht."

„Wie?"

„NICK!!?"

„Warum?"

Nicks bester Freund zuckte mit den Schultern: „Weil es zum ersten Mal ernst ist, denk ich."

Die Männer schwiegen. Jo zuckte wieder mit den Schultern: „Weiß nicht, ob er ’ne Chance hat. Sie will Jura studieren und dafür zurück nach Frankfurt. Und im Gegensatz zu den bekloppten

Weibern hier, ist ihr Ziel nicht, ihn vor den Altar zu zerren und `n Haufen Kinder von ihm zu bekommen. – In vier Monaten ist ihr Praktikum hier zu Ende."

„Er kann ja mitgehen und dann kommen die zusammen zurück", meinte Holger.

Die Freunde sahen ihn nur an.

„Ja, ich weiß! Sechs sind besser als fünf. Aber wenn er doch so verknallt ist... Er erträgt es ja nicht mal, wenn sie hier aus der Türe geht."

Die Männer schwiegen wieder.

„Andrea, warte", rief Nick ihr nach. Mit wenigen großen Schritten war er bei ihr.

„Was ist los?" fragte sie erstaunt.

„Ich hab befürchtet, dass du zu Fuß gehst und mit dem Kleid wirst du noch geklaut."

Andrea lachte: „Das ist lieb von dir. So wie ihr reagiert habt, scheint es hier sehr unüblich zu sein, so rumzulaufen." Sie hakte sich bei Nick unter.

„Mmh, ein ‚kleines Schwarzes' hat hier eigentlich niemand. Zu feierlichen Anlässen tragen die Frauen Ballkleider, aber nicht so was."

„Das wusste ich nicht. Zuhause kann man auf jede zweite Party so ein Kleid anziehen."

„Du siehst phantastisch aus", sagte Nick.

Andrea sah strahlend zu ihm auf: „Danke! Es ist ein bisschen eng geworden. Früher war ich dünner."

„Du bist aber nicht zu dick", brummte Nick. Er hatte Mühe, den Blick von ihr zu lassen. Das Licht der Straßenlaternen schimmerte auf ihrem Dekolleté. Eine Haarsträhne hatte sich gelöst und fiel auf ihre Schulter.

Andrea kicherte: „Danke. Ich weiß. Das sind alles Muskeln, weil ich Eva im Stall helfe."

„Ist das nicht zu kalt so?"

„Doch. Aber deine Oma sagt, wenn man bei Lady Eleonore mit einer Jacke auftaucht, ist sie beleidigt."

„Warum das denn?" Er legte ihr seine Jacke um die Schultern.

„Weil Lady Eleonore dann denkt, man würde ihr unterstellen, dass sie sich nicht um ihre Gäste kümmert oder so ähnlich." Weil Nick sie zweifelnd ansah, bekräftigte Andrea: „Das hat deine Oma gesagt und ich kann mir das auch vorstellen: Lady Eleonore ist sehr... seltsam." Sie kuschelte sich in die Jeansjacke und kicherte: „Jetzt rieche ich gleich nach dir und alle denken, ich würde Männerparfum benutzen."

Nick grinste: „Wenn die Gastgeberin so exzentrisch ist, müssen sich die Gäste eben anpassen. – Was macht Anna?" wechselte er das Thema.

„Die ist Zuhause. Sophie hat sich den Magen verdorben. Ist aber nicht schlimm. Nur kann Anna sie nicht alleine lassen, sonst hätte sie mich gebracht."

„Warum kriegst du ihren Wagen nicht? Der würde doch wirklich Eindruck machen." Anna fuhr einen schwarzen ‚Lexus'.

„Das ist ein Firmenwagen. Damit darf ich nicht fahren."

Nick sah sie erstaunt an: „Ein Firmenwagen? Das wusste ich nicht. Wahnsinn, dass sie so einen Wagen gestellt bekommt."

Andrea zuckte mit den Schultern: „Ich weiß nicht, wonach das entschieden wird. Sie war auf jeden Fall sehr glücklich, dass sie sich den aussuchen konnte."

„Glaube ich", grinste Nick. „Wäre ich auch. – Was macht ihr denn morgen? Du hast doch frei, oder?"

„Mmh. Wir wollten eigentlich mit Sophie in ein Märchenland. Keine Ahnung, wo das ist. Anna hat das gefunden. Aber jetzt müssen wir erst mal gucken, wie es Sophie morgen geht. Und du? Gehst du feiern?"

„Nee, ich muss arbeiten."

Als Nick in die Kneipe zurückkam, standen kleine Gläschen mit rosafarbener Flüssigkeit auf dem Tisch. Er runzelte die Stirn: „Was soll denn das?"

Seine Freunde zuckten ratlos mit den Schultern.

Jo erklärte: „Ist ein Geschenk von ‚einer Dame in Schwarz', sagt Nina. Wir haben gedacht, wir warten auf dich."

„Wäre nicht nötig gewesen", brummte Nick und roch an dem Getränk. „Weiß Nina auch, warum?" wollte er wissen. Nina und ihrem Mann Wolfgang gehörte die Dorfkneipe.

„Sie sagt, Andrea wollte uns ein Geschenk machen und hat extra nach einem süßen, rosa Schnaps gefragt. Nina war so begeistert von der Idee, dass sie uns das Zeug ausgibt", erklärte Jan, während er sein Gläschen skeptische musterte.

Nick grinste: „Dieses kleine Biest! Habt ihr schon probiert?"

„Nee! Wir saufen und fallen nur mit dir", verkündete Holger. Nick stöhnte zur Freude seiner Freunde.

„Nick", Malte war neugierig, was Nick über Andrea sagen würde. „Wir haben da eine Theorie... Also ich habe da einen guten Kumpel, der..."

Nick grinste: „*Du* hast einen ‚guten Kumpel'? Gut, dass du gesagt hast, es wäre eine Theorie."

Die Freunde lachten, dann legte Holger einen Arm um Nicks Schultern: „Sag, geliebter Freund: wir haben damit gerechnet, dass du uns irgendwann deine Liebe zu Jo gestehst und ihr dann glücklich als Mann und Mann zusammenlebt. Aber jetzt läufst du dem Engelchen hinterher wie ein zahnloser Wolf dem Lamm. Jo ist am Boden zerstört..."

Nick lachte und nahm Jos Hand: „Musst du nicht, Joey-Liebling. Sie gibt mir nur Schminktipps. – Und verdreht mir den Kopf!" gab er zu.

In das laute Lachen hinein hob Holger sein Gläschen: „Auf geht's Männer: keine Feigheit vor dem Feind."

Jan und Nick murmelten etwas von Dummheit der Patrioten und klugen Überlebenden, stießen aber trotzdem mit ihren Freunden an.

Holger schüttelte sich, als er den Himbeer-Sahne-Schnaps schluckte, Jan und Nick verzogen das Gesicht.

„Das kriegt sie wieder", knurrte Jo.

Malte trank auch den letzten Tropfen aus dem Glas: „Schmeckt eigentlich ganz gut."

Die Männer sahen ihn ungläubig an.

Doch bevor sie etwas sagen konnten, erklärte Armin: „Die Bezeichnung ‚Schnaps' hat das Zeug aber nicht verdient. Da ist ja nichts drin."

Nick und Jo warfen sich amüsierte Blicke zu, während Holger an Armins Glas roch.

„Er hat Recht: bei ihm ist kein Alkohol drin." Nick lachte: „Sie hat bestimmt gedacht, dass ist besser für ihn."

„Was? Wieso?" entsetzte sich Armin.

„Na, überleg mal", grinste Jo schadenfroh. „Du hast ihr gesagt, du hättest ‚Engel studiert'."

Armin lief rot an: „Nein, das war doch... ich wollte doch nur... So ein Mist! Ich wollte doch nur sagen, dass sie toll aussieht und jetzt hält sie mich für einen Deppen."

„Sei froh: dann musst du dich nicht mehr verstellen", meinte Jo.

„Wieso?" fragte Armin verständnislos, was seine Freunde wieder zum Lachen brachte.

„Warum gewinnt sie nicht?" fragte Andrea Lili Jarnswitch. Staunend sah sie sich in Lady Eleonores Garten um. Lampen tauchten die Beete und Sträucher in goldenes Licht. Es verfälschte die Farben der zahlreichen Blumen, ließ aber die unglaubliche Blütenpracht erahnen.

„Lady Willsfreshs Garten ist durchdachter und besser geplant. Die Schreckschraube hat erst seit ein paar Jahren einen qualifizierten Gärtner, der weiß, was er tut. Und der braucht natürlich ein bisschen Zeit, um die Fehler seiner Vorgänger zu beheben. Außerdem hat Lady Jammerich den Mitleidsfaktor auf jeden Fall auf ihrer Seite."

Andrea sah die große, elegante Lili Jarnswitch erstaunt an: „„Jammerich'?"

„Edna Willsfresh. Wenn Sie sie besser kennen, wissen Sie, was ich meine. – Sie sehen phantastisch aus, Frau Jansen. Ehrlich. Wissen Sie, ich bin immer ganz zufrieden mit mir, wenn ich mich neben den beiden ‚Ladies' sehe. Aber neben Ihnen komme ich mir alt und mit dem ganzen Schnick-Schnack hier…" Sie deutete auf die doppelreihige Halskette aus zierlichen Perlen und ihren goldenen

Armreif, „...affektiert vor. Sie haben eine natürliche und junge Schönheit. – Lachen Sie nicht so! Das meine ich ernst!" bekräftigte sie amüsiert.

Andrea musste trotzdem lachen: „Ich finde Sie nicht affektiert! Und alt sehen Sie auch nicht aus. Ich finde, Sie sehen sehr elegant aus und stilbewusst. Aber wenn es Ihnen dann besser geht, gehe ich."

Lili Jarnswitch griff nach Andreas Arm: „Unterstehen Sie sich! Wehe, Sie lassen mich hier alleine! Ich brauche jemanden, mit dem ich lästern kann. Lissi hat mich schon im Stich gelassen, bleiben Sie bitte bei mir."

Andrea kicherte: „Ja, gerne. Ich bin froh, dass Sie hier sind. Ohne Sie käme ich mir hier sehr einsam und deplatziert vor. – Der Gärtner, der Lady Eleonores Garten macht, ist das dieser Denis Kupfer-so-und-so?"

„Kupfermark. Nein, der ist nur Verzierung. Und Freizeitvergnügen. Heiner Preuss heißt der Gärtner. Warum?" Die beiden Frauen folgten langsam den anderen Gästen durch den prächtigen Garten.

„Nur so. Denis Kupfermark habe ich vor ein paar Tagen kennengelernt. Na ja, ich habe ihm die Hand gegeben und ihn dann mit der Frau von Lady Willsfreshs Pächter alleine gelassen."

„Franziska Velten?"

„Ja."

„Mmh", machte Lili Jarnswitch. „Die soll aufpassen: ihr Mann ist jähzornig und die alte Hornisse unberechenbar, wenn man aus ihrem Honigtöpfchen nascht."

Andrea lachte auf und hielt sich sofort den Mund zu. Erstickt kichernd erklärte sie: „Ich habe die ganze Zeit überlegt, woran Lady Eleonore mich mit diesem Kleid erinnert. Jetzt weiß ich es."

Jarnswitch grinste: „Gern geschehen."

Später lud Lady Eleonore ihre Gäste auf eine große Veranda zu Gebäck und Getränken ein.

„Jetzt noch Gebäck? Es ist bald zehn Uhr", wunderte sich Andrea.

„Versuchen Sie, das zu lassen. Sie müssen die Schreckschraube nicht verstehen. Niemand versteht sie. Das ist ihr Vorteil: niemand weiß, was ihn erwartet und so überrumpelt sie jeden und bekommt immer, was sie will. Kommen Sie, Ihnen ist sicher kalt. Wir setzen uns nah an den Heizstrahler."

„Ist Ihnen nicht kalt?"

Auch Lady Jarnswitch trug nur ein dünnes, ärmelloses Kleid. „Ich wusste, dass die Party im Halbdunkel anfangen würde und die eitle Madame niemals helles Licht erlaubt, damit man ihre Falten nicht so sieht. Ich habe unter dem Kleid einen Pullover an. Fällt nicht auf, oder?"

Andrea sah die Frau erstaunt an: „Nein. Das ist mir nicht aufgefallen."

Die blonde Frau mit den freundlichen blauen Augen und der oft erfrischend spitzen Zunge lächelte: „Das ist jahrelange Erfahrung. Das lernen Sie auch noch. Mögen Sie hier sitzen?"

Der Tisch, den Lili Jarnswitch ausgesucht hatte, gefiel Andrea. Sie konnten einen Teil des schönen Gartens sehen und rochen den exotischen Duft der großen Kübelpflanzen, die die Veranda zierten.

„Was sind das für Pflanzen? Die haben einen tollen Duft. Irgendwie südländisch", meinte Andrea.

„Engelstrompeten", erklärte Frau Jarnswitch. „Die beiden Ladies sind ganz verrückt danach. Eleonores Mann hat damals ein paar Samen aus Südamerika mitgebracht, als er von den Falklandinseln zurückkam. Und Ednas Mann hat die aus Kolumbien mitgebracht. Seitdem streiten sich die beiden darum, wer seine Sammlung zuerst begründet hat."

Andrea schüttelte den Kopf: „Die sind doch beide über sechzig, oder?"

Lili Jarnswitch kicherte: „Ja, aber erwachsen waren die noch nie. Eleonore ist einundsechzig und Edna siebenundsechzig. – Sagen Sie bloß niemandem, dass ich das gesagt habe! Ich glaube, selbst Siegfried weiß nicht, wie alt sein Drache ist."

Andrea grinste: „Haben Sie keine Angst, dass Lady Eleonore irgendwann mal hört, dass Sie sie so nennen?"

Die Lady nickte: „Doch, irgendwann verplappere ich mich bestimmt. Aber was will sie machen? Mich nicht mehr einladen? Mich bei gemeinsamen Bekannten beschimpfen? Das trifft mich nicht. Unter unseren gemeinsamen Bekannten gibt es niemanden, um dessen Freundschaft ich trauern würde, wenn er sich von mir abwenden würde. Die, die mir wichtig sind, lassen sich nicht von der Giftspritze um den Finger wickeln."

„Und warum folgen Sie dann diesen Einladungen?"

„Das hat viele Gründe. Zum einen ist es ja immer ganz nett, sich in einem schönen Garten mit hervorragendem Service mit Lissi zu treffen. Dann gibt es oft leckeres Essen und ich mache mit meinem Garten auch bei diesem Wettbewerb mit."

Andrea sah sie erstaunt an: „Ehrlich? Ich dachte... Keine Ahnung, was ich dachte."

„Mein Garten ist... Also es sind eher zwei Gärten. Mein Grundstück grenzt im Norden und im Süden an je einen Garten-Landschaftsbau-Betrieb. Ich habe mit beiden einen Vertrag für die Gartenpflege: so können die Lehrlinge viel lernen und ausprobieren. Und so sieht der Garten halt immer aus. Die beiden Betriebe schaffen es nicht, sich so abzusprechen, dass mein Garten ein einheitliches Bild bekommt." Sie zuckte mit den Schultern: „Ich finde das nicht schlimm. Beide leisten hervorragende Arbeit und ich mag beide Teile des Gartens sehr gerne besuchen. Aber ein Preis lässt sich mit so einem Garten natürlich nicht gewinnen. Mir macht das nichts: die jungen Leute lernen eine Menge, können planen und organisieren und auch alles realisieren. Es sind immer die Lehrlinge im letzten Lehrjahr, die für meinen Garten zuständig sind."

Andrea war beeindruckt: „Sie machen nur mit, um den Lehrlingen einen Garten zum Üben zu geben? Ist die Teilnahmegebühr nicht sehr hoch für die großen Gärten?"

Lili Jarnswitch lächelte: „Sehen Sie, Andrea, englische Offiziere im Ausland wurden mehr als ordentlich bezahlt. Mein Mann hatte zwar keine reichen Verwandten, wie Major Eliasson, Eleonores Mann, und war nicht adelig, wie Major Willsfresh, aber an dieser Teilnahmegebühr scheitert es auch nicht."

Andrea sah Lili Jarnswitch überlegend an: „Lady Eleonores Mann war nicht adelig?"

„,Ist', John lebt noch. Er ist zurzeit in Indien, glaube ich. Nein, er ist nicht adelig. Und Eleonore auch nicht. Aber erwähnen Sie das nie. Sonst spuckt die Furie Feuer und Schlimmeres. Edna ist die einzige ‚echte' Lady von uns: sie ist durch Heirat adelig."

„Vermissen Sie Ihren Mann?"

Die ältere Frau überlegte und nickte schließlich: „Ja, schon. Wir kannten uns in- und auswendig. Er wusste, dass ich meine Ruhe brauchte, wenn ich morgens im Bademantel runterkam und ich wusste, dass er Abwechslung, eine Reise oder so, brauchte, wenn er sich nicht entscheiden konnte, was er essen wollte. Ich will nicht sagen, dass wir seelenverwandt waren. Wir sind nur irgendwie sehr eng zusammengewachsen. Am Anfang war unsere Ehe heiß und leidenschaftlich, am Ende beständig, beruhigend und... wir haben uns gegenseitig Sicherheit gegeben. – Wir haben sieben Kinder", sagte Lili Jarnswitch. Sie lächelte, weil sie Andreas Reaktion vorausahnte.

Die schluckte erwartungsgemäß: „Sieben!?"

„Mmh. Und jedes einzelne war ein Wunschkind! Ich sagte doch, am Anfang war es heiß und leidenschaftlich. Später war es gut, dass wir so zusammengehalten haben. Bei unserer Ältesten ist Krebs diagnostiziert worden und unser Vierter hat einige Gesetze sehr großzügig ausgelegt. Es war eine schwierige Zeit. Aber wenn Matthew – mein Mann – bei mir war, wusste ich, dass wir das schaffen."

„Und heute?" fragte Andrea atemlos. Sie mochte solche Geschichten. Sie sehnte sich danach, selbst Teil einer solchen Geschichte zu sein.

„Matthew ist seit neun Jahren tot. Er ist friedlich eingeschlafen. Es hat mich damals hart getroffen. Aber irgendwann ist mir klar geworden, dass er immer ein Teil von mir sein wird. Ich habe keine Erinnerung, in der er nicht vorkommt. Und... Es fehlt mir manchmal, ihn zu sehen oder seine Hände auf meinen Schultern zu spüren. Aber... Sie sind noch jung, Frau Jansen, aber merken Sie sich: speichern Sie solche Dinge, die Sie an Ihrem Partner lieben, tief in Ihrem Inneren. Es wird Ihnen Kraft geben. Und Sie werden sehr viel glücklicher leben, wenn Sie sich gerne an solche Gesten erinnern, als wenn Sie sie als schmerzhaft empfinden. Am Anfang wird es wehtun, das ist natürlich. Aber dann sollte man weiterleben. Mit Paul tue ich das jetzt. Er ist... na ja, ich schätze, etwas älter als Sie und ein ganz lieber Mensch. Und..." Sie lachte: „...äußerst geduldig mit mir. Ich habe mir einige ‚Schrullen' angeeignet, die er jetzt mit Engelsgeduld erträgt. Warum er mich mag, weiß ich nicht. Ich bin gut doppelt so alt wie er. Aber er bleibt freiwillig bei mir, verlangt nichts dafür und ich unterstelle ihm, ehrliche Freude zu zeigen, wenn er Zeit mit mir verbringen kann."

Andrea lachte auf: „Sie ‚unterstellen Freude'?" Sie grinste: „Ich denke, ein Mann, der ‚Schrullen' erträgt und gerne mit seiner Partnerin zusammen ist, ist wohl verliebt. – Oder haben Sie eine viermal-sechs-Meter Leinwand und ‚Sky', damit er alle Fußballspiele live und gleichzeitig gucken kann?"

Lili Jarnswitch kicherte: „Die Leinwand habe ich, ‚Sky' nicht."

Andrea zuckte mit den Schultern: „Dann ist er wohl verliebt." Weil die Lady kicherte, musste Andrea lachen: „Scheinbar ist er da nicht alleine."

„Good evening, Mylady, Miss. Please?" Ein Mann in Weiß stand an Andreas und Lady Jarnswitchs Tisch.

Andrea sah ihn verwundert an.

„Was möchten Sie trinken?" fragte Lili Jarnswitch Andrea. Sie selbst bestellte sich Champagner.

„Äh... was gibt es?" fragte Andrea etwas überfordert.

„Tea, coffee, juice from apples and oranges..."

„Tea", unterbrach Andrea den Mann dankbar über das Angebot eines warmen Getränks.

„Sugar or milk?"

„Milk", antwortete Andrea freudig. Tee mit Milch erinnerte sie an ihre Kindheit.

Der Kellner verbeugte sich und ging.

„Nein!" rief Lili Jarnswitch dem Kellner nach. „No milk! Cream for her!"

Der Kellner verbeugte sich erneut und ging.

„Warum Sahne?" fragte Andrea.

„Eleonores Milch ist nicht gut, glauben Sie mir. Bestellen Sie hier immer Sahne", erklärte ihre Tischnachbarin sehr vage.

Andrea zuckte mit den Schultern und nickte. Viel mehr konnte sie auch nicht tun, da sich Lady Eleonore zu ihnen setzte. „My dear! You are looking great! Really! So wonderfully! Tell me: wie machst du das?"

Lili Jarnswitch lächelte zuckersüß: „Sport, gesunde Ernährung und viel Freude an meinen Kindern und Enkeln."

„Oh, my dear! Das tut dir so gut! How wonderfully, dass du so viele Kinder hast! Who knows, that so ein Haufen Kinder keeps you young? Normally it is the other way round..."

„Ja, ich weiß", lächelte Jarnswitch weiterhin süß. „Ich hätte auch gedacht, dass ich die fünfzig nicht erreiche. Und jetzt sieh mich an: ich seh nicht mal aus wie fünfzig."

„Sure, sure, my dear! You`re looking very good! Very good! Miss Jansen, my dear! How are you? Are you looking for a man? Sie sehen so aus."

Andrea war sprachlos.

„Frau Jansen sieht phantastisch aus! Erinnerst du dich: wir wären damals froh gewesen, wenn wir so was hätten tragen können. Aber die Figur hatten wir nie..."

Lady Eleonore nickte knapp: „There are special guests. Excuse me..." Sie rauschte davon.

„Schrapnell!" knurrte Lady Jarnswitch. „Gegen die ist eine schmutzige Bombe ein Kinderspielzeug!"

Andrea war immer noch sprachlos. Sie sah die Freundin von Nicks Oma an.

„Nehmen Sie das ja nicht persönlich, Andrea!" Sie legte ihr fürsorglich die Hand auf den Arm: „Sie sehen toll aus! Und das weiß die Schrapnell! Sonst hätte sie Sie nicht beleidigt! Bitte lassen Sie sich davon nicht beeindrucken! Sie sollten sie nicht so wichtig nehmen."

Andrea nickte langsam. Schließlich meinte sie: „So hinterhältig bin ich noch nie beleidigt worden."

Lili lachte: „Fangen Sie nicht an, das zu bewundern. Bewundernswert ist das überhaupt nicht. Aber die Schrapnell erträgt es nicht, wenn jemand besser – oder in Ihrem Fall: hübscher – ist als sie."

Auf dem Weg zum Bad begegnete Andrea Denis Kupfermark. Er trug Weiß. Aber so durchsichtig, dass er sich die Kleidung auch hätte sparen können. Als er Andrea sah, vergrößerte sich sein Brustkorb wieder und die Schultern wurden breiter. Andrea musste an Nick denken. Der plusterte sich nie so auf und wirkte trotzdem auf viele Frauen imposant. Als Denis sich – noch nach einem Grund suchend – so verrenkte, dass das Hemd seine Bauchmuskulatur entblößte, biss Andrea sich auf die Zunge, um nicht zu lachen.

„Die schöne Blondine! Ich beobachte Sie schon den ganzen Abend. Sie sehen wunderhübsch aus! Und gucken Sie mal: wir könnten als Engelchen und Teufelchen gehen – wobei Sie der Teufel sind: Sie tragen Schwarz."

Andrea nickte: „Mmh", machte sie und hoffte, nicht lachen zu müssen. Sie war mittlerweile müde und durch die Lästerei mit Lili Jarnswitch albern.

„Nichts zieht sich so stark an wie Gegensätze, hübsche Blondine", flirtete Denis.

Andrea biss sich noch mal auf die Zunge. Dann lächelte sie zu ihm auf: „Aber ich merke gar nichts." Im nächsten Moment schalt sie sich für die Antwort, konnte es aber nicht mehr ändern.

Denis lächelte großspurig: „Ich merke es dafür umso mehr, Schatzi. Trinken wir etwas zusammen?"

Andrea schluckte bei dem ‚Schatzi'. Sie schüttelte den Kopf: „Nein. Danke. Meine Freundin wartete auf mich..."

„Warte! Du bist wirklich schön! Und das Kleid... Wow! Du siehst umwerfend damit aus."

„Danke. Aber ich..."

„Die personifizierte Verführung. Ich wette, ohne siehst du noch besser aus."

„Ja, vielleicht, aber..."

„Darf ich mal nachsehen?"

„Was? Nein! Schluss jetzt! Ich..."

Denis nahm ihren Arm: „Bleib doch noch. Jakob bringt uns Cocktails..."

„Lassen Sie mich los", forderte Andrea.

„Komm schon", bat Denis. „Nur ein Cocktail. Es gibt wirklich lecke..."

„Lassen Sie mich sofort los", fauchte Andrea.

Denis gehorchte. Er ging einen Schritt zurück, dann hob er beschwichtigend die Hände: „Tut mir leid. Ich bin zu weit gegangen. Zuviel Alkohol, denke ich. Und – das weiß ich trotzt Alkohol – eine echt tolle Frau, die meine Sinne benebelt. Sie sind wunderschön. Ich würde Sie gerne wiedersehen. Rufen Sie mich an? Ich werde mich auch benehmen."

„Nein. Tut mir leid. Alles Gute." Sie drehte sich um und ging. Sein Rufen ignorierte sie.

Lady Eleonore warf ihr einen vernichtenden Blick zu und rauschte an ihr vorbei zu ihrem treulosen Gärtner.

„Ich fahre jetzt, Lady Jarnswitch. Dieser schmierige Gärtner... Egal. Ich will nach Hause...“

„Was hat er gemacht?" Lady Jarnswitch war aufgesprungen und legte ihre Hand auf Andreas Arm.

„Nichts. Er hat mich nur festgehalten, aber losgelassen, als ich das verlangt habe. Und er wollte... na ja... `ne Affäre oder so... – wahrscheinlich eher nur ein paar Stunden." Andrea schüttelte sich.

Lady Jarnswitch hakte sich bei Andrea unter: „Ja, dann wollen wir jetzt fahren! So wie der Drache gerade in die Höhle gesprintet ist, hat sie euch gesehen und dann wird das hier unschön. Sie ist sehr eifersüchtig, wenn es um ihre Sachen geht und ihren Siegfried zählt sie dazu. Oh Dear! Da kommt sie schon. Na, da müssen wir wohl durch."

Andrea sah dankbar zu Lady Jarnswitch auf.

„Miss Jansen! Oh, sweety, Sie sind wirklich so einsam, isn`t it? Look, I`m looking for a man for you, mache ich schon die ganze Zeit. Es ist so traurig, dass Sie so alleine sind. I understand your Verzweiflung. But it isn`t a good idea, vergebene Männer anzusprechen. Do you agree, my sweety?"

Bevor Andrea antworten konnte, tat es Lady Jarnswitch: „Darüber haben wir gerade gesprochen, liebe Eleonore. Frauen die das machen, sind so billig und widerwärtig, nicht wahr? Fies finde ich das."

„Really, that is true! Miss Jansen..."

„Ja, Frau Jansen sagte auch gerade, dass sie dieses Verhalten verabscheut. Bei Männern und bei Frauen. Und da habe ich mal nachgedacht: sie hat recht! Immer sind die Frauen Schuld. Wenn sie die Männer ansprechen, sind sie Schuld und wenn die Männer sie ansprechen, haben die Frauen sie provoziert. Findest du das nicht ungerecht?"

„Yes... Also..."

„Frau Jansen zum Beispiel ist gerade von einem Mann angesprochen worden. Ich kann mir ja nicht vorstellen, welcher der anwesenden Gentlemen das machen würde, aber er hat Frau Jansen sogar festgehalten, als sie gehen wollte. Was sagst du denn dazu?"

„Ich... Also... – Ich werde herausfinden, wer das war. So was geht doch nicht..." Sie rauschte davon.

„Jetzt wird er Ärger bekommen", meinte Andrea.

„Dann soll er die Finger von meinen Freundinnen lassen! Der bändigt den Drachen schon. Kommen Sie. Oder wollen sie jetzt doch noch bleiben?"

Wollte Andrea nicht. Sie wartete noch mit Lili Jarnswitch auf deren Fahrer.

Freudig stellte die dreiundsechzigjährige Dame Andrea ihren Freund Paul vor. Er war nur vier Jahre älter als Andrea, hatte ein freundliches Lächeln und tolle blaue Augen. Er schien die fast doppelt so alte Frau wirklich zu mögen. Er küsste

sie, bevor er erklärte, er habe dem Fahrer frei gegeben, um selbst seine Freundin abzuholen.

Gerade als Andrea in Nicks Auto steigen wollte,
rief Lady Willsfresh sie. Die rundliche, sonst eher
behäbige Frau stand sie sehr schnell vor Andrea.
Sie war außer Atem. Das teure und – wie Andrea
fand – hässliche Kleid spannte sich über dem hart
arbeitenden Brustkorb. Aus silbergrauem Taft war
das Kleid figurbetont geschneidert. Andrea konnte
sich nicht vorstellen, dass die Schneiderin der reichen Lady freiwillig diesen Schnitt gewählt hätte.
Lady Willsfresh schob sich eine Strähne des kinn-
langen, braunroten Haares hinter das Ohr, dann
sah sie Andrea mit den etwas trüben, fast verschla-
fen wirkenden Augen an: „Frau Janssen. Schön,
dass ich Sie noch treffe. Ich bin... ach, Sie kennen
mich sicher. Also... Sie haben doch mit diesem...
Menschen gesprochen." Sie machte eine Kunst-
pause, um ihr Missfallen mit dem Verziehen des
Mundes zum Ausdruck zu bringen. „Dieser...
Mensch... Und Sie arbeiten ja als Schlichterin, hat
mir Harald gesagt. Nun ja, Harald ist... Also, ich
wollte Ihnen nur sagen: dieser Mensch hat mir
meinen See vergiftet! Halten Sie das für möglich?"

Verwirrt sah Andrea die Siebenundsechzigjäh-
rige an.

„Frau Janssen... Ich frage Sie... Also... Halten
Sie das für möglich?"

„Jansen", verbesserte Andrea automatisch.
„Mit einem ‚s'. Nein, ich denke..."

„Der wird mich kennenlernen! So lasse ich nicht mit mir umgehen! Harald sagt auch... Bei so einem Verhalten... Dem werde ich die Pacht erhöhen! So was muss man nicht mit sich machen lassen! Ich lasse meinen See ganz genau untersuchen und dann wird dieser... Mensch dafür bestraft! Jawohl!" Sie nickte bestätigend, dann war sie mit kleinen, erstaunlich flinken Schritten weg.

Andrea sah ihr verwirrt nach. Wahrscheinlich ging es um den Bauern Bruno Velten, der sich über die Beerdigung des Dackels aufgeregt hatte. Aber wieso sollte der Mann einen See vergiften? Seufzend stieg Andrea in Nicks Auto und drehte die Heizung hoch. Ihr war kalt. Und sie würde in den nächsten Tagen mit Velten und wahrscheinlich mit Lady Willsfresh sprechen müssen, damit der Streit nicht eskalierte.

Als Andrea gegen acht Uhr am Donnerstagmorgen auf Bruno Veltens Hof fuhr, kamen ihr drei Kinder entgegen.

„Besuch! Besuch!" riefen sie vergnügt und warteten ungeduldig darauf, dass Andrea ausstieg.

„Hallo", grüßte sie die Kinder freundlich. „Ihr seid aber schon früh wach."

„Mama und Papa haben sich gestritten", erzählte der Älteste der Kinder. Er war etwa sieben Jahre alt, seine Schwestern mussten etwa fünf und zwei Jahre alt sein.

„Oh..."

„Ja, und so laut, dass wir aufgewacht sind", unterbrach die Mittlere.

„Mami weint", sagte die Kleinste.

„Aber jetzt nicht mehr, Kiki", beruhigte der große Bruder die Zweijährige. „Die vertragen sich wieder. Oder?" Er sah Andrea mit großen, hoffenden Kinderaugen an.

Die nickte: „Ja, ganz bestimmt! Erwachsene streiten sich schon mal. Ihr streitet euch doch bestimmt auch und vertragt euch dann wieder."

„Janni nimmt mir immer meine Spielsachen weg, beschwerte sich der Älteste.

„Stimmt nicht! Das sind meine Sachen", protestierte die Mittlere, die scheinbar Janni hieß.

Andrea lachte: „Seht ihr: ihr streitet euch und gleich spielt ihr wieder zusammen, oder?"

„Wir wollen verstecken spielen. Spielst du mit?"

„Nein. Spielt ihr mal alleine. Ich besuche eure Eltern."

„Papa ist nicht da."

„Papa ist weggefahren, nach dem Streit mit Mama."

„Der ist wie im Fernsehen mit dem Auto weggefahren, so... Brrrrommm", erklärte der Junge und deutete eine schnelle Fahrt an.

„Und eure Mutter?"

„Mama putzt."

„Mama putzt immer, wenn die mit Papa gestritten hat."

Andrea nickte: „Geht mal spielen, ich geh eure Mama besuchen, ja?"

Franziska Velten putzte die Küche. Mit verheulten Augen und schniefend schrubbte sie die Schränke und Arbeitsflächen.

„Guten Morgen", wünschte Andrea freundlich. Die Küche wirkte unordentlich.

„Morgen", schluchzte Franziska. Ihr blondes Haar hing strähnig um ihr Gesicht, ihre Kleidung schien verdreht.

„Entschuldigung. Mein Mann hat... Mein Mann hat..."

„Beruhigen Sie sich. Setzen Sie sich."

„Er ist weggefahren", schluchzte die Frau. „Er ist weggefahren." Sie fiel Andrea schluchzend in die Arme.

„Er kommt doch sicher wieder", beruhigte Andrea sie.

„Er ist schon so lange weg..."

„Er kommt sicher wieder, Frau Velten. Er ist doch ihr Mann. Er liebt Sie. Und er liebt seine Kinder. Er war so froh, dass Sie jetzt schlafen können und ein bisschen Ruhe bekommen, weil sie schwanger sind."

„Das hat er Ihnen erzählt?" Mit Tränen in den Augen sah die Frau Andrea an.

„Ja, das hat er. Er liebt Sie."

Franziska ließ sich auf einen Stuhl fallen.

Andrea kochte Kaffee.

Andrea setzte sich zu Franziska und gab ihr einen Becher Kaffee.

„Danke. – Wissen Sie, wo die Kinder sind?"

„Die wollten Verstecken spielen."

„Mmh, gut. Ich… Wir haben uns wegen so einem Quatsch gestritten! So ein Blödsinn… – und er ist schon so lange weg! Fast zwei Stunden… Meinen Sie er kommt wirklich wieder?"

„Ja, bestimmt. Ganz bestimmt! – Warum haben Sie sich gestritten?"

„Ich hab mich verplappert. Ich habe erzählt, dass das Rührei von den Eiern von Lady Eleonores Seidenhühnern ist. Und als er gefragt hat, wann ich sie besucht habe, da habe ich erzählt, dass Denis mir die Eier gebracht hat. Ich wollte doch nicht… ich wusste doch nicht… Er ist eifersüchtig…"

Andrea schluckte eine Bemerkung hinunter und hörte weiter zu. Die Frau war wirklich sehr einfältig, wenn sie dachte, ihr Mann sah nicht, wie sehr sie Denis Kupfermark anhimmelte – selbst wenn sie nur von ihm sprach. Andrea sprach lange mit der Frau. Sie war müde und ihr Kopf dröhnte, als sie sich verabschiedete.

„Ich glaube, den kenne ich nicht", murmelte Nick.

„Dann kommt er nicht aus der Gemeinde?" fragte Anna. Sie betrachtete den blutigen Toten, der auf der Straße lag. Er trug Sportkleidung und aus seinen Kopfhörern hörten sie laute Musik.

Nick zuckte mit den Schultern: „Nicht unbedingt. Ich kenne nicht alle hier. Pia müsste gleich kommen, dann können wir ihn umdrehen."

„Wer ist Pia?"

„Ärztin und Aushilfsgerichtsmedizinerin, unsere einzige Gerichtsmedizinerin. – Wieso hat sie schon wieder eine Leiche gefunden?" Nick sah zu Andrea.

Anna seufzte: „Keine Ahnung! Auch noch Fahrerflucht... Jetzt halt sie mal davon ab zu ermitteln."

Der Polizist nickte seufzend: „Ich hab das bisher nicht geschafft."

„Mmh, ich auch nicht. Was macht sie da eigentlich? Sie ist doch viel zu neugierig, um nicht mitten im Geschehen zu sein."

Nick grinste: „Das hast du gesagt!"

„Wehe, du sagst es weiter", drohte Anna und beobachtete ihre Freundin, die sich irgendetwas am Straßenrand der Landstraße ansah.

„Was meinst du: er war hier Joggen, hat das Auto hinter ihm nicht gehört, weil die Musik so laut war und ist überfahren worden, weil der Fahrer unaufmerksam war. Und der ist dann geflohen."

Anna nickte: „Mmh, denke ich auch. Hoffentlich finden die Techniker etwas, womit wir den Fahrer finden. Fahrerflucht finde ich ganz..."

„*Ich*!" grinste Nick. „,*Ich*' finde den Fahrer. Du hast Urlaub!"

Anna kicherte: „Stimmt. Schön! – Aber halt mich trotzdem auf dem Laufenden, ja?"

Der Polizist nickte kaum merklich.

„Nick. Hallo. Was ist denn los? Unfall? Fahrerflucht?"

„Mmh, sieht so aus. Hallo. Pia, Pia Sindwer, Anna Rei", stellte er die beiden Frauen einander vor. „Andrea ist dahinten. Sie hat die Leiche gefunden.

„Hat sie sie angefasst?" wollte Pia wissen.

„Ich denke nicht."

„Nein, bestimmt nicht", meinte Anna.

Pia sah Anna an: „Sie kennen Andrea?"

„Anna ist Andreas beste Freundin..."

„Ach, DIE Anna! Hallo! Andrea spricht so viel von Ihnen. Ich freu mich, Sie endlich kennenzulernen. Wie lange sind Sie hier?" Sie gab Anna noch mal die Hand. Anna lachte erstaunt auf.

„Pia! Darf ich ihn umdrehen?" fragte Nick dazwischen, der an Pias Begeisterung merkte, dass sie die Leiche vergessen hatte. Pia sah Anna entschuldigend an und wandte sich dem Toten zu.

„Das ist Denis Kupfermark", sagte Andrea erstaunt und erschrocken, als sie dazukam. Pia hatte den Toten umgedreht, so dass man sein Gesicht sah. Alle drei sahen Andrea an.

„Bist du sicher?" brummte Nick.

„Ja, auf jeden Fall. Er ist Gärtner und… na, ja… Geliebter von Lady Eleonore. Da habe ich ihn kennengelernt. Ich bin mir sicher: er hat mit mir geflirtet und wollte ein Date. Normalerweise rennt der in hautengen Klamotten rum, damit man seine Muskeln bewundern kann."

Nick sah auf und Anna blickte ihre Freundin erstaunt an: „Du hast gar nichts von ihm erzählt?"

Andrea schüttelte den Kopf: „War doch nicht wichtig. Kommt ihr mal? Ich hab was gefunden."

Sie ging schon wieder zum Straßenrand.

„Was sagst du, Pia?" brummte Nick.

„Gebrochene Knochen, Quetschungen… Spricht alles dafür, dass er überfahren wurde. Ich denke, er ist vor etwa zwei Stunden gestorben. Der Unfall war also gegen halb acht."

„Es war Mord", rief Andrea, die Pias Worte gehört hatte.

Nick stöhnte: „Na toll! Das war ein Unfall, Andrea! Er ist überfahren worden und der Fahrer ist geflüchtet…"

„Stimmt. Aber er ist zweimal vom gleichen Auto überfahren worden. Komm, ich zeig es dir."

Nick seufzte. Dann wandte er sich um: „Pia: widerleg mir Andreas Theorie! Das ist ein Befehl! Günter: es war ein Unfall, ist das klar!?"

Der Mann von der KTU sah den Polizeioberkommissar skeptisch an.

„Ich will, dass du ihre Theorie widerlegst", befahl Nick.

Günter nickte: „Gut, Nick, mach ich."

Seufzend folgte Nick Andrea.

„Wieso machst du das?" fragte Anna, als sie zu Andrea gingen und niemand in Hörweite war. „Was ist, wenn sie Recht hat? Sie behauptet das doch nicht einfach so."

„Die sollen den Vorfall unvoreingenommen untersuchen. Mord ist nicht offensichtlich und die sollen die Tatsachen untersuchen, nicht einen Mord."

Anna nickte langsam: „Du bist gut."

Nick sah die BKA-Beamtin überrascht an. Er schwieg.

„Das meine ich ernst! Ich hätte mich auch über Andreas Bemerkung geärgert, aber auf die Idee wäre ich nicht gekommen."

Er zuckte mit den Schultern: „Ist ja auch keine gute Idee: wenn das rauskommt, bekomme ich Ärger wegen Einflussnahme oder so was."

„Aber so kannst du sicher sein, dass es wirklich Mord war, wenn Gerichtsmedizinerin und KTU trotz deiner Anweisung auf Mord kommen."

„Mmh", brummte Nick nur.

Anna blieb stehen und sah ihn prüfend an: „Wo warst du vor zwei Stunden?"

„Auf dem Weg zur Wache, warum?"

Sie sah ihn mit ihren dunklen Augen an und ihm fiel wieder auf, wie schön sie war. Aber er hatte sich nie von ihr angezogen gefühlt. Sie war für ihn immer nur Andreas beste Freundin gewesen.

„Gibt es dafür Zeugen?" wollte sie wissen.

„Was? Fragst du mich nach einem Alibi??" rief der Polizist entgeistert.

Anna konnte ein Grinsen kaum unterdrücken. „Er hat mit ihr geflirtet und wollte ein Rendezvous. Eifersucht ist das stärkste Mordmotiv, Polizeioberkommissar Wilms."

Sein fassungsloses Gesicht wandelte sich zu einem breiten Grinsen. Nach einem prüfenden Blick zu Andrea schüttelte er den Kopf: „Ich wusste nicht, dass sie ihn kennt und..."

„Hast du das schon mal irgendeinem Verdächtigen geglaubt?" unterbrach Anna ihn.

Irritiert schüttelte er den Kopf: „Nein. Aber... Das meinst du jetzt nicht ernst, oder?"

Sie zuckte mit den Schultern und schüttelte den Kopf: „Nein, nicht wirklich. Aber ich wollte zumindest mal fragen."

„Ich hab ihn nicht umgebracht. Ich wusste nicht mal von ihm." Er grinste breit und drückte Anna kurz. „Und: ich bringe niemanden um! Und wenn doch, findet den niemand wieder."

Sie kicherte: „Sag so was nicht, Nick. Ich weiß, dass du meinst, sie wäre einen Mord wert."

„Niemand ist einen Mord wert", brummte Nick. Dann seufzte er: „Na ja, sie ist vielleicht die EINE Ausnahme."

Anna lachte: „Ich zieh dich aus einem anderen Grund von den Ermittlungen ab: geistige Umnebelung in Rosa."

Er grinste: „Selbst wenn *du* mich abziehen könntest, ginge das nicht aus diesem Grund."

„Stimmt", meinte sie. „Aber ich könnte mit deinem Vorgesetzen reden..."

„Wenn das wirklich Mord war, ist Treilert vom LKA meine Vorgesetzte und wenn du der sagst, dass ich in Andrea verliebt bin, musst du wahrscheinlich meinen Tod untersuchen."

Anna grinste: „Werde ich! Sehr gründlich, versprochen! Eine Verflossene?"

„Nee. Hatte nie was mit einer Kollegin. – Woher weißt du das überhaupt? Von Jo?"

Sie lachte: „Nein. Das habe ich mir selbst zusammengereimt. Aus Freundschaft teilt man keine Hostie mit einem anderen. Das müssen stärkere Gefühle sein. – Warum sagst du es ihr nicht?"

„Sie redet noch so oft von Fabian."

„Ja, das stimmt leider. Ich muss mal gucken, dass ich seine Anrufe irgendwie sperre oder so."

„Kannst du das?"

„Mmh, klar. Aber ich darf nicht. Jedenfalls nicht einfach so."

„Kommt ihr endlich?" rief Andrea vom Straßenrand.

„Ich erzähle euch, wie es passiert ist, ja?" fragte Andrea ihre Freunde aufgeregt. Sie wartete die Antwort nicht ab und lief auf die gesperrte Landstraße: „Hier ist er überfahren worden. Hier ist Blut. Der Wagen hat vorher nicht gebremst, jedenfalls nicht stark: keine Bremsspuren. Aber nach dem Unfall

hat der Wagen gebremst und hat hier am Rand gehalten. Seht ihr: hier die Reifenspuren?" Sie deutete auf Spuren, die sich am Straßenrand in die
weiche Erde gedrückt hatten. „Dann ist der Fahrer
ausgestiegen und zur Leiche gegangen. Hier die
Schuhabdrücke: er ist in die Erde von dem
Treckerreifen getreten, hier, auf der Straße, und
hat eine Spur hinterlassen. Er hat sich den Gärtner... also Denis Kupfermark angeguckt, anschei-
nend festgestellt, dass er noch lebt und hat ihn
dann noch mal überfahren. Das sind die erdigen
Reifenspuren hier. Deshalb liegt der Gärtner auch
so weit vom Unfallort weg: er ist einige Meter von
den Reifen über den Asphalt geschleift worden."

Anna und Nick schwiegen. Andreas Erklärung
war logisch und deutete auf einen erschreckend
brutalen Mord hin.

Pia kam zu ihnen: „Hast du die Leiche angefasst, Andrea?"

„Nein. Nur nach dem Puls gefühlt, am Hals."

„Kann ich dich kurz sprechen, Nick?" fragte die
Gerichtsmedizinerin.

„Wegen der Leiche?"

„Ja."

„Erzähl. Anna ist beim BKA und Andrea findet
es sowie so raus."

Pia sah Anna mit großen Augen an, dann erklärte sie: „Der Mann ist zwei Mal kurz hintereinander überfahren worden. Ich kann noch nicht

sagen, ob von zwei Autos oder von einem. Die zerrissene Kleidung zeigt auch, dass die Leiche ein paar Meter über den Straße geschleift worden sein muss. Ich ruf dich an, wenn ich mehr weiß."

„Danke, Pia." Nick seufzte: „Dann ruf ich wohl mal Treilert an."

Andrea grinste: „Die wartet bestimmt schon lange auf deinen Anruf."

Er sah sie genervt an und suchte in seinem Handy die Nummer der LKA-Beamtin, die für Mordfälle in der ländlichen Gemeinde zuständig war.

„Ich muss dir noch was erzählen, Nick."

„Was denn?" Er ließ das Handy sinken und sah Andrea an.

„Der Tote... Da sind zwei, die vielleicht ein Motiv haben."

„Wer?"

„Du... du behandelst das doch vertraulich, oder?"

Nick verdrehte ungeduldig die Augen: „Natürlich, Andrea! Was denkst du denn?"

Sie lächelte ihn dankbar an und er vergaß seine Ungeduld. „Das ist zum einen Lady Eleonore. Wie sie richtig heißt, weiß ich nicht. Der Tote war ihr Gärtner und ihr Geliebter. Sie hat gesehen, wie er mit mir flirten wollte und war richtig sauer. Vielleicht..." sie brach ab. Plötzlich betreten sah sie zu Boden: „Vielleicht bin ich Schuld, dass er tot ist..."

„Schwachsinn!" sagte Anna sofort.

„Doch. Ich hab Lady Eleonore gesagt, dass er mit mir geflirtet hat. Sie war sauer auf mich, aber dann haben Lili Jarnswitch und ich gesagt, er hätte angefangen und da ist sie wütend zu ihm gerannt."

„Deshalb bringt man doch niemanden um", versuchte Anna ihre Freundin zu beruhigen.

„Eifersucht ist das stärkste Motiv, KHK Rei", zitierte Nick heimlich grinsend.

Anna warf ihm belustigt einen finsteren Blick zu.

„Aber Anna hat Recht: es ist nicht deine Schuld! Du bist nicht für die Handlungen anderer Menschen verantwortlich! Du weißt doch, was Hofmeister immer sagt: man kann als Schlichter noch so gut sein, im Endeffekt entscheidet der Mensch, ob die Bemühungen von Erfolg gekrönt sind."

„Trotzdem: wenn ich nichts gesagt hätte, wäre er vielleicht noch am Leben..."

„Und du tot!?" fragte Anna. „Ganz ehrlich und unter uns Zivilisten: so rum ist mir das tausend Mal lieber!!! Beruhige dich, Andrea! Du bist nicht schuld an seinem Tod! Wer ist der andere Verdächtige?"

Andrea ließ sich ablenken: „Bruno Velten. Denis hat mit seiner Frau geflirtet und Velten hat das heute Morgen rausgefunden. Ich war da, weil Lady Willsfresh denen die Pacht erhöhen wollte und ich mit Herrn Velten sprechen wollte. Er ist aufbrausend und impulsiv. Ich wollte eine Konfrontation vermeiden und vermitteln. Aber er war nicht da. Seine Frau hatte ihm erzählt, dass Denis sie öfter besucht und da haben die sich so schlimm gestritten, dass die Kinder davon wach geworden sind. Herr Velten ist laut seiner Frau gegen sechs weggefahren und war um neun, als ich gefahren bin, noch nicht wieder da."

„Und Eifersucht ist das stärkste Motiv", Anna sah Nick grinsend an.

Der nickte: „Stimmt. – Na dann! Heute ist Vatertag. Ich hab gedacht, ich finde heute nur Schnapsleichen. Eine richtige Leiche hätte nicht sein müssen. Bleibt ihr noch? Ich denke, ich fahre mal zu seiner Freundin."

„Äh, Nick, Lady Eleonore ist einundsechzig Jahre alt. Das ist die, von der deine Oma sagt, dass sie alle jungen, gutaussehenden Männer verführt", erklärte Andrea.

Anna kicherte: „Dann schick mal besser zwei Kolleginnen zu ihr, Polizeioberkommissar. Nicht, dass du noch wegen Befangenheit abgezogen werden musst."

Nick grinste schief: „Nettes Kompliment, Anna, danke. Ich pass auf mich auf!"

Nachdem Nick KHK Jennifer Treilert angerufen hatte, kam er zu Anna und Andrea zurück: „Was macht ihr jetzt?"

„Frühstücken. Wir haben gerade überlegt, dass ich Brötchen hole und Anna mit Sophie den Tisch deckt."

„Wo ist Sophie überhaupt?"

„Andreas Vermieterin guckt nach ihr. Und du fährst jetzt wirklich zu der alten Lady?"

Nick schüttelte den Kopf: „Nee. Treilert kommt heute noch und ich soll nichts ohne sie machen."

„Willst du mit uns frühstücken?" fragte Andrea erfreut.

Nick lächelte: „Ja, gerne. Ich bringe Marion eben auf den neuesten Stand, dann komme ich."

Kapitel vier

Nick kam erst, als Andrea, Anna und Sophie schon satt waren. Sophie spielte mit Andreas Katze Samira. Das Mädchen hielt einen Faden mit einer Papierkugel vor die Nase der Katze, die die Kugel zu fangen versuchte. Beide hatten so viel Spaß an dem Spiel, dass sie Nicks Begrüßung ignorierten.

„Wo warst du solange?" wollte Andrea wissen. Sie kochte noch mal Kaffee.

„Marion wusste, dass dieser Denis Kupfermark eine Schwester im Nachbardorf hat. Ich hab erst noch mit ihr gesprochen. Tut mir leid."

„Kein Problem", meinte Andrea.

Anna musterte ihn: „Und wie hat sie es aufgenommen?"

„Schlecht. Jetzt hat sie keinen Verwandten mehr. Ihre Eltern sind schon lange tot. Ich hab sie zu einer Freundin gebracht."

„Und wie geht's dir?" fragte Andrea ihren Freund.

Der zuckte mit den Schultern: „Geht schon."

Sie drückte seinen Arm: „Tut mir leid, dass du das machen musstest."

Er nickte nur und nahm dankbar die dampfende Tasse Kaffee.

Erst nach einer Weile mischte er sich wieder in das Gespräch ein. Die beiden Frauen überlegten, was sie unternehmen wollten. „In Heidfeld ist dieses Wochenende Kirmes. Ist nichts Großes, aber für Sophie bestimmt toll. Samstagabend gibt es da Feuerwerk, dann kommen meistens viele. Eva und Jo werden wohl auch kommen und Jan mit seiner Familie."

„Das ist eine gute Idee", meinte Anna. „Kommst du auch?"

Der Polizist nickte: „Ich denke schon. Es ist immer ganz nett da. Und irgendwer muss doch mit Jans Söhnen Autoscooter fahren. Jo darf nicht mehr, der muss mit seinem Sohn fahren und Jan darf nur ganz langsam und vorsichtig fahren, damit die beiden kein falsches Fahrverhalten lernen."

Die Frauen lachten. „Und dann bringst du denen falsches Fahrverhalten bei, damit du die später mit dem Auto anhalten kannst?"

„Die sollen sich auf der Kirmes austoben. Dann müssen die im Auto nicht zu schnell fahren", meinte Nick.

„Wie alt sind die beiden? Jan ist doch noch nicht so alt, oder?" fragte Anna.

„Philipp ist fünf, Benni drei. Jan hat mit fünfundzwanzig geheiratet, vier Jahre nach Jo. Aber Jo hat erst den Hof gebaut und Jan hat sofort eine Familie gegründet."

„War Jo der erste von euch, der geheiratet hat?"

„Mmh. Und Jan der erste Vater."

„Also gehen wir Samstag auf die Kirmes?" fragte Andrea Anna freudig.

Die nickte: „Ja."

„Andrea, vielleicht kannst du mir das erklären: Iris Kupfermark, Denis` Schwester hat etwas gesagt, was ich nicht ganz verstehe und du kennst diese ‚Ladies' und das ganze Drumherum ja ein bisschen besser. Sie ist die Frisörin von Lady Willsfresh. Sie sagt, es wäre ihre Schuld, dass ihr Bruder tot ist. Sie meint, sie hätte sich bei Lady Willsfresh verplappert und ihr ein Mordmotiv gegeben."

„Was hat sie denn gesagt?"

„Sie meinte, ihr Bruder hätte aus Versehen einen ‚Sir Edward Wellington' umgebracht und das hätte sie Lady Willsfresh erzählt. Aber Marion hat keinen Mann mit diesem Namen gefunden. Den gibt es nicht..."

„Soll ich mal in unseren Datenbanken gucken?" bot Anna an.

Andrea kicherte: „Da steht der auch nicht drin. Das war der Dackel von Lady Willsfresh: Sir Edward Wellington der Vierte, glaube ich. – Aus Versehen umgebracht...", überlegte sie dann. „Leuters haben auch gesagt, der Dackel wäre ermordet worden. Wie und warum weiß ich aber nicht. Allerdings muss der Dackel schrecklich gewesen sein: verhaltensgestört, bissig und er muss jeden angekläfft haben. Bruno Velten war jedenfalls sehr froh, dass der Dackel tot ist."

„Jo auch", fiel Nick ein. Er seufzte: „Mal sehen, was diese ‚Ladies' und Velten gleich zu dem Tod von Denis Kupfermark sagen. Gibt es nicht noch eine dritte ‚Lady'?"

„Mmh, Lady Jarnswitch. Die ist mit deiner Oma befreundet und die Einzige, mit der man vernünftig reden kann. – Vielleicht hat dieser Dackel wieder Lady Eleonores Hühner gejagt. Velten sagt, es war ein ausgebildeter Jagdhund. Das sind irgendwelche wertvollen Seidenhühner aus... Ich weiß nicht mehr, woher. Vielleicht hat der Gärtner ihn dabei erwischt und ihn erschlagen oder so?"

„Und bringt diese Lady Willsfresh den Mörder ihres Dackels um?"

Andrea überlegte eine Weile. Dann zuckte sie mit den Schultern: „Ich weiß nicht. Sie mochte den Dackel sehr gerne. Aber ich glaube nicht, dass sie... Obwohl: wenn sie wütend und verletzt war? Aber ich weiß gar nicht, ob sie fahren kann."

Nick seufzte: „Ich hasse solche Nachbarschaftsstreitigkeiten! Wer bringt denn irgendwen um, nur weil er aus Versehen einen Dackel getötet hat? Das werde ich nie begreifen. – Treilert will den Fall bei einem Mittagessen erzählt bekommen", murmelte er nach einer Weile.

Andrea kicherte und klopfte ihm mitleidig auf die Schulter: „Vielleicht fragst du Anna, ob ihr verliebt spielt?"

Nick sah Andrea an: „Wieso Anna? Du kennst mich viel besser."

„Aber ich hab ihr schon gesagt, dass wir nur Freunde sind. Außerdem besucht sie Anna bestimmt nicht, wenn die ihr sagt, dass sie vom BKA ist. Mich kommt die wieder besuchen und wirft mir irgendwelche Gemeinheiten an den Kopf."

Anna grinste: „Du meinst, dass dein Kopf gleich zwei Zwecke erfüllt? Ist das für eine Blondine kein Kompliment?"

„Was für Gemeinheiten?" fragte Nick, bevor Andrea Anna antworten konnte.

„Treilert hat mir gesagt, sie hätte gedacht, mein Kopf wäre nur dafür da, dass es nicht in den Hals regnet und die Kosmetikindustrie kostenlose Werbefläche bekommt. Aber sie hat sich dafür entschuldigt und festgestellt, dass ich einen sehr schlauen Kopf habe." Andrea sah ihre Freunde triumphierend grinsend an.

„Für eine Blondine?" fragte Nick nach.

Andrea strafte ihn mit einem finsteren Blick und boxte ihn gegen die Schulter: „Ich hatte ja überlegt, deine Freundin zu spielen, wenn Anna nicht will. Aber das hast du dir jetzt verspielt."

Er lachte: „Du bist sehr klug! Den Tathergang heute Morgen hätten nicht viele Laien so schnell rekonstruieren können."

„War es denn wirklich so? Es war ja erst mal nur eine Theorie."

„Ich denke, es wird schwer, die zu widerlegen", meinte Nick.

Nachmittags fuhren Andrea, Anna und Sophie in ein Märchenland. Zwischen hohen Bäumen führten Wege von Märchenschloss und Ritterburg zu Hexenhäuschen und Räuberhöhle. Sophie lief begeistert voraus, drückte auf alle Knöpfe, die sie an den liebevoll gebastelten Märchenszenen fand und verfolgte gebannt das mechanische Ruckeln der Holzfiguren und die quäkende Stimme des Geschichtenerzählers aus einem Lautsprecher. Anna und Andrea unterhielten sich über alles Mögliche. Sie folgten Sophie, dirigierten sie manchmal in die gewünschte Richtung und bestätigten ihre Begeisterung, wenn das Mädchen danach verlangte. Es war ein ruhiger, entspannter Nachmittag. Die Frühlingssonne schien und an windgeschützten Stellen spürte man ihre wärmende Kraft.

„Wer war das?" wollte Anna von Andrea wissen, als die sich wieder zu ihr und Sophie an den Tisch setzte. Sie hatte das Märchenland-Restaurant verlassen, als ihr Handy klingelte. Sophie aß mit Begeisterung von ihren drachenförmigen panierten Hühnchenteilen, die der ,Prinzessinenteller' ihr bot.

„Nicht so wichtig", wehrte Andrea ab, was Anna hellhörig machte.

„Fabian?" riet sie.

Andrea schüttelte den Kopf: „Lass uns den Abend genießen, ja? Ich erzähl`s dir, wenn Sophie im Bett ist und du noch ein Bier mit mir trinkst."

„Einverstanden", nickte Anna.

„Papa hat eben angerufen", erzählte Andrea, als sie mit Anna im Wohnzimmer saß und Sophie schlief. „Er wollte mir noch mal erklären, warum es so toll ist, dass ich mit Fabian Schluss gemacht habe."

„Ist ja auch toll", bemerkte Anna trocken.

Andrea sah ihre Freundin warnend an: „Du willst mir aber nicht sagen, dass ich auf ihn warten soll, bis er genug Karriere gemacht hat, oder?"

„Nein", schüttelte Anna den Kopf. „Es ist einfach nur toll, dass du Schluss gemacht hast! Wie wäre es denn, wenn du dir einen neuen Schwiegervater suchst? Es ist natürlich blöd, dass du mit Fabian gleich zwei Schwiegerväter verlierst, aber du findest doch bestimmt einen netten Neuen!?"

Andrea kicherte: „Ich glaub, nette Schwiegerväter gibt es viele. Die netten Männer dazu sind etwas schwieriger zu finden."

Anna nickte langsam. Dann fragte sie: „Was hat Günter noch gesagt? Ihr habt fast `ne halbe Stunde telefoniert." Günter war Andreas Vater.

Andrea zuckte mit den Schultern: „Es ging nur um Fabian. Er hat mir erklärt, was der alles macht und welche großartigen Chancen der hat, weil er jetzt keine Zeit mehr für mich einplanen muss. Dabei hatte der im letzten Jahr nie viel Zeit für mich. Ich weiß nicht, woher die viele neue Zeit kommen soll?"

„Keine Ahnung", bestätigte Anna. „Hast du Günter denn gesagt, dass du Fabian nicht zurück willst?"

„Mmh. Aber gehört hat er es nicht. Er ist einfach darüber hinweggegangen, als hätte ich das nie gesagt. – Ich glaube, wenn ich einen neuen Freund finde, werde ich enterbt."

„Suchst du dir deshalb keinen? Du gehst noch nicht mal mit irgendwem aus."

„Ich hab keine Lust auf so ein vorübergehendes Abenteuer oder so was. Ich... ich hab gedacht, mit

Fabian, das wäre was Festes... fürs Leben. Ich will... ich will was, was länger hält... Am liebsten, bis ich achtzig bin oder so."

Anna lachte leise. Sie umarmte Andrea: „Jetzt sag nicht, du willst sogar Kinder?!" neckte sie.

Andrea grinste und kuschelte sich in ihre Arme: „Doch, will ich! Aber nicht alleine! Heiratest du mich? Dann adoptieren wir welche?" Sie sah mit großen Augen zu ihrer Freundin auf.

Anna lächelte: „Nee, Kleine. Irgendwann würdest du mich wegen einem Mann verlassen und dann säß ich alleine mit unseren fünf Kindern da."

Andrea kicherte: „Stimmt wahrscheinlich. Aber ich denke, die guterzogenen davon würde ich mitnehmen."

„Na toll", protestierte Anna lachend. „Und ich behalte die Problemfälle? Ich heirate dich nicht! – Kannst du dir vorstellen, mit Nick zusammen zu sein?"

„Mit Nick?? Nein! Wie kommst du darauf?" fragte Andrea perplex.

„Ihr seid sooft zusammen und versteht euch so gut."

„Stimmt. Aber stell dir mal vor, es klappt nicht. Das will ich nicht riskieren. Dafür ist er mir zu wichtig. – Außerdem liebe ich ihn nicht."

Anna nickte nur.

„Und ich glaube nicht, dass er mich will. Er kann doch die schönsten Frauen haben. Warum sollte er dann mich wollen?"

Anna lachte, sie beruhigte sich gar nicht mehr. „Du dumme Nuss", kicherte sie schließlich. „Ich sag ihm, dass du ihn für so oberflächlich hältst!"

„Da wird er bestimmt lachen und sagen, dass ich Recht habe", grinste Andrea.

„Wird er nicht!" protestierte Anna bestimmt. „Er wird beleidigt sein und nie wieder mit dir reden. Außerdem bist du schön!"

„Aber mit dieser Susi, mit der er vor etwa einem Jahr was hatte, kann ich nicht mithalten. Ich hab bei Marion mal ein Bild von ihr gesehen: die hat Modelmaße und ist wunderschön."

„Ich dachte, mit der war er nicht zusammen?"

„Nicht so richtig. Aber die haben sich öfter getroffen."

„Kennst du andere Frauen, mit denen er mal zusammen war?"

„Nein. Er redet nicht gerne darüber, aber ich glaube, eine richtige Beziehung hatte er noch nie. Ich glaube, es waren alles nur kurze Affären und diese Sache mit dieser Susi hat am längsten gedauert."

Anna schwieg.

„Marion hat mal gesagt, er sucht eine Frau, mit der es auf dem Mond schön wäre, wenn sie mit ihm da ist", erinnert sich Andrea.

„Der ist ja richtig romantisch", staunte Anna. „Ist er wirklich nichts für dich?"

Andrea schüttelte den Kopf: „Nein. Ich glaube nicht, dass ich ihm genüge."

Anna verdrehte die Augen: „Ich will wissen, ob er dir genügt!?" drängte sie.

Andrea überlegte lange, bevor sie antwortete: „Ich mag ihn sehr. Aber ich bin nicht in ihn verliebt. Und ich will nicht mit ihm zusammen sein, weil ich sonst niemanden finde. Selbst wenn er mich wollte, wäre das unfair. Er ist mein Freund und ich will ihn nicht belügen."

Als es Freitagabend an der Haustüre klingelte, lief Sophie begeistert hin um zu öffnen. Anna folgte ihr. Zuhause konnte sie durch die Gegensprechanlage fragen, wer kam und wusste so, wann sie Sophie bedenkenlos öffnen lassen konnte. Andrea hatte eine kleine Einliegerwohnung im Erdgeschoß. Man konnte nicht sehen, wer vor der Türe stand.

„Nitt! Nana, Nitt tommt", rief Sophie.

Nick hob das kleine, dunkelhaarige Mädchen, das so viel Ähnlichkeit mit Anna hatte, hoch. „Hallo", grüßte er die beiden Schwestern.

„Ein Stern", verkündete Sophie. „Und noch ein, zwei Sterne." Interessiert untersuchte sie die Knöpfe und Stickereien auf Nicks Uniform.

„Wollen Sie uns verhaften, Herr Oberkommissar? Sie sind ja sogar noch bewaffnet."

Nick lächelte Anna leicht verlegen an: „Nein. Ich hab gerade erst Feierabend und bin eigentlich auf dem Weg zur Wache. Ich wollte Andrea nur kurz sagen, dass die KTU ihre Theorie nicht widerlegen konnte. Es war... ein Kapitalverbrechen."

Anna lud ihn mit einem Kopfnicken in die Küche ein: „Komm: Andrea kocht. Für dich ist bestimmt auch was da."

„Neue Uniform?" staunte Andrea, als sie Nick sah.

Er nickte.

„Steht dir sehr gut! Blau steht dir besser. Und endlich sieht es nicht mehr so aus, als hättest du die Hose einem Sumoringer geklaut."

Nick lachte: „Danke. Früher haben die mir gepasst."

Andrea hielt in ihrer Bewegung inne: „Echt?" fragte sie ungläubig.

Nick lachte: „Nein. Dem letzten Kollegen, der die Uniformen bestellt hat, konnte man nicht begreiflich machen, dass große Größen nicht unbedingt großen Umfang bedeuten. Aber jetzt macht Marion das."

„Jetzt hast du sogar in Uniform einen Knacka... einen knackigen Hintern", grinste Anna. Als sie Sophie sah, hatte sie ihre Wortwahl überdacht.

Nick grinste sie schief an: „Das aus deinem Mund? Danke!" Er setzte Sophie seine Mütze auf und stellte das begeisterte Mädchen wieder auf den Boden.

Anna zuckte mit den Schultern: „Warum nicht?"

Nick lachte: „Weil du nicht auf Männer stehst. Sonst hättest du längst kapiert, dass Jo dich nur mit seiner Frau flirten lässt, weil du ihm so gut gefällst, dass er das nicht merkt. Und gestern Morgen bei Pia wärst du auch nicht so sprachlos gewesen."

Andrea kicherte und lachte laut auf, als sie Annas erstauntes Gesicht sah.

„Hat sie dir das gesagt?" wollte Anna wissen und deutete auf Andrea.

Nick schüttelte amüsiert den Kopf: „Das brauchte sie nicht."

Anna grinste schließlich: „Scheint so, als wäre ich nicht die einzige Ermittlerin hier. Außerdem flirte ich nicht mit Eva..."

„Du *versuchst*, nicht mit Eva zu flirten. Meistens schaffst du das auch. Aber manchmal ist die Versuchung zu groß."

„Aber es ist nur ganz harmlos", verteidigte Anna sich kleinlaut.

Der Polizist nickte: „Ich weiß. Sonst hätte ich schon längst was gesagt."

„Und Jo steht wirklich auf Anna?" fragte Andrea.

Nick grinste breit: „Das ist nur eine Schwärmerei. Der liebt Eva viel zu sehr, um eine andere ernsthaft wahrzunehmen. – Das ist Marion", erklärte er, als es klingelte. „Sie wollte mir den Obduktionsbericht bringen. Ich hab ihr gesagt, dass ich hier bin." Er ging zur Türe.

Als Nick wieder in die Küche kam, begrüßte Anna Marion und grinste Nick an: „Trotzdem hast du einen Knackarsch!"

Er nickte unbeeindruckt: „Ich weiß. Das hat Vanessa mir heute Morgen schon zugeflüstert."

Anna, Marion und Andrea sahen auf: „Wer ist Vanessa?"

Der große Polizist seufzte: „Vanessa ist eine junge Frau, die immer wieder kleine Autounfälle baut. Mal fährt sie eine Mauer an, dann fährt sie gegen ein Straßenschild und so weiter. Und das macht sie immer, wenn ich in der Nähe bin, also dann dahin muss. Letzte Woche hat sie uns drei Mal wegen eines Unfalls angerufen."

„Und heute Morgen hast du ihr Nachhilfe in Verkehrssicherheit gegeben?" fragte Marion scheinheilig.

„Sie hatte einen Betonpfosten angefahren und hat das gemeldet. Mehr nicht", erklärte Nick nachdrücklich.

„Ein Verkehrsunfall?" stichelte Marion.

„Im *Straßen*verkehr!" betonte Nick.

Sie grinste breit: „Dann gib ihr doch endlich was sie will. Das würde uns bestimmt entlasten."

„Wie meinst du das?" fragte Nick verwirrt.

Die kleine Beamtin grinste: „Wenn du mit ihr eine heiße, leidenschaftliche... Fortbildung in Verkehrssicherheit machst, haben wir weniger Papierkram wegen angefahrener Straßenschilder."

Nick musterte seine Kollegin und Freundin amüsiert: „Wer hat dir eigentlich den Außendienst erlaubt? Dich kann man doch gar nicht auf die Menschen loslassen!"

Marion lachte: „Hier, das ist der Obduktionsbericht und der KTU-Bericht. Ich muss nach Hause. Meine Schwester hat mich zum Essen eingeladen. Sie will mir ihren neuen Kerl vorstellen. So wie das riecht, Andrea, würde ich lieber hier bleiben."

Andrea lächelte: „Du kannst gerne bleiben. Ist genug da."

„Nee, danke. Dann kriege ich Ärger mit Ina. Ich lad mich ein anderes Mal ein."

„Lady Eleonore war es nicht", meinte Nick beim Essen. Andrea hatte nach den Mordermittlungen gefragt. „Die war so erschüttert und fassungslos, dass die Kollegen ihr glauben, dass sie es nicht war. Mit Bruno Velten hab ich gesprochen. Er sagt, er war es nicht. Ob der mir aber die Wahrheit gesagt hat, weiß ich nicht. Der war immer noch sehr wütend auf seine Frau. Dem traue ich den Mord zu. Aber festgenommen haben wir ihn nicht. Die Reifenspuren vom Tatort stimmen nicht mit den Reifen seines Autos überein. Und diese Lady Willsfresh... die versichert zwar, ihren Dackel schrecklich zu vermissen, aber der traue ich nicht zu, so berechnend und planend zu sein. Die schien mir sehr verwirrt und... konfus."

Andrea nickte: „Mmh, sie tut so. Aber ich glaube, sie täuscht die Leute. Ich hab aber keinen Beweis für diese Vermutung."

„Und deine Kommissarin?" grinste Anna.

Nick bedachte sie mit einem finsteren Blick: „Treilert ‚freut sich sehr über unsere enge, fruchtbare Zusammenarbeit'. Und sie ist nicht ‚meine' Kommissarin! Wenn du nicht nett zu mir bist, erzähle ich ihr so viel von dir, dass sie eifersüchtig wird und dich in die Schranken weist."

Anna lachte: „Schon gut! Danke, das brauche ich nicht!"

„Hallo. Ich bin hier doch richtig bei Andrea Jansen, oder?"

Anna sah den etwas schmächtig wirkenden, unsicheren Mann vor Andreas Haustüre an. Sie hatte ihn schon mal gesehen, wusste aber nicht, wo. „Ja. Warum? Was wollen Sie von Andrea?"

„Ich wollte sie besuchen. Wir sind gute Freunde. Armin Themen", stellte er sich freudestrahlend vor. „Sie erwartet mich."

Überrascht ließ Anna ihn vorbei. Sie wusste nichts davon, dass Andrea Besuch erwartete, und schon gar nicht von dem kleinen, nervigen Pastor. Sie hatte das Gefühl, dass sie es bitter bereuen würde, Armin hereingelassen zu haben.

„Hallo Andrea. Schick siehst du aus", begrüßte Armin die erstaunte Andrea. „Hallo Nick. Ich wusste nicht, dass du auch hier bist."

Nick grinste Andrea an: „Doch, ich bin auch hier. Armin, Andrea trägt ihre ältesten Klamotten."

„Ja, ja, Nick." Armin wandte sich Andrea vertraulich zu: „Das er das so sieht, war ja klar. Aber

Nick, ich sag dir was: manche Frauen sehen immer gut aus: im Abendkleid, in alten Klamotten und in dreckigen Arbeitsklamotten. Die können sogar nackt sein, und sehen noch gut aus..."

Nick verschluckte sich.

„Ich wusste, dass dich das wundert. Aber das ist wirklich so."

Nick rang mit sich, ob er darauf reagieren sollte oder besser nicht. Er entschied sich dafür: „Ich weiß ja nicht, was du für Frauen kennst, aber alle, die ich kenne, sehen nackt am besten aus!"

Andrea sah Nick überrascht an. Sie wusste, dass er mit Jo über Frauen sprach und nahm an, dass er das auch mit seinen Freunden tat. Aber in ihrer Gegenwart hielt er sich immer sehr zurück.

Er zwinkerte ihr zu.

„Ach? Und du weißt, wie alle Frauen nackt aussehen?" fragte Armin schnippisch.

Nick grinste: „Nein. Aber nackte Frauen haben mir immer schon besser gefallen als angezogene."

Andrea und Anna versuchten ein Lachen zu unterdrücken.

Armin schüttelte den Kopf und sah Nick mitleidig an: „Du musst noch viel lernen, Nick. Es ist so klar, dass du noch keine Frau hast..."

„Du sitzt im Glashaus", brummte Nick.

„Wie? Häh?" Der Geistliche sah sich demonstrativ um.

Andrea konnte das Lachen nicht mehr unterdrücken. Um es zu überspielen, stand sie auf:

„Was essen?" fragte sie Armin. Sie holte Teller und Besteck, bevor er antwortete.

„Du hast auch keine Frau", erklärte Nick. „Erzähl mir nicht, was ich falsch mache, wenn du es nicht besser kannst!"

Armin schwieg perplex. Aber der Zustand dauerte nicht lange an: als er Andreas Essen probierte, lobte er sie ausführlich und umfassend.

Als sie die Lobsingerei nicht mehr ertrug, flüsterte Anna Nick zu: „Wenn der morgen tot ist, frage ich dich nicht nach einem Alibi – ich geb´ dir eins."

Er grinste nur.

Nach dem Essen lehnte Nick sich zufrieden zurück. Er lächelte Andrea an: „Das war sehr lecker, danke!"

Sie strahlte ihn an: „Danke. Gerne! Wollt ihr noch ein Bier?"

Alle nickten und Nick bot Andrea an: „Bleib sitzen, ich mach schon." Er trug Teller und Töpfe zur Spüle und nahm drei Bierflaschen aus dem Kühlschrank. Bedauernd und breit grinsend sagte er zu Armin: „Sie hat leider kein alkoholfreies, aber Apfelschorle ist da."

Anna und Andrea lachten laut auf. Armin lief rot an und wusste keine Antwort. Lachend gab Nick ihm schließlich die dritte Flasche Bier und holte sich selbst eine neue.

Samstagnachmittag war Andrea auf eine Gartenparty bei Lady Eleonore eingeladen. Auf dem

Weg dorthin holte sie Nicks Oma ab. Lisa freute sich, Andrea wiederzusehen. Sie fragte nach dem letzten Treffen und hörte besorgt zu, wie Andrea von Denis´ Annäherungsversuch und seinem Tod erzählte.

„Dann wird das heute vermutlich kein fröhliches Treffen."

„Aber sie hat mich eingeladen. Sie hat extra einen Boten geschickt, damit ich die Einladung rechtzeitig bekomme."

Lisa nickte: „Mmh, mal sehen, was das bedeutet."

Lady Eleonore trug eine gold-glitzernde Robe, als sie die große Freitreppe vor dem Haus herunterrauschte, um Andrea und Lisa zu empfangen. Sie begrüßte beide überschwänglich, umarmte sie und legte ihnen die Arme um die Schultern, als sie sie die Treppe hinauf begleitete. Es war ein kühler, bedeckter Tag, aber Lady Eleonores Haut war heiß.

„Geht es Ihnen gut, Lady Eleonore?" fragte Andrea besorgt. „Sie sind so heiß."

„I`m feeling wonderful, sweety! Wirklich! Very wonderful."

Andrea erschrak im ersten Moment, als sie die stark geweiteten Pupillen der Einundsechzigjährigen sah. Andrea sah Tränen in ihren Augen und sie fielen ihr immer wieder zu. Vielleicht hatte sie nicht schlafen können, weil sie ihren Geliebten vermisste? Sie schien auch Beschwerden beim Schlucken zu haben.

In der Empfangshalle schrie sie einige ihrer Diener an, warum sie die Getränke für Lisa und Andrea noch nicht fertig hatten, dann taumelte sie gegen Andrea.

Lady Jarnswitch kam dazu. Sie begrüßte Andrea und Lisa kurz, dann nahm sie ihnen die goldene Lady ab: „Komm, Eleonore, setz dich, ich hol dir Tee."

„Ich will no tea!" sperrte sich die Lady, aber Lili Jarnswitch ließ sie nicht los.

Andrea registrierte den besorgten Blick, den Lisa und Lili Jarnswitch sich zuwarfen, konnte aber nicht nachfragen, weil Lieschen, eine kleine, verwirrte, esoterische Frau ihr um den Hals fiel.

„Frau Jansen! Nein, dass Sie hier sind!!! So eine gute Frau sind Sie! In so einer Stunde einer Freundin beizustehen..."

„Was hat sie denn?" unterbrach Andrea Lieschen, die sonst wieder anfangen würde, von ‚Auserwählten' und ‚Einfachen' unter den Menschen zu philosophieren.

„Ach, sie... Gift trägt sie in sich. Gift, das herausgebrannt werden muss. Helfen tun die Posaunen der Engel. Sie wird bald wieder in Ordnung sein, glauben Sie mir. Die arme Freundin. Einen so lieben Menschen hat sie verloren. Ein zweites Leben hat er ihr geschenkt. Überfahren ist er worden..."

Andrea wusste von Lieschens katastrophalem Grammatikgebrauch, aber manchmal erschreckte die Frau sie dennoch. Geduldig hörte Andrea ihr zu. Wenn Lieschen anfing, über das Unglück anderer zu jammern, konnte man sie kaum unterbrechen oder ein anderes Thema beginnen.

Andrea war froh, dass die Gäste bald zu Tee und Kuchen gerufen wurden und Lieschen ein anderer Tisch zugeteilt wurde als ihr. Dankbar setzte sie sich zu Lisa, Lili Jarnswitch und zwei weiteren Gästen, die sie nicht kannte.

„Sie kennen Lieschen?" fragte Lady Jarnswitch.

„Mmh, seit letztem Winter. Sie hält mich für eine der wenigen ‚Auserwählten'."

„Oh! Gratuliere", Lady Jarswitchs Lächeln war leicht schadenfroh. „Ich gehöre nur zu den ‚Einfachen', aber ich bin unter den ‚Einfachen' eine ‚Besondere'", zwinkerte sie.

Lisa seufzte: „Wer ist das nicht? Aber Sie sind – außer Lieschen – die einzige ‚Auserwählte' die ich kenne."

Die elegante Offiziersgattin grinste wenig vornehm: „Dann sollten wir uns gut mit ihr stellen, Lissi: wer weiß, ob sie uns nicht den Weg in den Himmel ebnen kann?"

Andrea nickte: „Genau: aber ich helfe nur denen, die nett zu mir sind. – Was ist mit Lady Eleonore? Ist sie krank?"

Lili Jarnswitch schüttelte den Kopf: „Nein, keine Sorge. Die kommt wieder in Ordnung. Die hat nur was Falsches gegessen."

„Sie sieht schlimm aus", überlegte Andrea. Sie beobachtete, wie Lady Eleonore mit einem Bediensteten schimpfte und im nächsten Moment mit einem Gast flirtete, dessen Frau neben ihm stand.

„Also so wie immer", meinte Lady Jarnswitch. „Machen Sie sich keine Sorgen, Frau Jansen. ‚Lady Drache', wie meine kleine Enkelin sagt, hat ihre eigenen Wege, um mit Schicksalsschlägen umzugehen. Meistens leiden andere mehr darunter als sie selbst. Die wird wieder ganz die Alte, da können Sie sich leider sicher sein."

„My dear! Oh, my sweety." Lady Eleonore setzte sich zu Andrea, und legte ihr einen Arm um die Schultern: „Es ist so horribly sad, that such a young boy left us, isn`t it? Sind Sie auch so traurig? You too liked him very much, nicht wahr? Ach, das tut mir so leid for you."

Verwirrt sah Andrea die goldene Lady an. Sie schien sie nicht zu sehen. Sie sprang auf und zog sich den Stuhl ungeduldig zwischen Lady Jarnswitch und Lisa: „Meine Lieben! It`s so wunderbar to see you! I like to see you! Tell me, Schatz: wo is your lovely boy-friend? He`s such a nice Mann!"

„Woher weißt du das?"

„You told me! I will ihn kennenlernen!"

Lili Jarnswitch grinste: „Nee, nee! Ich will ihn behalten."

„Sorry?" fragte Lady Eleonore spitz.

„Tea or coffee?" fragte ein Kellner in Weiß Andrea.

„Tea", bestellte sie automatisch auf Englisch. Während der Kellner einschenkte, hörte Andrea wieder der Unterhaltung zwischen Lady Eleonore und Lili Jarnswitch zu.

Lady Eleonore schien vor Wut zu kochen: „Du glaubst, ich spanne dir deinen Freund aus? Diese halbe, unzureichende Person kannst du behalten! Unbelievable! Stupid Gör! I..."

„Sugar or milk?" fragte ein anderer Kellner Andrea.

„Milk, thank you", erwiderte Andrea und wandte sich dann Lady Eleonore zu, die Lili Jarnswitch geohrfeigt hatte.

„Lady Eleonore, Sie sind im Moment nicht Sie selbst. Kommen Sie: ruhen Sie sich etwas aus. Ich..."

„Keep your fingers off!" schnauzte die goldene Lady Andrea an. Mit unverhohlener Wut und vor Jähzorn blitzenden Augen sah sie Andrea an. Die wich erschrocken zurück. Lady Eleonore rauschte aufgebracht davon.

Lili Jarnswitch berührte Andrea am Arm: „Setzen Sie sich, Frau Jansen. Vergessen Sie den Vorfall. Sie ist im Moment tatsächlich nicht sie selbst. Kommen Sie: lassen Sie uns Tee trinken und Kuchen essen."

„Sind Sie nicht sauer wegen der Ohrfeige?" fragte Andrea erstaunt.

„Nein, keine Sorge. Die alte Schrapnell hat mich schon so oft geohrfeigt, das ist nichts Besonderes mehr. Besonders sind die Entschuldigungen, die sie sich hinterher einfallen lässt. Da ist sie wirklich sehr erfinderisch und erfrischend unterwürfig..."

„Wenn sie sich daran erinnert", schränkte Lissi ein.

Lili Jarnswitch nickte: „Ja, das ist die Voraussetzung. – Sie scheint ihren Siegfried wirklich sehr zu vermissen. Das hätte ich ihr gar nicht zugetraut. Es war Fahrerflucht, oder? Sie sind doch mit Nick befreundet, Frau Jansen?"

Andrea nickte: „Ja, der Fahrer ist geflüchtet", bestätigte sie. So hatte sie nicht gelogen und auch nicht erwähnt, dass es Mord war. Sie bedauerte, dass der Kellner ihr offensichtlich doch keine Milch in den Tee gegossen hatte.

Obwohl die Feier bei Lady Eleonore mehr als anstrengend gewesen war, hatte Andrea die beste Laune, als sie zur Kirmes fuhr. Sie hatte sich mit Anna und Sophie am Autoscooter verabredet. Fröhlich fuhr sie mit Sophie mehrere Runden, trank mit Anna Bier, angelte mit Sophie um die Wette gelbe Quietscheentchen und kaufte dem kleinen Mädchen einen Haufen Lose. Sophie mit bunter Zuckerwatte und Anna und Andrea mit Eis in der Hand begegneten schließlich Nick, Holger, Jo und Jan mit deren Familien. Nick und Jo bekamen von Andrea zur Begrüßung ein Küsschen auf die Wange. Sie umarmte Eva und kitzelte ihren

Sohn Joschi. „Seid ihr schon Autoscooter gefahren?" fragte sie die beiden Söhne von Jan und Emily.

Beide schüttelten den Kopf: „Wir sind gerade erst gekommen und Papa musste erst noch ein Bier trinken."

Die Erwachsenen lachten und Emily beschwerte sich bei ihrem Mann: „Den Eindruck haben deine Kinder von dir! Wenn die in die Schule kommen, steht sofort der Suchtberater vor unserem Haus."

„Wir haben uns am Pavillon verabredet", verteidigte sich Jan. „Außerdem hättest du mitgetrunken, wenn du dürftest."

„Stimmt", seufzte Emily. „Das vermisse ich ja: am Abend ein leckeres, kühles Bier..."

„Pass halt besser auf", brummte Jo mit einem süffisanten Grinsen. „Dann wirst du nicht schwanger."

Nick, Jan und Holger grinsten heimlich, während Emily und Eva mit Jo schimpften, den das kaum beeindruckte.

Andrea wandte sich Jans und Emilys Söhnen zu: „Sollen wir Autoscooter fahren? Dann können die sich hier in Ruhe streiten."

Beide nickten begeistert und Andrea winkte Holger: „Komm: du fährst mit Philipp, ich fahre mit Benni."

Holger war einverstanden. Bald lachten die beiden Jungs so laut und stachelten Andrea und Holger so fröhlich an, dass Eva und Emily Jos Bemerkung vergaßen. Als die Fahrt zu Ende war, bettelten sie um eine weitere, doch die Mutter verbot es.

Holger und Andrea fügten sich dem Verbot, doch Jo grinste: „Na los! Benni fährt mit Nick, Philipp mit mir."

„Jo Peters! Wenn... Nick!" rief Emily, aber beide ignorierten sie.

Jo hatte Philipps Hand genommen, Nick trug den kleineren Benni zum Ticketschalter.

„Dafür sind Onkel da, oder? Auch wenn es nur ‚Aushilfsonkel' sind", kicherte Andrea.

Emily seufzte und nickte schließlich: „Ja, wahrscheinlich. – Jetzt kriege ich die heute Abend nie ins Bett! – Jo! Wenn meinem Sohn was passiert, kriegen wir beide richtig Ärger! Das gilt auch für dich, Nick! Polizei hin oder her! Fahr anständig! – Nick!"

„Andrea, Anna, Bier?" fragte Nick die beiden Freundinnen später.

„Dann darf ich nicht mehr fahren", überlegte Andrea.

„Taxi", schlug Anna vor.

„Du hast doch eben schon Bier getrunken?" wunderte sich Nick.

„Mmh, ein Glas. Danach kann ich ja noch fahren. Aber Anna hat Recht: wir rufen uns ein Taxi.

Hier sind mehr bunte Lampen als Zuhause, oder?" fragte sie Anna.

Die sah ihre Freundin erstaunt an, betrachtete dann die bunten Fahrgeschäfte, die erleuchteten Losbuden und die farbenfrohen Süßwarenangebote: „Ich glaube, die sind alle gleich", meinte sie dann.

Andrea kicherte albern: „Ja, meinst du? Ich glaub, das stimmt nicht. – Oh, Nick! Danke für das Bier! Da ist ein Schießstand! Kommt, ich zeige euch, dass ich das auch kann. Nicht nur ihr könnt schießen." Sie lief mit dem Bier in der Hand los.

Anna und Nick sahen sich verwundert an.

„Ein Bier hatte sie, oder?"

Anna nickte: „Ja. Aber vielleicht hätte sie auch besser was gegessen?" grinste sie.

„Nana, da!" verlangte Sophie und zeigte auf ein Feuerwehrauto auf einem Kinderkarussell. Anna war einverstanden und ging eine Karte für ihre kleine Schwester kaufen. Nick gesellte sich wieder zu seinen Freunden an den Bierpavillon.

Andrea musste an dem Schießstand ein wenig warten. Winkend und wild gestikulierend erklärte sie das Nick und Jo. Die beiden Männer hatten viel Spaß an ihrer bewegungsreichen Erklärung und weil sie sich immer wieder umdrehte, Grimassen schnitt und komische Bewegungen machte.

Jo grinste: „Wenn du sie nicht bald…, übernimmt sie das Kommando."

Nick lachte: „Wäre doch auch mal nett! – Glaub ich aber nicht. – Sie hat nur ein Bier getrunken. Und das, was sie in der Hand hält."

„Bist du sicher?"

„Ja."

„Sie wirkt betrunkener... Hoh! Was soll das denn?"

Andrea hatte das Gleichgewicht verloren und sich am Vordermann festgehalten, der sie jetzt vorwurfsvoll ansah.

„Irgendwas stimmt nicht", murmelte Nick. Er drückte Jo sein Bierglas in die Hand und ging zu Andrea. Die begrüßte ihn kichernd und überschwänglich freudig.

„Hast du gemerkt? Hier schwankt der Boden."

„Mmh, geht's dir gut?"

„Ja, klar!" Sie fiel ihm in die Arme: „Saugut! Es ist super hier! Bunt und gute Musik und liebe Freunde... Du bist mein bester Freund, weißt du das? Nur der Boden schwankt... irgendwie... Vielleicht..." Sie kicherte albern: „Vielleicht haben die gerade über einem Vulkan die Kirmes aufgebaut und der bricht gleich aus? Bestimmt ist es deshalb auch so warm hier. Es ist warm, findest du nicht?" Sie zog ihre Jacke aus und warf sie weg. Nick erwischte sie gerade noch an einem Zipfel.

„Stell dir mal vor, wie lustig es wäre, wenn jetzt gerade hier so ein Vulkan wäre. Oder noch besser: ein Geysir. Das wäre doch toll! Dann könnten wir im warmen Wasser baden und..."

Nick hatte Mühe, ihr zu folgen. Sie redete wie ein Wasserfall, dabei aber sehr undeutlich und wirr. Sie stand keine Sekunde still und ihre Haut fühlte sich sehr heiß an. Als es ihm zu viel wurde, unterbrach er sie: „Stopp! Andrea, du bist sehr heiß! Bist du krank?"

Sie kicherte unkontrolliert und erzählte von Lady Eleonore, die ebenfalls Fieber gehabt hatte und sie wahrscheinlich angesteckt hätte. Sie philosophierte von ‚Verlustfieber' weil Lady Eleonore ihren Geliebten verloren und Andrea mit Fabian Schluss gemacht hatte. Dabei bezahlte sie den Mann am Schießstand für zehn Schuss und zielte auf die Keramikröhrchen um die Kunstblumen. Kichernd hob sie das Gewehr wieder: „Die bewegen sich ja alle! Guck. Siehst du? Die bewegen sich alle. Die wollen nicht geschossen werden. Siehst du das?" Sie drehte sich zu Nick um und schwenkte das Gewehr dabei mit.

Dem reichte es: „Hey! Das Ding ist geladen!" Er nahm ihr das Gewehr ab und legte es auf den Tresen. Er packte Andrea am Arm und zog sie vom Schießstand weg: „Was ist los mit dir? Bist du sicher, dass du nur zwei Bier getrunken hast? Du benimmst dich, als hättest du Drogen genommen. Guck mich mal an!"

„Nein!" schmollte Andrea und drehte ihr Gesicht entschieden weg. „Du tust mir weh! Und du hast mein Gewehr weggenommen! Ich nehm keine Drogen! Lass mich jetzt los!"

Nick lockerte den Griff um ihren Arm, ließ sie aber nicht los: „Andrea. Ich will dir nur helfen. Geht's dir wirklich gut?"

Mit einem Male strahlte sie ihn an, so dass ihm schwindelig wurde: „Das ist mein neues Lieblingslied! Komm, wir tanzen. Beim Tanzen darfst du mich auch festhalten. Nur nicht so feste, ja?" Mit einem atemberaubenden Augenaufschlag sah sie zu ihm auf.

Nick wurde schwach. Erst wollte er widersprechen, doch die Verlockung, ihr nahe zu sein, war stärker. Er wusste, dass seine Gefühle die Warnungen seines Verstandes überdeckten, aber er schaffte es nicht, das zu ändern.

Holger, Jo und Jan beobachteten, wie Andrea um Nick herumtanzte. „Nicht mal mit ihr tanzt er freiwillig", überlegte Jan.

Jo zuckte mit den Schultern: „Sie lässt ihm auch kaum eine Chance. Er hat Recht: irgendwas stimmt nicht. Zwei Bier verträgt sie normalerweise."

Nick bewegte sich kaum, da Andreas Bewegungen keinem erkennbaren Muster folgten.

Nach einer Weile erklärte Holger in seiner eigenartig sonoren Stimme: „Aber er bleibt bei ihr und lässt sie nicht einfach stehen wie die anderen. Wenn er sie heiratet, spendiere ich ein Schwein für den Grill."

Jan nickte: „Und ich die Kutsche mit Pferden."

Als Jo sich nicht anschloss, sahen die Freunde ihn an: „Und du?"

Jo grinste: „Meine Frau für die Organisation."

Jan lachte: „Wenn du deine Frau spendest, spendest du automatisch auch meine." Jo zuckte mit den Schultern: „Das wird eine herrlich ruhige Zeit. – Was macht sie denn jetzt? So betrunken kann sie gar nicht sein..."

Andrea hatte nach etwas in der Luft gegriffen, war über ihre Füße gestolpert und rückwärts auf den Boden gefallen. Nick hatte sie nicht halten können. Untröstlich saß sie auf dem Boden und ließ sich auch nicht von Nick aufhelfen.

„Die Schmetterlinge! Hilf doch den Schmetterlingen, die verbrennen alle." Sie schlug nach Nicks Händen und deutete in die Luft.

Nick hob sie schließlich hoch und trug sie zu einer Bank. Leise über sich selbst fluchend kontrollierte er ihre Pupillen und die Körpertemperatur. „Bleib sitzen!" befahl er ihr.

Sie kicherte und wollte doch aufstehen.

„Bleib da sitzen!" befahl er strenger und drückte sie wieder auf die Bank.

Schmollend und schimpfend gehorchte sie.

„Nick, was..."

„Jo, der Doc ist hier."

Jo suchte sofort die Nummer von Nicks Bruder David in seinem Handy und rief ihn an.

„Wo ist Anna?" fragte Nick Jan und Holger, die mit Jo gekommen waren.

„Ich geh sie suchen", bot Jan an.

„Schnell. Bring Sophie zu den Frauen. Ich glaub, sie hat Drogen genommen." Nick wandte sich wieder Andrea zu: „Was hast du gegessen, bevor du hergekommen bist?"

Sie verzog schmollend den Mund und sah in eine andere Richtung.

Wütend vor Verzweiflung ballte Nick die Fäuste.

„Ich hole Wasser", erklärte Holger. „Wasser ist immer gut."

Nick kniete sich vor Andrea und nahm ihre heißen, trockenen Hände in seine. Er sah sie an: „Andrea, bitte entschuldige, dass ich so mit dir rede. Ich hab dich sehr gerne und ich will, dass es dir gut geht. Sag mir bitte, was du gegessen hast, bevor du auf die Kirmes gekommen bist."

Andrea sah Nick strahlend an. Sie streichelte seinen Kopf: „Ich hab dich auch ganz lieb. Aber mir geht es ganz super. Ehrlich. Ich muss mich nur bewegen. Das ist doch nicht schlimm, oder? Guck mal: da kommen schon viele kleine Lavastücke aus der Erde. Die haben die Schmetterlinge verbrannt, hast du gesehen? Gleich bricht der Vulkan aus. Komm, wir müssen hier weg." Sie packte Nicks Hand und wollte loslaufen, doch er hielt sie fest.

„Andrea: hier gibt es keine Vulkane. Was du siehst, sind Zigarettenkippen. Und das sind nur zwei, nicht ‚viele'. Sag mit bitte, was du gegessen und getrunken hast, bevor du hierhergekommen bist."

Irritiert sah Andrea von Nick zu den Lavastücken und wieder zurück: „Das sind ganz viele, ehrlich. Guck mal genauer hin. Und die tanzen, weil gleich die vielen kleinen und großen Kumpel kommen. Dann tanzen die alle zusammen… Guck mal, wie schön! Guck doch…"

„Andrea, bitte: was hast du gegessen?" fragte Nick nachdrücklich.

Andrea schmollte: „Kuchen! Mit Lissi und Lili!" Sie kicherte: „Lustig: als wir gegangen sind, hießen die noch Lisa und Lady Jarnswitch und jetzt…"

„Und was hast du getrunken?"

„Tee, auch mit Lissi und Lili" fauchte sie aufgebracht. „Es ist unhöflich, die Leute zu unterbrechen! Verhör mich nicht! Wir sind Freunde! Bist du böse mit mir? Dann bin ich böse mit dir!"

„Nein. Ich bin nicht böse." Nick schüttelte den Kopf.

Verzweifelt wartete er darauf, dass sein Bruder endlich eintraf. Er hatte noch niemanden mit solchen Symptomen gesehen: rasender Puls, die Pupillen stark geweitet und die Haut heiß und trocken. Außerdem hatte sie Sprach- und Schluckprobleme und halluzinierte. Das Wasser, das Holger ihr anbot, trank sie gierig und ohne abzusetzen, verschüttete aber auch die Hälfte. Sie bemerkte es nicht.

„Guck nicht so böse, Nicki", freute sich Andrea. Sie streichelte wieder sein Gesicht: „Ich sag dir ja, was ich getrunken habe: Tee. Und ich habe Milch bestellt, weil wir das als Kinder immer getrunken haben. Aber da war keine Milch drin, und... Pia! Huhu, Pia! Komm her, Pia, Nick will von uns allen wissen, was wir gegessen und getrunken haben. Puh, ist das heiß", stöhnte sie und wollte sich die Bluse aufknöpfen.

Nick hielt sie davon ab und rief Pia: „Kannst du nach ihr gucken? Ich glaube, sie hat Drogen genommen. Ich weiß aber nicht, was... David! Endlich! Wo warst du? Guck..."

„Was ist denn los?" fragte Nicks älterer Bruder, der es gewohnt war, ‚Doc' gerufen zu werden. Dass Nick ihn ‚David' nannte alarmierte ihn. Er unterstützte die Sanitäter, die auf der Kirmes Dienst hatten. „Jo sagte was von Drogen? Hallo Jo, Holger. Oh, hallo Kollegin", grüßte er Pia erfreut.

Pia hatte sich Andrea schon angesehen und sah den Doc jetzt besorgt an: „A-Kohle, Doc. Lichtstarre Pupillen, hundertzwanziger Puls, Fieber..."

Der Doc beugte sich zu Andrea herab und kontrollierte Pias Angaben. „Was hat sie gegessen oder getrunken?"

„Kuchen und Tee am Nachmittag und hier zwei Bier und ein Eis", antwortete Nick. Besorgt, fast ängstlich sah er zu, wie die beiden Ärzte sich um Andrea kümmerten.

„RTW, Mike", befahl der Doc seinem Kollegen, der sofort über Funk den Rettungswagen verständigte. Währenddessen nahm der Doc ein Döschen aus seiner Arzttasche: „Ich brauche Wasser, Leitungswasser."

Als Holger ein weiteres Glas Wasser brachte, kamen auch Anna und Jan dazu. Während der Doc mit Pias Hilfe Andrea das Wasser mit etwas Pulver aus dem Döschen einflößte, erklärte Nick Anna, was er wusste.

„Hier kann ich nichts mehr für sie tun", wandte der Arzt sich an seinen Bruder. „Wir fahren ins Krankenhaus, da sehen wir weiter."

„Was hat sie?" fragten Anna und Nick gleichzeitig.

„Eine Vergiftung. Was genau hat sie gegessen? Nimmt sie Drogen? Hat sie Allergien?"

„Sie hatte nie Allergien und nimmt auch keine Drogen", meinte Anna.

„Ich ruf Oma an", erklärte Nick.

„Wieso Oma?"

„Die waren zusammen auf einer Feier."

Während Nick mit Oma Lissi sprach, fragte Anna Jo, ob sie Sophie bei ihm lassen könnte, um mit Andrea ins Krankenhaus zu fahren.

„Ja, natürlich", bekräftigte Jo. „Keine Frage." Anna ging zu Eva und Emily, die mit ihren Kindern und Sophie am Kinderkarussell standen. Sie erklärte den Frauen kurz, was sie wusste, dann fragte sie Sophie, ob sie eine Nacht bei Eva und Jo schlafen wollte. Das kleine Mädchen war begeistert und wollte sofort die Kälber besuchen.

„Sagt euch *Brugmansia sua*-irgendwas etwas?"
fragte Nick die beiden Ärzte. „Oma sagt, damit
könnt ihr bestimmt am meisten anfangen."

„Engelstrompete", murmelte Pia erschrocken.

„Engelstrompete", jubelte Andrea. „Ohh, die
duften so toll!"

Nick starrte Pia an: „Was heißt das?"

„Wieviel hat sie davon genommen?" wollte der
Doc wissen.

„Hier, sprich du mit Oma." Nick gab ihm sein
Handy. Besorgt kniete er sich vor Andrea: „Hey, wie
geht's dir?"

„Mir ist schlecht. Und die ganzen Lavastücke
machen mir langsam Angst. Wir müssen hier weg,
Nick: der Vulkan bricht sicher bald aus."

„Halt durch", murmelte Nick. Er mochte Andrea
nicht so sehen. Es tat ihm weh und machte ihm
Angst. Aber er blieb bei ihr. Alles andere wäre noch
schlimmer.

Als der Krankenwagen kam, ließ sie sich bereit-
willig von ihm auf die Liege heben. Sie kicherte
leise, als Nick sie ansah: „Mach dir keine Sorgen,
Nicki. Für euch kommen auch noch Rettungskap-
seln. Die lassen euch nicht auf dem Vulkan verbrennen. Aber hier ist noch Platz. Guckt doch: ihr
könnt noch alle mit..."

Nick wollte gerne bei ihr bleiben, doch er machte
Anna Platz. „Pass auf sie auf", murmelte er erstickt.

Nick starrte in den Krankenwagen. Erst nach einer ganzen Weile merkte er, dass Jo ihn rief.

„Wird sie wieder gesund?" wandte er sich an seinen Bruder.

Der zuckte mit den Schultern: „Weiß ich nicht. Das kommt darauf an, wieviel sie davon genommen hat, wie hoch das Gift in der Pflanze konzentriert ist und wie empfindlich sie ist."

Nick sah seinen Bruder fassungslos an: „Sie kann sterben?"

„Ja, kann sein. Ich hab ihr medizinische Kohle gegeben, die verhindert, dass das Gift aufgenommen wird. Den Mageninhalt holen wir mit einer Magenspülung raus. Aber was schon im Blutkreislauf ist, muss sie selbst abbauen. Je nachdem, wieviel das ist..." er zuckte wieder mit den Schultern und schwieg.

Nick sah seinen Bruder wie in einem fernen Traum. Er hatte das Bedürfnis, ihm ins Gesicht zu schlagen, weil er so unbeteiligt von Andreas möglichem Tod sprach.

„Hey!" Jos kräftige Hand auf seiner Schulter hielt ihn davon ab. Der hatte bemerkt, dass Nick die Fäuste so fest ballte, dass die Knöchel weiß hervortraten. Abgesehen davon, dass es Nick sehr leid tun würde, seinen Bruder geschlagen zu haben, würde es dem Doc den Unterkiefer brechen, wenn Nick mit voller Wucht zuschlug.

„Wir müssen los. Sie ist so kritisch, da fahr ich mit", erklärte der Doc und ging.

„Fahr hinterher", brummte Jo.

„Ich darf nicht mehr fahren", murmelte Nick abwesend. Es konnte sein, dass Andrea starb.

„Dann lass dich von deinen Kollegen bringen, Herrgott!" maulte Jo. „Glaubst du, du hast hier eine ruhige Minute, wenn sie im Krankenhaus liegt und du nicht daneben sitzt? Ich find sie auch ein bisschen nett und hab schon keine ruhige Minute mehr. Ich ruf Marion an."

„Du findest sie nicht nur ‚ein bisschen nett'", fiel Nick auf.

Sein Freund grinste ihn an: „Wenn ich sie ‚sehr nett' finde, haust du mir aufs Maul. – Ja, Marion, Jo Peters. Musst du arbeiten? – Hast du Zeit, Nick ins Krankenhaus zu bringen? Ihm geht's gut, aber Andrea hat Drogen genommen." Jo nickte seinem Freund zu und erklärte Marion, wo sie waren.

Kapitel fünf

Es dämmerte als Nick wach wurde. Andrea schlief noch. Sie atmete. Sein Nacken war steif und der Ellenbogen, auf den er sich die ganze Nacht gestützt hatte, schmerzte. Er hatte Andrea am Vorabend nicht mehr ansprechbar angetroffen. Die Ärzte hatten sofort ihren Magen ausgepumpt und ihr eine Infusion angehängt. Anna war froh gewesen, als Nick kam. Sie war gefahren, als Eva angerufen hatte, weil sie Sophie nicht beruhigen konnte. Andrea lag friedlich in dem weißen Krankenhausbett. Ob sie gesünder aussah als am Vortag, wusste Nick nicht. Aber sie atmete!

Nick stand auf, reckte und streckte die steifen Glieder und öffnete das Fenster, um frische Luft herein zu lassen. Andrea liebte die frische, kühle Morgenluft und ganz besonders die würzige Frühlingsluft. Er setzte sich wieder neben sie, zog die Decke zurecht und streichelte ihre Wange. Sie fühlte sich nicht mehr so heiß an wie am Vorabend. Nick nahm ihre Hand: „Halt durch, Kleine!" Nach einer Weile ließ er seinen Kopf auf ihre Hand sinken.

Er ging nicht oft in die Kirche, bemühte sich aber, einmal im Monat den Gottesdienst zu besuchen. Die Gebete in der Kirche sprach er mit und war sich ihrer Bedeutung auch bewusst, aber im täglichen Leben betete er nicht. Es dauerte eine Weile, doch dann wurde ihm bewusst, dass er da an Andreas Krankenbett betete, ein Gebet ohne Worte, aber mit der innigen Bitte, sie möge wieder gesund werden. Er hob den Kopf und sah sie mit einem schiefen Grinsen an: „Dahin bringst du mich schon.".

„Nick", murmelte Andrea. Vorsichtig schlug sie die Augen auf: „Was machst du hier? Wo bin ich?"

„Andrea!" stöhnte er erleichtert. „Mach so was nie wieder! Versprich mir das!"

„Was hab ich denn gemacht?" fragte sie noch benommen und blinzelte. „Warum ist es so hell?"

„Du hast Drogen genommen. Die Lichtempfindlichkeit ist eine Nebenwirkung davon."

„Drogen? Ich hab keine Drogen genommen..."

„Engelstrompete. Oma sagt, mit dem Tee müsstest du die getrunken haben. Diese ‚Milch' bei dieser Gartenparty ist ein Aufguss aus Engelstrompetenblüten."

„Scheiße", murmelte sie. Sie schlief wieder ein.

„Hier, der ist besser", erklärte der Doc seinem Bruder, den er vor dem Kaffeeautomaten im Krankenhausflur traf, und gab ihm eine Tasse Filterkaffee. Der Doc war etwas kleiner als Nick und nicht so breit. Er hatte dunkles Haar und blaue Augen.

„Danke."

„Schläft sie noch?"

„Wieder. Sie war heute Morgen ein paar Minuten wach. Sie erinnert sich an nichts."

„Das kommt wieder. Seit wann bist du hier?"

„Gestern" murmelte Nick.

Der Doc sah seinen Bruder überrascht an, doch der hatte keine Lust, darauf zu reagieren. Also klopfte er Nick auf die Schulter: „Ich guck gleich nach ihr. Ich muss aber erst nach einem schlimmeren Notfall von letzter Nacht gucken."

„Schlimmer? Ich dachte, ihr Zustand ist kritisch?" Nick hatte noch nie die fachlichen Entscheidungen des Docs in Frage gestellt.

„Mmh, aber bei ihr kann ich nichts machen. Bei dem Verkehrsunfallopfer muss ich den Kollegen ablösen. Der versucht seit drei Stunden, die inneren Blutungen zu stoppen. Ich glaube, da ist kein Organ ganz geblieben."

Nick schwieg. Dass das schlimmer war, sah er ein.

„Morgen Nicki."

Nick sah sich überrascht um. „Stephan! Was machst du denn hier?"

„Ich hab gesehen, wie du in das Zimmer geschlichen bist. Da wollte ich mal nachgucken, wen du besuchst?" Neugierig musterte er Andrea.

Nick wollte nicht antworten, also fragte er: „Und warum bist du im Krankenhaus?"

Sein ältester Bruder zuckte mit den Schultern: „Jana ist gestern in einen rostigen Nagel getreten. Judith will die Tetanusimpfung auffrischen lassen."

„Schlimm?"

Stephan schüttelte den Kopf: „Nein, gar nicht. Kann jetzt nur schlecht laufen und lässt sich bedienen." Weil Nick nicht grinste und auch nicht weiter nach seiner Patentochter fragte, wollte Stephan wissen: „Was ist mit ihr?"

Nick sah Andrea an, deren Hand er hielt. „Vergiftet. Ist noch nicht sicher, ob sie überlebt."

Erst betroffen, dann immer breiter grinsend musterte Stephan Nick, der mit dem Daumen Andreas Handrücken streichelte. „Du magst sie!?" stellte Stephan fest.

Wütend funkelte Nick ihn an: „Sonst wäre ich doch nicht hier! Herrgott nochmal, Stephan!"

Stephan schwieg erschrocken.

„Streitet ihr euch?" fragte Jo von der Türe aus. Er schaffte es nicht, ein süffisantes Grinsen zu unterdrücken.

„Schnauze!" knurrten beide Brüder.

Jo gehorchte breit grinsend.

Mit einem Kopfnicken fragte Jo seinen Freund nach Andrea.

„Keine Ahnung", antwortete der. „Aber ich glaube, besser."

„Wer ist sie?" wollte Stephan wissen.

„Andrea Jansen. Sie arbeitet..."

„Seine große Liebe", grinste Jo mehr als zufrieden. „Wir sammeln: Holger spendiert ein Schwein für die Hochzeit, Jan Kutsche und Pferde und ich meine Frau für die Organisation. Bist du auch dabei?"

Nick hatte Jo erst warnend angesehen, musste dann aber lachen: „Das ist nicht dein Ernst?!"

„Doch!" bestätigte Jo. „Das hat Holger gestern spontan angefangen. Stephan?" Er sah den gut gebauten Mann mit dem kurzen, dunkelblonden Haar und den braunen Augen auffordernd an.

Stephan grinste: „Klar, bin ich dabei. Ich spendier erst mal meinen Bruder, der die Kleine wieder auf die Beine bringt! Wo ist der Nichtsnutz?"

„Der hat noch einen Notfall", erklärte Nick.

„Einen Notfall? Meine Schwägerin in spe ist ein Notfall..."

„Stephan!" mahnte Nick. „Sie will mich gar nicht."

Verwirrt sah der ältere den jüngeren Bruder an: „Sie will dich nicht? Das ist dann aber die Erste, oder?"

„Noch nicht", schränkte Jo ein.

„Die Frau muss ich kennenlernen. Wo ist der Doc?"

Nick drehte sich zu Andrea um, die seine Hand gedrückt hatte. „Hallo", lächelte er. „Du bist ja wieder wach?"

„Mmh, ihr seid ja so laut. Wer ist denn da? Bin ich im Krankenhaus?"

„Ja. Jo und mein Bruder sind hier. Wie geht's dir?"

Andrea brachte ein kleines Lächeln zustande: „Siehst du doch: nicht so gut: ich halte mit einem Frauenhelden Händchen."

Nick wurde warm, als er ihr Lächeln sah. „Ich bin kein Frauenheld..."

„Doch", unterbrach sie ihn.

„Wie kommst du darauf?"

Andrea sah grinsend zu ihm auf, blinzelte aber, weil es zu hell für ihre Augen war: „Wärst du kein Frauenheld, würdest du dich geschmeichelt fühlen, wenn ich dich so nenne." Sie hörte Jo und Nicks Bruder lachen.

Nick grinste: „Frech bist du schon wieder."

„Hab ich mich gestern noch schlimm benommen? Ich weiß das nicht mehr." Sie hielt weiter seine Hand. Es war schön, seine Nähe zu spüren.

Nick machte ein unschuldiges Gesicht: „So schlimm war es nicht: du hast auf den Tischen getanzt und wolltest unbedingt eine Stange..."

Andrea lachte auf: „Das hättest du wohl gerne! Ich frage Jo!"

Nick grinste: „Meinst du, der sagt was anderes als ich?"

„Dann frage ich Jan." Nick schwieg überrascht und Andrea schmunzelte: „Wusste ich es doch! – Das ist aber nicht dein Bruder, oder? Ich seh alles verschwommen."

Zu Nicks Bedauern ließ sie seine Hand los. „Doch, mein ältester Bruder Stephan. Den kennst du noch nicht..."

„Was ist denn hier los?" fragte der Doc erstaunt, als er in Andreas Zimmer kam.

„Die haben sich gestritten", sagte Jo sofort und zeigte auf Stephan und Nick.

Der Doc sah Jo ungläubig an: „Halluzinierst du? Hast du auch von der Engelstrompete genascht?"

Jo schüttelte grinsend den Kopf.

„Streitet ihr euch sonst nicht?" wollte Andrea wissen.

Der Arzt kam zu ihr, prüfte ihre Temperatur und die Reaktion ihrer Pupillen: „Stephan war immer Nickis großes Vorbild. Was Stephan gesagt hat, war für ihn eine Offenbarung. Ich denke, das liegt am Altersunterschied. Eine andere Erklärung hab ich nicht..."

„Quatsch! Nicki ist einfach sensibler als du und hat erkannt, wem es sich nachzueifern lohnt."

Andrea lachte, als sie Nick die Augen verdrehen sah. „Wie weit seit ihr auseinander?" wollte sie von ihm wissen, während seine Brüder weiter diskutierten.

„Stephan und ich? Zwölf Jahre."

Sie lächelte: „Dann ist das normal. Und du und er?" Sie deutete auf den Arzt.

„Neun Jahre."

„Dann bist du ja sehr viel jünger. Ein Versehen?"

„Nee, wir sind fünf geplante Wunschkinder. Ich hab noch zwei Schwestern. Babara ist zweiunddreißig und Lena fünfunddreißig."

„So, raus jetzt! Alle!" befahl der Doc.

Andrea zwinkerte Nick zu und seufzte: „Muss ich? Ich möchte lieber noch etwas liegen bleiben."

Die Männer und Andrea lachten herzlich über das erstaunte Gesicht des Docs und der lachte schließlich mit: „Ich glaube, lange behalte ich Sie nicht hier, Frau Jansen: Ihnen geht es zu gut für eine Patientin."

Anna und Pia kamen zu den Männern, als diese auf dem Krankenhausgang warteten.

„Wie geht's ihr?" wollte Anna wissen.

„Der Doc untersucht sie gerade. Aber sie ist ansprechbar und schon wieder frech."

Anna lachte auf. Sie umarmte Nick erleichtert. „Gott! Ich hab kaum geschlafen", stöhnte sie. „Warum macht sie immer wieder so einen Mist?"

„Da konnte sie nichts für. Sie hat Tee mit Milch bestellt und wusste nicht, das ‚Milch' bei dieser Lady Eleonore ein Aufguss aus Engelstrompete ist.

Oma sagt, diese Lady trinkt den Aufguss als Aufmunterung."

„Engelstrompete??" entsetzte sich Pia. „Die Droge ist hochgiftig und unberechenbar."

„Aber es ist eine legale Pflanze, die Halluzinationen verspricht. Wir haben immer wieder Engelstrompeten-Vergiftungen hier. Gerade, wenn die Grenzkontrollen erhöht werden", erklärte der Doc, als er zu der Gruppe trat. „Deine Kleine wird wieder gesund, Nicki. Aber ich behalte sie noch einen Tag zur Beobachtung hier."

Anna umarmte Nick wieder. Der erwiderte die Umarmung ebenso erleichtert und herzlich.

„Moment", verlangte Stephan. „Warum bin ich der Letzte, der von ihr erfährt?"

Nick sah seinen Bruder erst erstaunt an, dann seufzte er.

Pia antwortete: „Ich wusste auch von nichts. Ich hab`s nur geahnt..."

„Ich wusste bis heute Morgen auch nichts. Aber als ich gehört habe, dass er die ganze Nacht hier war, hab ich auch kapiert, dass er mir gestern fast aufs Maul gehauen hätte. Danke übrigens, Jo!" warf Der Doc ein.

Jo nickte nur.

Nick sah Jo genervt an.

Der grinste: „Beruhigt euch mal wieder! ‚Gesagt' hat er das nur mir..."

„Natürlich", maulte der Arzt.

„Wie immer", beschwerte sich Stephan.

Jo grinste: „Erstens war er sternhagelvoll, sonst hätte er es sich selbst gegenüber nicht mal zugegeben..."

„Das stimmt nicht!" sagte Nick dazwischen.

Aber Jo ließ sich nicht unterbrechen: „...und zweitens: lasst eure Eifersucht nicht an uns aus!" Er legte einen Arm um Nick: „Wir können nichts dafür, dass ihr keine Freunde habt." Der Doc und Stephan wollten widersprechen, aber Jo hinderte sie daran: „Redet euch nicht raus: du bist mit einem Stethoskop verheiratet, Doc, und wunderst dich über mangelnde Gegenliebe und du, Stephan, bist Steuerberater... Ich meine... ‚Steuerberater'!"

Stephan grinste: „Vorsicht, Joey, du kannst dir auch ganz schnell einen anderen Steuerberater für deinen Streichelzoo suchen. Dann ist es vorbei mit..."

„Ich geh zu ihr", erklärte Anna Nick leise. Pia und Nick schlossen sich ihr an. Sie hörten Jo noch lachen.

Den Sonntag blieb Andrea noch im Krankenhaus. Montag bat sie den Doc um ihre Entlassung. Der zögerte, sprach von Rückfällen und ‚Hängenbleiben' auf der Droge, war aber einverstanden, als Pia versprach, nach Andrea zu sehen.

Am Abend kam Pia. Sophie war schneller als Anna an der Haustür und stand dann ratlos vor der zierlichen Ärztin und Gerichtsmedizinerin mit dem dicken dunklen Haar.

„Hallo. Wer bist du denn?" fragte Pia überrascht.

„Nana!" rief Sophie und rannte zu ihrer Schwester.

Anna hob sie grinsend hoch: „Siehst du: es stehen auch schon mal Leute vor der Tür, die du nicht kennst! Du sollst doch nicht einfach so aufmachen! – Hallo Pia. Kommen Sie rein. Wollen Sie mitessen?"

„Hallo. Ja, gerne, wenn das in Ordnung ist?"

„Ja, sicher. – Nein, Sophie. Ich trag dich jetzt nicht die ganze Zeit. Hast dich erschreckt, oder? Pia ist nicht gefährlich. – Andrea liegt auf der Couch."

Pia nickte, beugte sich zu Sophie herunter und hielt ihr die Hand hin. Aber auch beruhigende Worte halfen nicht: das kleine Mädchen versteckte sich hinter Anna. Pia ging nach Andrea sehen. Die lag mit einer Decke auf dem Sofa und kraulte Samira, die verzückt schnurrend auf Andreas Bauch lag. Äußerst widerwillig ließ sie sich von ihrem Platz vertreiben, als Pia Andrea untersuchte. Noch während Pia Andreas Blutdruck maß, kletterte die schlanke Tigerkatze wieder auf Andreas Bauch. Sie knetete Andreas Bauchdecke mit den Pfoten.

Andrea musste lachen: „Lass das, Sammy, das kitzelt. Und wenn Pia mit meinem Blutdruck nicht einverstanden ist, weil ich lachen musste, muss ich noch länger hier liegen und gesund werden."

„Brrrruh!" machte Samira begeistert und drückte ihren Kopf an Andreas Kinn.

Pia seufzte: „Sammy! Lass sie mich doch eben untersuchen. Dann kannst du wieder so viel mit ihr schmusen, wie du willst."

Sie setzte die Katze erneut auf den Boden. Nicht ganz so widerwillig ließ die Katze es geschehen, sah Pia mit ruhigen Augen an, solange sie sprach und schloss genüsslich die Augen, als Pia fragte, ob sie einverstanden sei. Als Pia sich wieder Andrea zugewandt hatte, sprang Samira hinter Pia auf das Sofa und balancierte über Andreas Beine auf ihren Bauch. Zufrieden schnurrend legte sie sich lang hin und blinzelte Pia aus halb geschlossenen Augen an.

Die seufzte: „Ich dachte, Sammy versteht, was wir sagen?" fragte sie Andrea.

Die lachte: „Ganz sicher versteht sie uns! Aber das heißt ja nicht, dass sie mit uns einer Meinung ist."

Pia seufzte und wandte sich dann wieder der Katze zu: „Dann bleib aber ruhig liegen und kitzle sie nicht wieder."

Als Pia Andreas Blutdruck erneut maß, schrie Andrea plötzlich auf: „Sammy! Das tut weh! Entschuldige, Pia. Ihre Kralle hat sich durch die Decke in meinen Bauch gebohrt. – Ich glaube, Sammy meint, ich müsste noch eine Weile liegen bleiben."

„Mmh", murmelte Pia. „Damit sie noch mehr Streicheleinheiten bekommt. Sammy, hör zu: ich bin nur Menschendoktor, aber das ist bei Menschen und Katzen gleich: wenn man zu viel sitzt und sich streicheln lässt, wird man dick und die Mäuse lachen einen aus, weil man so langsam geworden ist."

„Brrrau!" machte die Katze und blieb liegen. Doch als Pia sich wieder Andrea zuwandte und sie nicht mehr ansah, stand sie auf. Mit zwei großen Sprüngen landete sie vom Sofa über Andreas Schreibtisch auf der Fensterbank. „Mau!" erklärte sie.

Andrea kicherte: „Geht doch', meint sie."

Pia seufzte und erschrak, als sie die Katze wieder auf Andreas Bauch entdeckte. Ihren überheblichen Blick mochte Pia lieber nicht deuten.

Pia hatte Andrea untersucht und war zufrieden mit ihrer Genesung. Beim Essen sagte Pia zu Anna:

„Ich wusste nicht, dass Sie eine Tochter haben. Ich hätte Lena ja mitbringen können: dann hättet ihr schön spielen können", erklärte sie Sophie.

„Hast du die Rechnung nicht ohne Lena gemacht?" warf Andrea ein. „Sophie ist vier und Lena elf."

Pia schüttelte den Kopf: „Lena wünscht sich schon lange Geschwister. Sie freut sich immer, wenn meine Freundin mit ihrer Tochter kommt."

Andrea stichelte: „Und warum bekommt sie keine Geschwister?"

Pia funkelte sie amüsiert an: „Hast du dir die Typen mal angeguckt, die als Vater in Frage kommen? Alle verheiratet!"

„Armin ist nicht verhei..."

„*Als Vater in Frage kommen*'!!" wiederholte Pia sehr deutlich. „Da fällt mir spontan niemand ein! Dir?"

Klingeln an der Türe unterbrach die Unterhaltung. Nick, Jo und Eva kamen, um nach Andrea zu sehen. Es wurde ein lustiger Abend, den Andrea zwischen ihren Freunden sehr genoss. Sie war noch etwas geschwächt und lehnte sich an Anna, als sie müde wurde. Anna legte die Arme um ihre Freundin.

Sophie strahlte, als sie das sah. Sie saß auf Nicks Schoß. „Nana, heiraten."

Anna sah sie an: „Wer soll heiraten?"

„Du."

„Und wen?"

„Dea!"

Anna und Andrea lachten. „Letzte Woche wolltest du noch Andrea heiraten", widersprach Anna.

„Nein. Ich heirate Nitt", erklärte die Kleine und schmiegte sich an Nicks Brust.

„Genau", bestätigte Nick und umarmte Sophie. „Wir machen eine Doppelhochzeit."

„Sie ist ein bisschen jung, meinst du nicht?" fragte Anna.

Nick schüttelte den Kopf: „Ich hab neunundzwanzig Jahre darauf gewartet, sie zu treffen, da schaffe ich die vierzehn Jahre bis zu ihrer Volljährigkeit auch noch."

Seine Freunde lachten. Sophie kicherte mit und kuschelte sich tiefer in Nicks Arme.

„Und dann sollen Anna und ich auch noch vierzehn Jahre warten, bis wir heiraten dürfen?" fragte Andrea.

Nick zuckte mit den Schultern: „Ihr habt doch auch neunundzwanzig Jahre gewartet. Was sind da weitere vierzehn?"

„Achtundzwanzig", verbesserte Andrea.

„Also, ich habe schon in Mamas Bauch auf dich gewartet", überlegte Anna. „Also neunundzwanzig Jahre."

Andrea sah grinsend zu ihrer Freundin auf: „Ach ja? Und du hast auch auf mich gewartet, als du mit all den anderen zusammen warst?"

Anna nickte eifrig: „Natürlich! Was denkst du denn?"

Andrea lachte: „Pia, hast du ihr gesagt, dass man nach einer Engelstrompetenvergiftung verblödet?"

Pia schüttelte den Kopf.

„Schläft deine Zukünftige?" fragte Anna Nick wenig später und deutete auf Sophie.

„Mmh, tief und fest."

„Dann bring ich sie mal ins Bett", meinte Anna.

Nick schüttelte den Kopf: „Bleib sitzen: deine Zukünftige schläft auch gleich."

„Echt? Die kann ich aber nicht ins Bett tragen."

„Aber doch hoffentlich nach der Hochzeit über die Türschwelle?" brummte Jo.

Anna sah den großen Mann überfordert an. Sie wandte sich an Nick: „Vielleicht tauschen wir?"

Nick lachte leise um Sophie nicht zu wecken: „Das erklärst du deiner Schwester! Jo, nimmst du Sophie eben? Dann trag ich Andrea ins Bett."

„Ich kann laufen", murmelte Andrea, war im nächsten Moment aber ganz eingeschlafen.

„Jo kann sie doch auch tragen", wunderte sich Eva.

Nick grinste: „Ich dachte, er bekommt vielleicht Ärger, wenn er fremde Frauen ins Bett trägt."

Eva kicherte: „Stimmt! Aber Andrea darf er ins Bett tragen."

Bald darauf verabschiedeten sich die Freunde von Anna.

„Mein armer Schatz! Has dich der Majen verdorbe? Mich tut dat so leid, ehrlisch!"

Andrea unterdrückte ein Stöhnen, als sie das anstrengende Ehepaar Leuter vor ihrer Wohnungstüre sah. Ihre Fahrräder standen in der Auffahrt und die beiden alten Menschen auf der Treppe vor der Türe. Aus Höflichkeit musste Andrea sie reinbitten, aber dann würde sie sich eine Stunde oder länger mit ihnen unterhalten müssen. Und beide sprachen nur dieses niederrheinische Platt, das Andrea mittlerweile verstand, aber immer noch sehr anstrengend für sie zu hören war. Leuters sahen aus wie immer: lange, alte, fahlgraue Wollmäntel, gebeugter Gang, strähniges Haar und ehemals bunte Stulpen, die mittlerweile stark verwaschen waren. Aber ihre Augen waren wach und neugierig.

„Jeht et dich wieder jut?" fragte Herr Leuter, der sehr viel langsamer als seine Frau sprach.

Andrea vermutete, dass sie ihm keine Zeit zum Üben ließ, weil sie selbst immer sprach.

„Ja... Na ja, ich bin noch etwas schwach", erklärte Andrea in der Hoffnung, Leuters ließen sie dann mit Genesungswünschen zurück. Sie hoffte vergeblich.

„Haa, mein armer Schatz! Konntest ja nich wissen, dat dat keine Milch war. Armer Schatz! Oder wollteste bloß wat weniger Milch in de Tee habm?" Frau Leuter sah sie lauernd an.

Entsetzt schüttelte Andrea den Kopf: „Nein! Ich wollte keine Drogen haben! Auf keinen Fall! Ich…"

„Is jut! Is jut." beruhigend klopfte Frau Leuter Andrea auf den Arm. „Mir wollte bloß ma fraren. Bis noch janz durscheinander, richtich?"

Andrea nickte einfach.

„Als mir dat jehört ham, ham mir sofort jesacht, dat dat nich richtich sein kann!" erklärte Herr Leuter und Andrea war ihm dankbar für seine Einschätzung.

Da Leuters offenbar nicht so bald weiter wollten, sah sie sich gezwungen, sie zu einem Kaffee einzuladen. Die beiden Alten besuchten von Zeit zu Zeit jeden in der Gemeinde und so hatte jeder mal die Aufgabe, die beiden eine Weile zu unterhalten. Abgesehen von dieser Pflicht ihren Nachbarn gegenüber wusste Andrea, dass Leuters jeden Tag kommen würden, so lange, bis sie ihr alles erzählt hatten, was sie erzählen wollten.

Anna war mit Sophie weggefahren. In etwa einer Stunde würden sie wiederkommen. Andrea war sich nicht sicher, wie Leuters auf die beiden Fremden reagieren würden. Sie kochte Kaffee und lud das steife Ehepaar an den Küchentisch ein.

„Ja-nee! Wat `n schrecklich Unjlück", jammerte Frau Leuter.

Andrea überlegte noch, ob man ihre Vergiftung als ‚Unglück' bezeichnen würde, als Herr Leuter bestätigte: „Ja-nee, un dat dem liebe Jung!"

„Haste dat jehört?" wandte Frau Leuter sich sensationslüstern an Andrea.

Andrea schmunzelte über ihre eigene Naivität: ihre Drogenerfahrung war zu unspektakulär. Ein tödlicher Unfall mit Fahrerflucht – Nick hatte der Presse bisher nicht mitgeteilt, dass es Mord war – war viel aufregender und bedurfte einer intensiven Besprechung durch Leuters.

„Ja-nee, dat hat de nich verdient! Dat war soo `ne nette Kerl jewes! De wär wat für dich jewes", fiel Frau Leuter ein.

„Ja-nee", widersprach Herr Leuter. „De hat schon `n Mätsche jehabt..."

„EEN? Theo! Ich jlaub du bis verkalkt. De hat mehr jehabt! Dat hat dat Anni doch jesacht, da bis du dabei jewes."

„Joa, joa", lenkte ihr Mann ein.

Andrea schenkte beiden Kaffee ein und setzte sich zu ihnen.

„Abba dann is de doch nix für dat doa." Er deutete auf Andrea: „Für der is so ene Schmecklecker mit so viele Weiber nix! Dat braucht ene richtiche Kerl, der nich immer mit andere herum macht", erklärte Herr Leuter so energisch, dass seine Frau sich nicht traute, ihn zu unterbrechen – was Andrea noch nicht erlebt hatte. Aber sie war ihm dankbar für diese Einschätzung.

„Dat braucht ne richtiche Mann, der dem hart an de Leine hält un auf et aufpassen tut, dat et nich immer de Naas in alles steckt..."

Andrea nahm ihre Dankbarkeit für Herrn Leuters Einschätzung zurück!

„De Nick, de wär wat für dat. Der hat immer die Züjel in de Hände, weiß, wo et lang jeht un de weiß, wat sich jehört. Abba de will ja lieber zich Weiber. De muss noch wat älter werden", schloss Herr Leuter die längste Rede, die Andrea je von ihm gehört hatte.

Frau Leuter stimmte ihm zu: „Joa, da has du Recht! Un du verstehs disch ja immer noch mit dem Nick. Haa... de schicke Kerl! Vielleich..." Sie machte eine vage Handbewegung und musterte Andrea lauernd: „Vielleich mag de disch ja doch? Un dann will de bloß noch disch un nich mehr di zich andere Weiber? Willste dem denn auch? De macht disch zich schöne Kinder! Jlaub misch dat, isch kenn Männers wi dem."

Andrea zog es vor, nicht zu reagieren und das Thema zu wechseln: „Sie kannten den Toten?"

„Haa... et will nich übba dem Nick rede... Ijaa, wir wissen, wat dat heißt... Abba wir sare nix. Kannste disch drop verlasse, Kind", schnatterte Frau Leuter.

In dem Moment, als sie versprach, mit niemandem darüber zu reden, sah Andrea vor ihrem geistigen Auge, wie die ganze Stadt von einer Beziehung zwischen ihr und Nick redete. Und sie wusste, dass mindestens eine ihrer Freundinnen in der Stadt zu ihr kommen und sie danach fragen würde. Wahrscheinlich würde es Hanne Giesbert sein, die nur ein paar Häuser weiter wohnte und nicht viel von Gerüchten hielt.

„De Jung, de arme Jung…" jammerte Frau Leuter. „Nee, de arme Jung! De war ene richtich nette Kerl jewes, weiß-te?"

Andrea schüttelte den Kopf. Sie hatte den schmierigen, eingebildeten und grapschenden Mann nicht nett gefunden.

Leuters deuteten ihr Kopfschütteln anders: „Du hättes dem kenne müssn: ene janz liebe Kerl war de jewes! – So oft hat de us besucht, weiß-te?"

Andrea sah den alten Mann erstaunt an: Denis Kupfermark hatte Leuters besucht? Warum?

„Un immer hat de uns wat mitjebracht", erklärte Frau Leuter wehleidig. „Mal Flanze, mal wat Kunstdünger, mal Eiers, mal Saat… Immer hat de wat für uns jehabt. Un immer konnte mir dem frare, wat doa in de Jarte zu tun is. Immer hat de us zich Tipps jejebe."

„De hat uns auch Vlies für de Jarten jeschenk", erklärte Herr Leuter. „Ene janze Roll in dat Jahr!"

Andrea sah den Mann erstaunt an. Sie wusste, dass Vlies teuer war, weil Jo und Eva vor einigen Wochen darüber gestritten hatte, ob sie einen Teil der Kartoffeln mit Vlies abdecken wollten. „Das ist aber wirklich nett von ihm. Vlies ist ja ziemlich teuer", sagte Andrea.

Leuters nickten: „Joa, joa, so war de jewes! Abba de hat dat nich selbs jekauft. Dat ware di Reste, di der bei dem seine Lädii nich brauchn konnte…"

Andrea bezweifelte, dass Lady Eleonore gewusst hatte, dass ihr Geliebter ganze Rollen Vlies verschenkte, aber sie widersprach nicht. „Was haben Sie ihm denn für seine Geschenke gegeben? Sie lassen doch niemanden gehen, ohne ihm auch etwas zu schenken?" schmeichelte Andrea.

Leuters schenkten ihrem Besuch immer etwas. Meistens konnte der nichts damit tun, weil es mittlerweile schrumpelige Früchte waren, musste aber dankbar sein.

„Haa, Kind, du kenns us abba jut!" strahlte Frau Leuter.

Herr Leuter wurde etwas nervös: „Joa, weiß-te... de hat wat... de hat wat aus de Jarten jekricht..."

„Joa! Dat wollt de nur von uns habm", bestätigte Frau Leuter. „Von andere wollt de dat nich habm..."

„Was denn?" fragte Andrea nach. Sie hatte einen Verdacht, wollte aber sicher sein.

„Jras", erklärte Frau Leuter als wäre das selbstverständlich. Ihr Mann schien sich in seinem Stuhl verstecken zu wollen.

Andrea nickte heimlich grinsend: das hatte sie erwartet. Nichts war bei Leuters umsonst und besondere Geschenke bedurften großer, teurer Gegengeschenke wie ganze Rollen Vlies. Aber ein Motiv für Denis' Tod war es wohl nicht: Lady Eleonore konnte sich Denis' teure Geschenke leisten.

„Has de der Herd aus jemacht?" fiel Frau Leuter ein. Sie sah Andrea besorgt an.

„Ja, natürlich", stotterte Andrea überrascht.

„Weiß-te, wir müssn jetz janz vorsichtich sein! Guck immer jut, dat de der Herd un de Büjeleisen aus has, machs de dat?"

„Ja, klar", versicherte Andrea. „Warum? Was ist denn los?"

„Na, di Feuerwehr is doch jetz unterbesetz! Wenn jetz n Feuer is, könne di vielleich nich ebn löschen un von alle Seite un so…"

„Die Feuerwehr ist unterbesetzt?" wunderte sich Andrea.

Beide Leuters nickten eifrig: „Joa! De Jung, de hat dene jeholfe un jetz is de tot. Mir müsse janz vorsichtich sein, ijah, Kind?"

Andrea nickte sprachlos. Denis war bei der Feuerwehr gewesen und jetzt, nach seinem Tod, war die Feuerwehr fast handlungsunfähig? Das bezweifelte sie stark. Sie konnte sich nicht vorstellen, dass Denis irgendwo so gearbeitet hatte, dass es auffiel, wenn er nicht da war – aber das behielt sie für sich.

Leuters blieben noch so lange, bis Anna und Sophie wiederkamen. Irritiert und daher sehr schnell verließen sie Andreas Wohnung, als sie Annas Schlüssel im Schloss hörten. Bis dahin hatten sie Andrea noch in den schillerndsten Farben erzählt, wie nett, kompetent und hilfsbereit Denis gewesen war und wie liebevoll er sich um ihre Tochter gekümmert hatte, als die mal zu Besuch da gewesen

war. Andrea hatte Leuters Tochter noch nie gesehen. Sie musste etwa Mitte zwanzig bis Mitte dreißig und hübsch sein, wenn Denis sich ‚liebevoll'
um sie gekümmert hatte. Ob sie intelligent war,
fand Andrea nicht heraus: Leuters erzählten nicht,
wie ihre Tochter auf die Liebenswürdigkeiten von
Denis reagiert hatte.

Herr Hofmeister und seine Frau bestanden darauf, dass Andrea sich schonte und gaben ihr den
Mittwochnachmittag frei. Weil Anna mit Sophie
weggefahren war und erst wiederkommen wollte,
wenn Andrea regulär Feierabend hatte, fuhr Andrea zur Freiwilligen Feuerwehr der Gemeinde. Sie
wollte mehr über Denis Kupfermark erfahren. Ein
Vorwand würde ihr schon einfallen.

Drei Autos standen vor der Feuerwache. Sie war
vor wenigen Jahren neu gebaut worden und war
jetzt die modernste Feuerwache der ganzen Region.
Da sie niemanden sah, mit dem sie ein unverbind-
liches Gespräch anfangen konnte, musste Andrea
an der Eingangstüre klingeln. Sie musste nicht
lange warten, bis ein mittelgroßer Mann mit brau-
nem Haar und skeptischem Gesichtsausdruck öffnete: „Ja?"

Andrea streckte ihm die Hand hin: „Hallo. Ich
heiße Andrea Jansen und arbeite bei Schlichter
Hofmeister."

„Hallo", erwiderte der Mann immer noch skeptisch.

Das war Andrea nicht gewohnt. Normalerweise öffnete die Erwähnung des Schlichters ihr Tür und Tor. „Ich... äh... Ich habe gehört, Sie haben den Verlust eines wichtigen Mitarbeiters zu beklagen?" improvisierte sie.

Der Mann zog die Augenbrauen zusammen. Erst nach einer Weile fragte er: „Manni? Der ist doch schon seit einem halben Jahr nicht mehr im aktiven Dienst."

Andrea nickte gespielt resigniert: „Sehen Sie: ich habe mir schon gedacht, dass ich falsch informiert bin. Ich hatte gehört, der Tote von der Landstraße hätte hier gearbeitet."

Das Gesicht des Mannes erhellte sich: „Denis? Sie reden von Denis?" Er lachte: „Wichtiger Mitarbeiter'!? Man soll ja nicht schlecht über Tote reden, aber die Wahrheit darf man sagen, oder?"

„Was meinen Sie?" fragte Andrea bemüht naiv.

„Kommen Sie: ich habe frischen Kaffee. – Denis Kupfermark, so hieß der Junge. Ein guter Junge, von seinen Weibergeschichten mal abgesehen. Aber ‚wichtiger Mitarbeiter'? Nein, der nicht. Wir haben ihn eigentlich nur dabeibehalten, damit er so was wie ein ‚Zuhause' oder eine Anlaufstelle hat. Sein Vater war ein guter Mann. Ist im Feuer gestorben. Das hat die beiden Kinder damals sehr aus der Bahn geworfen. Iris hat sich wieder erholt, aber Denis hatte immer noch starke Probleme damit."

„Ich habe ihn mal kurz kennengelernt. Da hatte ich nicht den Eindruck", meinte Andrea. Dankbar nahm sie von den Keksen, die der Feuerwehrmann ihr anbot. Sie saßen in einem großen Raum, der wohl so eine Art Pausenraum war.

„Sie sind eine Frau", erklärte der ehemalige Kollege von Denis pragmatisch. „Von Frauen hat er sich die Aufmerksamkeit geholt, die er in seiner Jugend vermisst hat. Ständig hatte er neue Freundinnen und er hat auch immer damit angegeben, wie viele Freundinnen er hatte. Die jungen Kollegen haben ihn dafür natürlich bewundert, aber ich habe ihn immer gewarnt: irgendwann kommt das raus und dann ist da eine dabei, die nicht nur mit Tellern wirft."

„Meinen Sie, er ist mit Absicht überfahren worden?" wollte Andrea wissen.

Der Mann, dessen Namen sie immer noch nicht wusste, zuckte mit den Schultern: „Weiß ich nicht. Aber wundern würde es mich nicht. Seit einem Jahr etwa hatte er eine Freundin, vor der er mehr Respekt hatte. Er ist vorsichtiger mit anderen Frauen geworden. Ich weiß aber nicht, wer das war. Geld muss sie haben, jede Menge. Plötzlich kam er nur noch mit teuren Markenklamotten hier an..."

„Peter, ich kann... Oh... Hallo. Ich wusste nicht, dass du Besuch hast", stellte ein Mann in Andreas Alter fest, der in den Raum gekommen war. Er musterte Andrea neugierig: „Tschuldigung."

Er wollte wieder gehen, doch Andreas Gesprächspartner rief ihn zurück: „Bleib mal hier, Marko. Sie will was über Denis wissen."

Nick seufzte, als er Andreas Wagen auf dem Parkplatz der Feuerwache entdeckte. Wie hatte sie von der Verbindung des Toten zur Feuerwehr erfahren? Das würde er sie fragen. Er drückte zwei Mal auf den Klingelknopf. So wussten die Feuerwehmänner, wer vor der Türe stand und ließen ihn nicht so lange warten.

Im Aufenthaltsraum sahen die Männer auf, als es klingelte.

„Das ist Nick. Lass ihn mal rein, Marko", sagte der ältere Peter.

Andrea erschrak etwas, als sie Nicks Namen hörte. Seit Marko zu ihr und Peter gekommen war, hatten sie sich immer besser verstanden. Marko flirtete auf eine sehr angenehme und unverbindliche Weise mit ihr, was ihr gut gefiel. Nick würde mit ihr schimpfen, wenn er sie sah.

„Kennen Sie Nick?" fragte Peter, der ihr betretenes Gesicht bemerkte.

Sie nickte: „Ja."

„Und Sie verstehen sich nicht gut mit ihm? Ich dachte, Nick hätte nur Verehrerinnen?"

Andrea lächelte: „Doch, wir verstehen uns gut. Aber er wird..."

„Hallo Peter", grüßte Nick den Dienststellenleiter und gab ihm die Hand.

„Nick", erwiderte der. „Wie ich höre, kennst du Frau Jansen?"

Der Hüne nickte: „Mmh. Hallo Andrea."

„Hallo", erwiderte sie kleinlaut.

Marko sah irritiert von Andrea zu Nick: „Es gibt tatsächlich Frauen, die dir nicht begeistert um den Hals fallen und ein Kind von dir wollen?"

Der Polizist nickte grinsend: „Mmh. Ich weiß auch, warum. Was machst du hier?" wandte er sich seiner Freundin zu.

Die zuckte mit den Schultern: „Nur ein bisschen unterhalten..."

Nick versuchte, ein Grinsen zu unterdrücken. Sie wusste, dass er wusste, warum sie da war und versuchte doch, sich rauszureden. „Über Denis Kupfermark, nehme ich an?"

Sie nickte nur.

„Und wieso weißt du, dass er oft hier war?"

„Leuters", murmelte sie.

Nick seufzte.

„Nick, ich hab nicht..."

„...nicht ermittelt?" vervollständigte er ungläubig.

Andrea senkte den Blick wieder: „Hab ich wohl", gab sie leise zu.

Nick unterdrückte ein Lachen: „Glaubst du, ich hätte dir irgendwas anderes geglaubt?"

Sie schüttelte den Kopf.

Nick wandte sich den beiden Männern zu: „Sie mischt sich gerne in Mordermittlungen ein..."

„Mord?? Denis ist ermordet worden?"

Nick sah Andrea an: „Das hast du nicht erzählt?"

Sie funkelte ihn vorwurfsvoll an: „Nein, natürlich nicht! Was denkst du denn?"

Nick musterte sie amüsiert, dann wandte er sich wieder den beiden Männern zu: „Ja, er ist ermordet worden. Jemand hat ihn zwei Mal überfahren. Könnt ihr euch vorstellen, wer?"

Beide schüttelten den Kopf: „Nein."

„Aber bei seinen Frauengeschichten würde es mich nicht wundern, wenn sich mal eine gerächt hat."

„Frauengeschichten?" wiederholte Nick.

Marko nickte: „Dauernd hatte der neue Weiber. Eine war wohl dabei, die sehr reich war. Die hat er ausgenommen wie eine Weihnachtsgans, so viele neue, teure Klamotten, wie der immer hatte. Aber ich kenne keine Namen."

„Ich auch nicht", erklärte Peter. „Aber: das wollte ich Ihnen eben schon erzählen, Frau Jansen: vor ein paar Wochen kam er hier an und hatte Angst, das eine von seinen Frauen etwas von einer anderen mitbekommen hatte. Es ging um zwei Frauen, die sich kannten oder so und auf keinen Fall etwas voneinander wissen durften. Genaueres weiß ich aber nicht. Ich hab da nie so genau hingehört. Das war mir zu kompliziert."

Marko nickte grinsend: „Mir auch. Ich bin froh, wenn ich mir nur einen Geburtstag und Jahrestag merken muss. Da soll mir bloß niemand erzählen, das Leben mit mehreren Frauen wäre schön. Aber da gibt es ja auch andere Meinungen, nicht wahr, Nick?" Lauernd sah er den Polizisten an.

Der zuckte mit den Schultern: „Ich muss mir nur Jos Hochzeitstag merken, weil der den immer vergisst und den Geburtstag meiner Patentochter, sonst auch nichts."

Marko gab Nick eine frische Tasse Kaffee und setzte sich neben Andrea.

„Jo vergisst seinen Hochzeitstag? Aber das Datum ist doch so einfach?" wunderte die sich.

Nick zuckte grinsend mit den Schultern: „Er will, dass ich am gleichen Tag heirate, damit wir uns gegenseitig daran erinnern können."

Andrea lachte auf und schüttelte kichernd den Kopf: „Das sieht ihm ähnlich. – Na ja, egal. Ich wollte Sie noch was fragen." Sie sah den Dienststellenleiter an: „Hat Denis nur das eine Mal Angst gehabt, dass die Eine etwas von der Anderen erfährt? Wenn er so viele Freundinnen hatte, kann..." Sie stockte, weil Peter den Kopf schüttelte.

„Nur das eine Mal. Ansonsten hat es ihm wenig ausgemacht, ob die Frauen voneinander wussten."

„Und hat er gesagt, was er befürchtet? Dass sie Schluss macht oder was Schlimmeres?"

Unsicher sah Peter Nick an. Als der nickte, antwortete er: „Weiß ich auch nicht. Ich hab da nicht so genau hingehört, weil er mir mit seinen Weibergeschichten die meiste Zeit auf die Nerven ging. Ich wollte am liebsten nichts davon wissen, weil man so nicht mit anderen Menschen umgeht – finde ich. Beim letzten Mal, als ich ihm richtig zugehört habe – das war vielleicht so vor zwei Jahren – da wollte ich ihm am liebsten Verstand und Respekt einprügeln, weil er von den Mädchen wie von Trophäen geredet hat. Ich hab mir dann abgewöhnt, genau zuzuhören. – Kann... Konnte den Jungen ja nicht alle zwei Tage verprügeln."

„Wo hat er gewohnt?" fragte Nick.

„Bei seiner reichen Freundin."

„Und vorher?"

„Drüben, in diesen schrecklichen Wohnblocks an der Siegener Straße."

„Sei vorsichtig, wenn du da rein gehst", warf Marko ein. „Ich denke, er hat da nicht aufgeräumt oder sauber gemacht, bevor er zu seiner ‚Sugar-Mommy' gezogen ist."

Nick grinste schief: „Für solche Fälle kenne ich sehr hilfsbereite Menschen, die ich da zuerst reinschicke..."

„Kammerjäger? Seuchenschutz?" riet Marko, obwohl er wusste, wen Nick meinte.

Der schüttelte den Kopf: „Nein..."

Marko wandte sich Andrea zu und unterbrach Nick: „Deshalb, und nur deshalb ist er Polizist geworden. Er will alle unangenehmen Arbeiten abgeben."

Andrea kicherte: „Ja, den Eindruck hatte ich auch schon öfter..."

„Sei du mal still", brummte Nick. „Du darfst gar nicht hier sein!"

„Es ist schön, dass sie hier ist: es war noch nie so nett, mit dir zu reden", erklärte Marko Nick, sah aber Andrea mit einem strahlenden Lächeln an.

„Peter, Marko meldet sich freiwillig, um mit mir Kupfermarks Wohnung anzugucken."

„Ja, gut", nickte der Dienststellenleiter, bevor Marko protestieren konnte.

„Aber nur mit Vollschutz und Sauerstoff!" maulte der sofort.

Peter und Nick grinsten schadenfroh.

„So war der schon immer", jammerte Marko bei Andrea über Nick. „Ich weiß gar nicht, warum Sie mit ihm befreundet sind?"

Andrea zuckte mit den Schultern: „Weiß ich auch nicht. Aber zu mir ist er immer nett..."

„Sie sind auch eine Frau."

Andrea sah Peter erstaunt an und musste dann lachen: „Das haben Sie eben auch über Denis gesagt."

„Na ja: Weiberheld ist Weiberheld, oder? Allerdings habe ich Nick nie so über Frauen reden hören, wie Denis. Aber dann hätte ich ihm auch die Fresse poliert."

Nick grinste: „Ach ja?"

„Verlass dich darauf", versicherte Peter bestimmt. „Der Kleine hatte Probleme, für die ich ihm Einiges entschuldige. Aber du hast keine Ausrede für schlechtes Benehmen."

„Und wie willst du mir ‚die Fresse polieren'? Da musst du doch erst Mal dran kommen."

Peter lachte: „Unterschätze mich mal nicht."

„Begleiten Sie uns zu Denis' Wohnung?" fragte Marko Andrea auf dem Parkplatz.

Die sah vorsichtig zu Nick und schüttelte den Kopf: „Nein, lieber nicht."

Der Polizist reagierte nicht.

„Weil er es verbietet?" fragte Marko. „Das hat Sie doch auch nicht gekümmert, als Sie hergekommen sind."

Andrea sah Nick schuldbewusst an.

Der grinste: „Guck nicht so: da hat er doch Recht."

„Also darf ich mit?"

„Von wegen!!!" lachte Nick. „Du lässt schön deine Finger davon! Warum arbeitest du eigentlich nicht?"

„Hofmeister hat mir frei gegeben, weil ich mich noch erholen soll."

Nick antwortete nicht. Aber sein Gesicht sagte alles.

„Haben Sie was mit ihm?" feixte Marko breit grinsend.

Andrea schüttelte den Kopf.

„Und warum hören Sie dann auf ihn? Er..."

„Halt bloß die Schnauze", murmelte Nick und nahm den Feuerwehrmann in den Schwitzkasten.

Während er den gleichaltrigen Mann so zum Streifenwagen zerrte, rief Marko Andrea zu: „Gehen wir mal aus? Was trinken? Oder Essen?"

„Ja, gerne", rief Andrea nach kurzem Zögern hinterher. Sie hatte erst ablehnen wollen, aber dann waren ihr Annas Fragen nach einem neuen Mann in ihrem Leben eingefallen.

„Was isst sie gerne?" fragte Marko Nick im Auto.

„Alles. Nur Meeresfrüchte und Fisch nicht", brummte der.

Marko musterte den Polizisten von der Seite. Normalerweise feixte Nick gerne, dass Marko das Date sowieso vermasseln würde oder etwas Ähnliches.

„Läuft da was zwischen euch?"

„Nee", murmelte Nick.

Marko schwieg eine Weile, dann fragte er: „Wann hat sie Geburtstag?"

„23. Juni, warum? Guckst du jetzt nach Sternzeichen?"

Marko grinste: „Ja, klar: und ihr Sternzeichen passt leider nicht zu meinem."

„Was hast du denn für eins?" fragte Nick etwas zugänglicher.

„Waage, sagt meine Schwester."

„Und sie?"

Marko zuckte mit den Schultern: „Keine Ahnung."

„Und wieso weißt du dann, dass ihr nicht zusammen passt?"

Marko lachte: „Ich kenn dich seit fünfzehn Jahren, alter Freund: so genau weißt du nicht mal dein eigenes Geburtsdatum – oder das vom kleinen Jo. – Du hättest doch nur was sagen müssen..."

„Wieso merkt das eigentlich alle Welt, nur sie nicht?"

Marko lachte wieder: „Weil du ihr bester Freund bist, richtig? Mama hat mir das mal erklärt: ein bester Freund ist neutral: nicht männlich, nicht weiblich. Aber eine Frau erkennt nur in einem Mann einen Partner. Und der beste Freund ist kein Mann, der ist... der ist... keine Ahnung, was der ist... Ein Eunuch... Für sie bist du einfach ein Eunuch", philosophierte Marko fröhlich.

Nick sah ihn finster an: „Mach so weiter..."

„Drohst du mir? Dann gehe ich mit ihr Essen, *Abend*essen!" feixte Marko.

Nick seufzte und schwieg.

Lachend schlug Marko ihm auf die Brust: „Ich geh wirklich mit ihr essen. Aber nur, weil ich wissen will, welche Frau dich um den Finger wickelt."

Andrea sah den beiden Männern in Nicks Dienstwagen nach. Marko war nett und lustig. Und er sah gut aus: kurzes, blondes Haar, strahlend blaue Augen und ein gewinnendes Lächeln. Es würde sicher Spaß machen, sich mit ihm zu treffen. Sie wäre auch gerne mit zu Denis' Wohnung gefahren, aber das würde Nick nie erlauben. Ob er ihr erzählte, was er dort fand? Sie seufzte. Dann fiel ihr ein, dass Nick ihr nicht verboten hatte, weiter mit dem Dienststellenleiter oder anderen Männern von der Feuerwehr zu reden. Er hätte es ihr verboten, wenn er nicht von Marko abgelenkt worden wäre. Sie drehte sich zufrieden grinsend zur Eingangstüre um und klingelte. Ein paar junge Feuerwehrmänner waren angekommen, als sie mit Nick und Marko gesprochen hatte. Vielleicht wussten die etwas Interessantes?

Der Mann, der ihr öffnete, war mindestens zehn Jahre jünger als sie. Erst sah er sie abschätzend an, dann erhellte sich sein Gesicht: „Willst du zu Denis? Der ist noch nicht da. Aber der kommt bestimmt gleich. Komm rein."

Andrea nahm die Einladung gerne an. Sie folgte dem schlaksigen Mann einen sterilen Flur entlang. Er öffnete ihr die Türe, aus der die meisten und lautesten Stimmen kamen. Männer standen und saßen in Gruppen zusammen, redeten, lachten, spielten Kicker oder Darts.

„Hört mal, Jungs", rief der Mann, der Andrea hereingelassen hatte. „Das ist die Freundin von Denis. Seid lieb zu ihr: ihr wisst ja, was Denis sonst mit euch macht."

Die Männer, die durchweg fünf bis zehn Jahre jünger waren als Andrea, lachten und musterten sie neugierig.

„Lucil, richtig?" rief ein kleiner Rothaariger. „Oder war das Olis Neue?"

„Mann, bist du blöd", zischte ein anderer und stieß den Rothaarigen an. Es entbrannte eine wilde, laute Diskussion, von der Andrea nicht viel verstand.

„Ich bin nicht Denis' Freundin", sagte sie laut genug, dass der schlaksige Mann sie verstand.

„Bist du nicht?" fragte der perplex und musterte sie noch mal genau.

„Nein", erklärte sie.

„Jungs! Jungs! Beruhigt euch! Sie ist keine von Denis' Frauen. Alles in Ordnung."

Andrea sah ihn fragend an, was ihn veranlasste, etwas beschämt zu erklären: „Denis hat so viele Freundinnen... Und wir können uns doch nicht immer an alle Namen erinnern... Aber Denis... also der wird immer richtig sauer, wenn wir nicht nett zu seinen Freundinnen sind..."

„Und daran haltet ihr euch? Findet ihr das gut, dass er so viele Freundinnen hat?"

Die meisten der etwa fünfzehn Männer sahen betreten zu Boden, manche schüttelten den Kopf.

„Ihr bewundert ihn, dass er so viele Freundinnen hat, oder?" fragte Andrea die großen Jungs.

Die meisten reagierten nicht, zwei oder drei sahen sich an, als rätselten sie, ob sie zustimmen durften.

„Kennt ihr jemanden, der Denis etwas tun wollte?" fragte Andrea die Männer.

Die waren so verunsichert davon, dass sie keine von Denis' Freundinnen war, dass Andrea nicht rufen musste, damit sie verstanden wurde.

Ratlos blickten sich die Jungs an und schüttelten die Köpfe.

„Nur, wenn seine Weiber mitgekriegt haben, dass er sie betrügt", rief der Rothaarige schließlich vorlaut. „Aber das hat noch nie eine von seinen Weibern gemerkt."

„Doch, sicher!" widersprach ein breiter Kahlgeschorener. „Jule hat ihm doch die Hölle heiß gemacht, weil er was mit dieser Elena, oder wie die hieß, hatte.

„Letztens hatte er richtig Schiss, dass diese reiche Tussi was von einer anderen wissen könnte", fiel einem ruhigen Besonnenen ein.

„Weißt du da mehr?" fragte Andrea.

Der Mann zuckte mit den Schultern: „Na ja, nicht viel... Denis ist ganz verrückt nach dieser... dieser..."

„Lucil", half ein anderer.

Der Ruhige nickte: „Genau. Die muss eine echte Granate sein, so heiß ist der auf die."

„Und hatte er Erfolg?"

„Hah!!" höhnten einige der Männer.

„Du kennst Denis nicht, oder?"

„Denis hat immer Erfolg!"

„Dich kriegt der auch noch rum!" riefen die Jungs durcheinander.

„Und was ist so toll an dieser Lucil?"

„Wahrscheinlich sieht sie aus wie Claudia Schiffer und Naomi Campbell", überlegte ein blonder mit langem Haar.

„Du bist doch blöd: wie soll so eine Frau denn aussehen?" schimpfte ein anderer.

Andrea wandte sich wieder dem Ruhigen zu, der schien erwachsener als seine Freunde zu sein: „Weißt du, warum Denis diese Lucil so unbedingt rum kriegen wollte? Oder wer sie ist?"

„Keine Ahnung. Vielleicht ist sie so ein beschütztes, reiches Mädchen und eine extra Trophäe für ihn? Denis reizt das Verbotene. Immer muss der alle Grenzen überschreiten und Ärger machen..."

„Quatsch!"

„So ein Schwachsinn", riefen einige Kollegen dazwischen, aber der Ruhige fuhr fort: „Wer sie ist, weiß ich nicht. Aber sie muss irgendwas Besonderes sein, weil er sich mit ihr so viel Mühe gegeben hat."

„Vielleicht ist sie die Tochter seiner alten Schuldirektorin. An der will er sich schon lange rächen", überlegte ein Schmächtiger mit O-Beinen.

Der Ruhige nickte: „Denis war so", bestätigte er, als er Andreas zweifelnden Blick sah.

„Vielleicht war es auch die Tochter von dieser reichen Tussi? Die bläst ihm immer so viel Geld in den Arsch, die muss alt sein! Frauen in unserem Alter haben nicht so viel Geld oder Papi bewacht die noch", polterte der Rothaarige.

„Das kann auch sein", meinte der Ruhige. „Dann ist klar, warum sie so was Besonderes ist und die Reiche nie was erfahren darf."

„Bah! Meinst du wirklich, der war mit Mutter und Tochter im Bett?" entsetzte sich der O-Beinige.

„Denis? Ja, klar! Wir reden von *Denis*!" schrie der Rothaarige. „Und dann gibt er damit an."

„Könnt ihr euch vorstellen, dass ihn jemand umbringt?" fragte Andrea.

„Klar! Dieser Macker von der Verheirateten..."

„Welcher?" höhnte der Ruhige. „Der hat doch mehrere Verheiratete ge... äh... getroffen." Als er sich an Andrea erinnerte, hatte er seine Wortwahl überdacht.

Andrea blieb nicht mehr lange in der Wache. Sie hatte nur rausgefunden, dass Denis ein ausgesprochener Weiberheld und Mistkerl war und das hatte sie vorher schon gewusst. Sie hoffte, dass Nick in der Wohnung mehr herausfand.

Als das Abendessen fertig war, klingelte es an Andreas Haustüre. Fröhlich lief sie hin. Sie kicherte schadenfroh, weil Anna wohl den Schlüssel vergessen hatte, als sie am Morgen mit Sophie zu einer Bekannten gefahren war. Als sie die Türe öffnete, fragte sie: „Warum nimmst du den Schlüssel... Oh! Hallo. Was... Warum... Was machst du denn hier?"

„Hallo meine Liebe! Ich komme dich besuchen. Ich habe dir Blumen mitgebracht."

„Danke", murmelte Andrea, während sie den Tulpenstrauß entgegennahm.

Armin drängte sich an ihr vorbei und ging zielstrebig in die Küche. „Oh, du hast gekocht. Das riecht aber lecker", lobte er.

Andrea fluchte innerlich. Widerwillig folgte sie dem selbstgefälligen Pfarrer. Sie hatte keine Lust, sich mit ihm zu beschäftigen. Noch bevor sie in die Küche kam, hörte sie, wie Armin ihr Essen gewohnt überschwänglich lobte. Sie blieb stehen. Die Blumen in den Händen überlegte sie, was sie tun sollte. Sie rief Nick an: „Nick, Armin ist hier. Er hat sich selbst zum Essen eingeladen."

Ein beengendes Gefühl in der Brust ließ Nick stutzen. Verwirrt stellte er fest, dass es Neid war. Er versuchte, es mit einem Lachen zu überspielen: „Da übernimmt er sich aber: drei Frauen? Der weiß doch nicht mal, was er mit einer tun soll."

„Ich bin alleine", zischte Andrea, damit Armin sie nicht hörte. „Anna und Sophie sind nicht hier."

Das Gefühl, das diese Information in ihm auslöste, kannte er nicht. Er war noch nie auf jemanden eifersüchtig gewesen. Er unterdrückte das Gefühl. Schließlich wusste er, dass Armin keine Chance bei Andrea hatte. Aber Nick wäre jetzt auch sehr viel lieber bei Andrea gewesen. Er würde die halbe Nacht mit einem Unfall auf der Bundesstraße beschäftigt sein. „Dann macht ihr beide euch jetzt einen gemütlichen Abend mit..."

„Nick!!!" schimpfte Andrea.

Zufrieden lachend lenkte er ein: „Ich hab leider keine Zeit, aber Jo müsste gleich bei dir vorbei kommen. Ich ruf ihn an, dass er Armin mitnimmt."

„Danke", murmelte Andrea erleichtert.

„Warum hast du ihn denn reingelassen?"

„Der hat mir einen riesigen Strauß Blumen in die Hand gedrückt und hat sich dann an mir vorbei geschlichen."

„Mmh, das kann er gut..."

„Meinst du, das ist gut, wenn du Jo her schickst? Der bringt ihn nur um und kommt dann in die Hölle. Armin ist Pastor..."

„Protestantischer, ja. In einer katholischen Gegend leben die sowieso gefährlich. Ich glaube, auf die gibt's sogar Prämien von Gott..."

Andrea lachte: „Danke, Nick! Ich mach's wieder gut. Ich muss aufhören: der redet gerade irgendwas von ‚mehr Salz und Muskat'. Tut ihr hier Muskat an Erbsen?"

„Nein!" entsetzte sich Nick. „Auf keinen Fall! Guck lieber nach deinem Essen. Bis dann."

„Bei dir alles okay?" fragte sie einer Eingebung folgend.

„Mmh, schwerer Unfall auf der Bundesstraße. Zwei Schwerverletzte. Hab die halbe Nacht zu tun."

„Das tut mir leid!" erklärte Andrea betroffen. „Soll ich dir was vom Essen vorbei bringen?"

Nick lachte auf, es klang etwas unecht: „Erbsen mit Muskat? Nein, danke! – Nett von dir, aber ich hab eh keine Zeit."

„Na, dann..." murmelte Andrea, da ihr nichts einfiel, womit sie ihn trösten konnte. Er lachte zwar, aber sie wusste, dass ihm die beiden Schwerverletzten nahe gingen.

„Hallo. Ich soll hier jemanden abholen?" brummte Jo mit einem leichten Grinsen, als Andrea öffnete.

Andrea nickte: „Ja, bitte. Der geht mir so auf die Nerven... Der..."

Jo unterbrach Andrea mit einem breiten Grinsen: „Wie soll eure Ehe bloß werden, wenn er dich jetzt schon nervt?"

Andreas finsterer Blick belustigte Jo sehr. „Weißt du, wie es Nick geht?" wechselte sie das Thema.

Jos Miene wurde undeutbar, wie immer, wenn er sich Sorgen machte. Er zuckte mit den Schultern: „Wartet auf den Hubschrauber. Hab ihm Abendbrot gebracht."

„Was für ein Hubschrauber?" wunderte sie sich. Dass Jo ihm Essen gebracht hatte, wunderte sie nicht, und dass Nick ihr das nicht erzählt hatte, wunderte sie auch nicht. Es beunruhigte sie nur.

„Rotes Kreuz. Der eine ist halb tot", brummte Jo, während er sich an Andrea vorbei in die Küche schob. „Armin! Du hier?" feixte er. „Und was machst du hier?"

Völlig irritiert betrachtete Armin seinen Freund: „Ich... äh... Ich... Ich bin... Ich bin hier, um mit Andrea zu essen. Die... Die Blumen da sind von mir..."

„Mmh", machte Jo unbeeindruckt. „Du bist also zum Essen eingeladen?"

„Was? Äh... Also... Ich..."

„Du bist nicht zum Essen eingeladen?" riet Jo.

„Ja, na ja... also... Ich..."

„Du hast dich selbst eingeladen?" riet Jo weiter.

„Mmh", nickte Armin kleinlaut.

Jo lachte laut: „Gut, dann komm. Wenn sie nicht für dich mitgekocht hat, ist auch nichts für dich da. Sie hat Besuch von ihrer Freundin und..."

„Ja, ich weiß. Und das war Letztens so nett. Wirklich, Jo. Bleib doch auch: es ist bestimmt genug da." Freudig sah Armin den großen Jo an.

Der musterte Armin ungläubig und schüttelte schließlich den Kopf: „Wie nennt man das eigentlich, was du hast?"

Andrea schluckte, schwieg aber.

Armin sah Jo verwirrt an: „Wieso...?"

„Du lädst nicht nur dich zu ihr ein, sondern auch mich? Andrea ist die Gastgeberin und außer ihr lädt hier niemand ein! Komm jetzt: raus hier!"

Fast orientierungslos blickte Armin im Raum umher. Zeit zum Antworten blieb ihm nicht: Jo schlug ihm seine Hand auf die Schulter und dirigierte ihn gnadenlos zur Türe.

Kapitel sechs

Donnerstag fuhren Andrea, Anna und Sophie zu Lili Jarnswitch. Auf dem Weg dorthin holten sie Nicks Oma ab, die sich sofort sehr gut mit Sophie verstand. Neben einer Gartenführung, Kaffee und Kuchen stand auch eine erste Bewertung der großen Gärten auf dem Plan. Entgegen Andreas Erwartung, wieder eine riesige, weiße Villa vorzufinden wie bei den Ladies Eleonore und Willsfresh, bewohnte die Gastgeberin ein großes, von Kletterrosen und wildem Wein umwuchertes Fachwerkhaus. Es wurde fachgerecht und aufwendig in Ordnung gehalten und auch die umliegenden Wirtschaftsgebäude und Ställe waren in einwandfreiem Zustand. Hinter dem Wohnhaus war eine großzügige Sonnenterrasse angelegt worden, die man durch einen großen Wintergarten erreichte. Auch der große, wunderschöne Schwimmteich beeindruckte Andrea. Aber die Umzäunung des Teiches störte das sonst so harmonische Bild.

„Schön, dass Sie gekommen sind, Frau Jansen", begrüßte Lili Jarnswitch Andrea. Ein Bediensteter hatte ihnen die Türe geöffnet und sie in den Wintergarten geführt. „Entschuldigen Sie, dass ich Sie nicht an der Tür empfangen habe:

meine Enkelin brauchte etwas Unterstützung bei den Hausaufgaben. Willkommen, Frau...?"

„Rei", erklärte Anna, sichtlich beeindruckt von Lili Jarnswitchs Eleganz. „Anna Rei. Das ist meine Schwester Sophie."

„Hallo", lächelte Lili Jarnswitch. Sie hockte sich vor das Mädchen. Es schien ihr nicht das Geringste auszumachen, dass ihre weiße Seidenhose dabei auf die Pflastersteine der Terrasse fiel: „Sophie heißt du? Das ist aber ein schöner Name!"

„Mmh", nickte Sophie schüchtern.

Frau Jarnswitch hielt ihr die Hand hin: „Ich heiße Lili. Magst du vielleicht mit meiner kleinen Enkelin spielen? Paula ist ungefähr so alt wie du. Spielst du gerne mit Puppen?"

Sophie nickte immer noch schüchtern. Die Lady sah fragend zu Anna auf. Die nickte.

„Komm, ich bring dich zu Paula", bot die Gastgeberin Sophie an.

Sehr zögerlich nahm Sophie ihre Hand, drehte sich aber gleichzeitig zu Anna um: „Nana?"

Anna nickte: „Komm, wir gehen zusammen gucken, was Paula für Puppen hat." Sie nahm Sophies andere Hand.

„Ach ja, Frau Rei: Lili Jarnswitch", stellte die Lady sich vor. Sie kicherte etwas verlegen, während sie Anna die Hand reichte: „Entschuldigen Sie: wenn ich Kinder sehe, vergesse ich regelmäßig meine Manieren. "

Anna lachte: „Kein Problem."

„Guten Tag, Frau Jansen", grüßte Herr Friedrichs in seiner ruhigen, freundlichen Art.

Erfreut nahm Andrea seine Hand: „Hallo Herr Friedrichs. Schön, Sie zu treffen. Wie geht es Ihnen?"

„Gut, danke. Und Ihnen?"

„Mir auch."

„Sie waren im Krankenhaus, habe ich gehört. Ist alles in Ordnung? Was war passiert?"

Etwas unsicher sah Andrea sich um. Sie war der Meinung, Lady Eleonores Stimme gehört zu haben.

Herr Friedrichs verstand und bot ihr seinen Arm an: „Kommen Sie: lassen Sie uns ein paar Schritte durch diesen ungewöhnlichen Garten gehen." Es klang nett, wie er ‚ungewöhnlich' sagte.

„Warum hat sie den See eingezäunt?" fragte Andrea. „Der Zaun zerstört das ganze Bild."

Herr Friedrich lächelte milde: „Frau Jarnswitch hat einen sehr ungewöhnlichen Garten. Er bescheinigt ihr eine liebenswerte Seele und ein liebevolles Herz. Vor drei Jahren sind zwei ihrer Kinder in diese Häuser dort drüben gezogen und da hat sie sofort diesen See einzäunen lassen. Sie wusste, dass sie damit die Chance auf eine Auszeichnung für den Garten minimiert, aber dass ihre Enkel ungefährdet spielen können, war ihr wichtiger. Kommen Sie: ich zeige Ihnen den interessantesten Teil des Gartens. Jeweils vier Hektar überlässt sie den Abschlusslehrlingen der beiden angrenzenden

GaLa-Bau-Betriebe. Und die zaubern jedes Jahr beeindruckende Gartenlandschaften. Nur leider schaffen sie es nicht, sich auf ein Thema zu einigen und so wirkt der Garten zu unharmonisch, um eine Auszeichnung zu bekommen."

„Wann wird diese Auszeichnung eigentlich verliehen und wer bestimmt das?"

„Am Wochenende nach Pfingsten, also in anderthalb Wochen. Für die kleinen Gärten lassen wir uns Zeit, weil es viele sind. Es gibt eine Jury, dessen Vorsitzender ich bin. Wir bewerten die Gärten nach verschiedenen, ganz unterschiedlichen Aspekten: Pflanzenwahl, Harmonie, Nutzbarkeit und so weiter."

„Und bisher hat immer Lady Willsfresh gewonnen?"

„Ja. Sie hat einen sehr guten Chefgärtner. Der Mann ist ein Genie. Dieses Jahr trübt der vergiftete See die Bewertung natürlich. Aber eine ernsthafte Konkurrenz hat sie auch nicht."

Andrea sah den liebenswerten Mann erstaunt an: „Das heißt, es steht schon fest, wer gewinnt?"

Herr Friedrichs zuckte mit den Schultern: „Offiziell natürlich nicht, aber inoffiziell... Lili Jarnswitchs Garten... sehen Sie ja selbst: es fehlt ein durchgehendes Konzept, aber darüber haben wir ja eben schon gesprochen. Und Lady Eleonores Garten hat sich in den letzten Jahren sehr verbessert. Aber es wird noch ein paar Jahre dauern, bis er wieder seinen ursprünglichen Glanz erlangt und eine wirkliche Konkurrenz für Lady Willsfreshs Garten ist. Eines bleibt abzuwarten: ob Lady Willsfreshs Gartenteich mit einem zugelassenen Mittel vergiftet wurde oder mit einem verbotenen. Wenn sie verbotene Mittel einsetzt, wird sie disqualifiziert. Aber ich kann mir nicht vorstellen, dass ihr Gärtner das Risiko eingeht. Er ist ein kluger Mann. – Sehen Sie", er deutete auf eine kunstvoll angelegte Spirale. „Es gibt dieses Jahr viele Gärten, die diese Blumenspiralen präsentieren. Aber die Idee einer ‚Jahreszeitenspirale' ist neu und gut. Sehen Sie: Schneeglöckchen haben hier zuerst geblüht, gefolgt von Tulpen und Narzissen und jetzt fangen Vergissmeinnicht und Stiefmütterchen an. Im Mai werden sie sicher von Sommerblumen abgelöst und im Herbst fängt dann die Heide an zu blühen: eine bunte Spirale, die zu jeder Jahreszeit..."

„My dear! Oh, and our edler Vorsitzender! Nice to see you. I didn't know, dass Sie sich kennen", flötete Lady Eleonore. Energisch hakte sie sich bei Andrea unter. Sowohl Andrea als auch Herr Friedrichs hatten nicht bemerkt, dass die eigenwillige Lady sich ihnen genähert hatte.

„Kommen Sie: wir müssen langsam das Komiteetreffen beginnen", erklärte Herr Friedrichs.

Andrea hatte das Gefühl, er wollte Lady Eleonore entwischen. Sie verstand ihn.

Als Andrea zu Nicks Oma und Anna zurückkam, gesellte sich auch die Gastgeberin zu ihnen.

„Wo war die Schreckschraube denn die ganze Zeit? Ich habe sie gar nicht gehört", fragte Lady Jarnswitch.

„Weiß ich nicht", antwortete Lisa. „Lady Willsfresh hat mir von ihrem einsamen Leben ohne ihren ‚Schatz' vorgejammert... ihrem Dackel", erklärte sie Anna und Andrea.

Lili Jarnswitch sah ihre Freundin bedauernd an: „Tut mir leid."

„Ich glaube, Lady Eleonore hat sich den Garten angeguckt. Sie ist Herrn Friedrichs und mir eben bei der Blumenspirale begeg... Was ist?"

Die beiden älteren Frauen hatten sie so zweifelnd angesehen, dass sie stockte.

„Die Schreckschraube tut Vieles, aber eins mit Sicherheit nicht: sich für andere oder ihre Häuser, Geschichten oder Gärten zu interessieren. Die hat euch belauscht."

Erschrocken sah Andrea die elegante Lili Jarnswitch an. Sie schwieg.

„Worüber habt ihr denn gesprochen?" wollte Anna wissen.

„Über den Wettbewerb und... und..."

„...und die Bewertung?" riet Lisa.

Andrea nickte schuldbewusst.

„Es ist ein offenes Geheimnis, dass Willsfreshs Garten konkurrenzlos ist", beruhigte Lisa sie. „Machen Sie sich keine Sorgen. Das war sicher nicht der Grund, warum die Lady der Ladies Ihnen hinterher spioniert hat."

„Sie wollte sicher wissen, ob Sie wegen ihrem Siegfried traurig sind. Sie glaubt bestimmt immer noch, dass Sie eine Affäre mit ihm hatten."

Anna unterdrückte ein Lachen: „Siegfried'? Dieser Denis Kupfermark?"

Lili Jarnswitch nickte breit grinsend: „Ja, klar. Kennen Sie ihn?"

„Nein. Ich hab ihn nur tot gesehen. Aber ‚Siegfried' finde ich gut."

„My dear Lili, where is your wonderful cake? Ich freue mich schon den ganzen Tag darauf", säuselte Lady Eleonore.

Während Lili antwortete, flüsterte Lisa Andrea und Anna zu: „Sie mag Lilis Kuchen überhaupt nicht. Wenn es den gibt, isst sie kein einziges Stück davon, wenn es den nicht gibt, fragt sie immer danach."

Andrea sah Anna an, dass sie böse Bemerkungen hinunterschluckte.

„Oh my God!!!" fuhr Lady Eleonore auf. Sie unterbrach damit die Gespräche an den Nachbartischen. „My dear, my lovely dear! Komm her, sweety, come here." Sie rauschte zwischen den Tischen hindurch zur Eingangstüre des großen Speiseraumes.

„Wen hat ‚Lady Drache' denn jetzt entdeckt?" murmelte Lili Jarnswitch unwillig. Sie stand auf und folgte der exzentrischen Lady Eleonore.

„Das interessiert mich jetzt auch", gab Lisa zu.

Kurz darauf setzte Lili Jarnswitch sich wieder zu ihren Freunden. Lady Eleonore zerrte indes eine junge, hübsche, widerstrebende Frau von Tisch zu Tisch und stellte sie den Gästen vor.

„Oh, nein", seufzte Lisa.

Lili nickte: „Die Arme!"

„Wer ist das?" wollte Andrea wissen.

„Lady Willsfreshs jüngste Tochter."

Andrea sah Lisa erstaunt an: „SIE ist Lady Willsfreshs Tochter? Die... Das hätte ich nie gedacht!"

Lili kicherte: „Erstaunlich, nicht wahr? Und sie ist nicht adoptiert."

„Sie kommt nach ihrem Vater", erklärte Lisa.

„Das Beste, was dem Kind passieren konnte", ergänzte Lili.

„Wie heißt sie?" fragte Andrea plötzlich. Ihr waren die Andeutungen der Feuerwehrmänner wieder eingefallen.

„Lucil."

Andreas Atem stockte, dann nahm sie sich zusammen: „Schöner Name. Passt zu ihr."

Lisa und Lili Jarnswitch nickten.

Anna wartete, bis die älteren Frauen sich einem anderen Thema zuwandten, dann fragte sie ihre Freundin flüsternd: „Was ist mit ihr?"

„Die Feuerwehrmänner haben gesagt, Denis hätte eine Affäre mit einer ‚Lucil' gehabt. Und sie und seine ‚reiche Freundin' durften auf keinen Fall etwas voneinander wissen."

„Du meinst, diese Schreckschraube und diese Lucil?"

„Vielleicht."

„Und wenn Lady Eleonore von Lucil erfahren hat..."

„Keins von Lady Eleonores Autos hat ein Reifenprofil, das passt", widersprach Andrea.

Anna nickte, dann grinste sie: „Komm, Miss Marple, du spielst doch so gerne Detektiv: wir gucken uns Lucils Auto an."

Erstaunt sah Andrea ihre Freundin an.

Anna grinste: „Na, komm schon. Du bist genauso neugierig wie ich."

„Nick schimpft, wenn..."

„Ich beschütze dich doch."

Andrea grinste: „Wie denn? Du hast Urlaub. Und woher weißt du, wie die Reifenspuren aussehen?"

Anna kicherte: „Du warst dabei, als mir von staatswegen erlaubt worden ist, in meiner Freizeit eine Waffe zu tragen. Und die Reifenspuren schickt Nick mir schon." Sie nahm ihr Handy aus der Tasche.

„Wilms." Nicks Stimme drang etwas genervt aus Annas Handy.

„Hallo Nick. Was machst du gerade? Bist du noch im Büro?" fragte Anna.

„Nee", brummte der Polizeioberkommissar. „Essen, DIENSTLICH."

Anna kicherte und Andrea lachte auf: „Ach ja? Weiß sie das auch?" Anna hatte die Freisprechfunktion ihres Handys aktiviert.

„Davon gehe ich aus", meinte Nick. Die Frauen hörten seiner Stimme an, dass er schmunzelte. „Und womit habe ich euch alberne Hühnchen verdient?"

„Das ist ein dienstlicher Anruf!" beschwerte Anna sich immer noch amüsiert.

„Und jetzt muss ich stramm stehen?" zweifelte Nick.

„Ach, nee", lehnte die BKA-Beamtin ab. „Heb dir das für den Dienstessens-Nachtisch auf."

Nick lachte wieder: „Sei mal froh, dass du ranghöher bist. Also: was willst du?"

„Fotos vom Reifenprofil."

Nick stöhnte: „Wie soll ich das denn machen? Moment... – So, jetzt hört sie nicht mehr zu: was willst du damit?"

„Es ist nur ein Verdacht, dem wir nachgehen wollen. Wenn er sich nicht bestätigt, braucht es dich nicht zu belasten und wenn er sich bestätigt, sagen wir dir Bescheid, okay?"

Nick schwieg einen Moment, dann seufzte er: „Was soll's... Aber ihr passt auf euch auf!!?"

„Ja, klar. Ich bin bewaffnet und Andrea redet alle um den Verstand: sie wird schließlich Anwältin. – Au!" beschwerte sie sich, als Andrea sie leicht schubste.

Nick grinste: „Ich muss mehr Angst haben, wenn ihr miteinander alleine seid, oder? Ich guck mal, wie ich dir die Fotos von den Reifen schicke. Treilert will ich das nicht erklären..."

„Sag doch einfach, dass das BKA übernimmt", schlug Andrea grinsend vor.

„Bloß nicht!" wehrte Anna ab.

Nick lehnte auch ab: „Besser nicht. Dann wird's noch schlimmer... Ich muss wieder rein, sie winkt die halbe Zeit."

„Nick?" rief Andrea schnell, bevor er auflegte.

„Mmh?"

„Schaffst du das da?"

Nick schwieg überrascht.

„Ich meine: wir können ja auch ,zufällig' zu euch kommen und dich erlösen?"

Nick lachte auf. Kichernd erklärte er: „Das ist nett! Danke! Könnt ihr da denn weg? Ihr seid doch auch auf dieser Gartenparty, wie Oma, oder?"

„Ja", meinte Andrea. „Aber wir können uns sicher entschuldigen, wenn du es nicht mehr aushältst."

Nick lachte leise: „Danke, Andrea. Vielleicht komme ich darauf zurück."

„Gut, meld dich einfach. SMS reicht. Ich frag eben Lili Jarnswitch, welches Auto von Lucil ist", erklärte sie, während sie schon zu der großen, schlanken Frau lief.

„Ich weiß, warum du sie liebst", murmelte Anna in ihr Handy. „Ich weiß nur nicht, warum sie denkt, dass sie dich nicht will."

Nick lachte auf: „Danke, Anna."

„Sch..." fiel ihr auf. „Ich wollte dich nicht..."

„Ich weiß, dass sie mich nicht will", beruhigte Nick. „Kein Problem. Vielleicht..." Er ließ es offen.

„Mmh", machte Anna unzufrieden. „Ich finde eine Lösung für Fabians Anrufe! Sie kommt wieder. Ich sag dir, was wir rausfinden."

„Das ist ihr Auto?" staunte Anna. Als Andrea nickte, stöhnte sie: „Wenn sie damit jemanden überfahren hat, verhafte ich sie persönlich! Das ist ein Maserati von 1970."

Andrea schüttelte den Kopf: „1969, sagt Lady Jarnswitch."

Anna warf ihr einen bösen Blick zu und wandte sich dem Reifenprofil zu. „Es stimmt überein", verkündete sie.

„Was? Echt? Und was machen wir jetzt?" fragte Andrea aufgeregt.

„Gar nichts", meinte Anna ruhig. „Das ist Nicks Job. Und solange sie sich sicher fühlt, besteht auch keine Fluchtgefahr."

„Aber..." Andrea stockte.

„Wir erzählen das Nick gleich. Der weiß, was er mit der Info machen muss. Komm, wir gehen wieder rein."

Andrea ließ sich von ihrer Freundin mitziehen, war aber in Gedanken bei dem Toten und Lucil.

„Aber", sie blieb zu Annas Überraschung stehen. „Wenn sie Denis umgebracht hat, bringt sie Lady Eleonore vielleicht auch um?"

„Sie hat nicht den Eindruck gemacht, als hätte sie das vor", widersprach Anna. „Sie sah eher wie ein Kind aus, das von einer nervigen Großtante herumgereicht wird."

„Dann war sie es nicht", überlegte Andrea.

Anna musterte sie eine Weile. Dann besann sie sich auf den Instinkt ihrer Freundin, der sie schon mehrere Morde hatte lösen lassen: „Was schlägst du vor?"

Nach eine Weile zuckte Andrea mit den Schultern: „Lass uns zu Nick fahren."

„My sweeties! Come here", rief Lady Eleonore Anna und Andrea entgegen und winkte heftig.

Andrea überlegte, ob sie schon wieder etwas vom Engelstrompetenaufguss getrunken hatte, weil sie so aufgedreht wirkte. Aber die extravagante Frau, die heute blaue Seide mit rosafarbener Spitze trug, wirkte immer aufgedreht.

„Ich stell euch a wonderful young girl vor: this is Miss Lucil Willsfresh, the daughter of my dear lovely friend Lady Willsfresh. Ihr werdet euch wunderbar verstehen: you are same age! Oh, what a pity, dass der Teich deiner Mutter so vergiftet ist... Who does sowas?" fassungslos schüttelte sie den Kopf. Sie deutete auf Lucil: „Als die klein waren, they planscht in that lake."

Andrea schluckte bei diesem Gebrauch der englischen Sprache und sah, dass Lucil und Anna es auch taten.

„Andrea Jansen, das ist meine Freundin Anna Rei", stellte Andrea sich und Anna vor. „Wissen Sie schon, wie schlimm der Schaden ist?"

Lucil war eine hübsche, ruhige Frau in ihrem Alter. Ihr Haar war braun, ihre Augen fast schwarz. Sie schüttelte den Kopf: „Nein. Wir haben…"

„Oh, what a catastrophe", entsetzte sich Lady Eleonore. „Maybe it was ein verbotenes Mittel! Dann wird your mother disqualifiziert! Oh, dear! This Wettbewerb is such important for her! She will… Oh, ich kann es nicht sagen…" Mit schmerzverzerrtem Gesicht wandte Lady Eleonore sich ab.

‚Sumpfschnepfe' kam Andrea in den Sinn und sie überlegte, ob die Gesellschaft Lady Jarnswitchs auf sie abfärbte.

„Vor zehn Tagen sind die Proben weggeschickt worden", erklärte Lucil, um die peinliche Situation zu überspielen. „Wir erwarten das Ergebnis seit Montag. Aber das Labor hat irgendwelche Unstimmigkeiten festgestellt, weshalb wir immer wieder vertröstet werden. – Ich kann mir nicht vorstellen, dass Jakob verbotene Mittel im Schrank hat."

„Ihr Gärtner?"

„Ja. Er gehört fast zur Familie, so lange ist er schon bei uns angestellt. Ihm ist dieser Wettbewerb so wichtig wie Mama: das setzt er nicht so einfach aufs Spiel!"

„Aber er muss das Mittel ja stark überdosiert haben: ich habe den Teich gesehen", sagte Andrea.

Lucil nickte: „Ja, stimmt. Das kann nur Absicht gewesen sein. Ich... ich habe Jakob früher oft geholfen, wenn ich mich vor den Hausaufgaben drücken wollte. Sie müssen sich das etwa so vorstellen: das Pflanzenschutzmittel ist wie dieser Sirup, Waldmeister oder Himbeere, den man früher als Kind bekommen hat. Ein bisschen Sirup wird mit viel Wasser gemischt. Aber wenn ich zum Beispiel eine Flasche Sirup in eine Regentonne schütte, schmeckt das Wasser nicht danach, weil es viel zu viel Wasser ist. Damit ich was schmecke, muss ich wahrscheinlich noch mal fünf Flaschen Sirup da rein schütten. Und in dem See ist noch mehr Wasser, als in so einer Regentonne. Dass der Teich so vergiftet ist, muss Absicht gewesen sein."

Anna und Andrea nickten betroffen. „Können Sie das beweisen?" fragte Anna.

„Bisher nicht. Aber wir haben einige Experten damit beschäftigt, nach der Ursache zu suchen."

„Ich habe gehört, es soll einer Ihrer Gärtner gewesen sein, weil er Liebeskummer hatte?"

Lucil musterte Andrea abschätzend und schüttelte langsam den Kopf: „Ja, Mama denkt das auch, aber ich halte das für Quatsch! Arnold spart für die kirchliche Hochzeit: gibt so jemand viel Geld für Pflanzenschutzmittel aus und riskiert seinen gut bezahlten Job?"

Andrea schüttelte den Kopf: „Und dieser Pächter? Bruno Velten? Der soll auch verbotene Mittel spritzen."

Lucil zuckte mit den Schultern: „Was hätte der davon? Der hat genug Schwierigkeiten. Ich glaube kaum, dass der sich noch damit belastet, anderer Leute Seen zu vergiften. Außerdem sind Pflanzenschutzmittel teuer. Das Geld hat er nicht, um den See so stark zu vergiften."

„Haben Sie... Hat Ihre Mutter ihm die Pacht erhöht? Sie wollte das, weil er sich so über die Beerdigung des Hundes aufgeregt hat. Ich wollte noch mit ihr reden, hatte aber keine Zeit mehr dafür", fiel Andrea etwas beschämt ein.

Lucil seufzte und nickte: „Ja, hat sie leider. Gestern hat sie den Brief per Einschreiben weggeschickt. Sie hätten nicht viel tun können: wenn sie sich etwas in den Kopf gesetzt hat, zieht sie das auch durch. Seit Papa tot ist, gibt es niemanden mehr, der sie bremsen kann. Ich versuche es immer, habe aber meistens nur wenig Erfolg. Immerhin konnte ich sie runterhandeln. – Sie sind die neue Schlichterin, richtig?" Lucil hatte den Kopf schiefgelegt und sah Andrea genauer an.

„Ja, nein... Ich mache ein Praktikum bei Schlichter Hofmeister..."

„Ich höre viel von Ihnen: jeder, der mal mit Ihnen zu tun hatte, lobt Ihre Arbeit. Sie sollten Hofmeister fragen, ob er Ihnen keine volle Stelle geben kann."

Andrea lachte geschmeichelt.

„Das meine ich Ernst!" bekräftigte Lucil mit einem Grinsen. „Auf niemanden hören Bauern so gut, wie auf jemanden, der hübsch, intelligent und weiblich ist, außerdem bei Hofmeister arbeitet, unter dem persönlichen Schutz des Polizeichefs und einiger angesehener Großbauern steht und Banken mit knauserigen Großmüttern vergleicht."

„Oh Gott", stöhnte Andrea. „Davon wissen Sie?"

Lucil lachte: „Ja, klar. Ich habe sehr gelacht. Und ich glaube, das wusste das ganze Dorf nach zwei Tagen. Aber Frewaldt, Gustav hat endlich begriffen, dass es harte Arbeit ist, Geld von der Bank zu bekommen. Das konnte ihm noch niemand begreiflich machen."

„Wo ist ‚Lady Drache' eigentlich?" fragte Andrea, nachdem sie sich noch eine Weile mit Lucil und Anna unterhalten hatte.

Lucil hob erstaunt die Augenbrauen: „‚Lady Drache'? Eleonore?"

Andrea nickte: „Ja, klar. Lili Willsfreshs Enkelin nennt sie so. Ich finde das sehr passend. Aber sagen Sie ihr nicht, dass ich sie so genannt habe."

Lucil lachte: „Nein, natürlich nicht! Hervorragend! Daran denke ich jetzt immer, wenn sie mich durch die Gegend schleift. – Die ist eben gegangen. Ich denke, es wurde Zeit für ihren Tee."

„Tee?" fragte Anna: „Dieses Zeug, was sie ‚Milch' nennt?"

Lucil sah Anna überrascht an: „Sie wissen davon?"

„Mmh. Ich hab drei Tage im Krankenhaus gelegen, weil ich dachte, es wäre echte Milch", meinte Andrea.

Lucil sah sie erschrocken an: „Geht es Ihnen wieder gut?"

„Ja, es ist alles in Ordnung. Aber ich werde nie wieder irgendwas bei Lady Eleonore essen oder trinken."

„Bei Mama besser auch nicht", warnte Lucil.

„Die trinkt das Zeug auch?" entsetzte sich Andrea.

„Ja, natürlich", nickte Lucil. „Sie war nicht immer so seltsam und verwirrt. Das sind Nebenwirkungen der Droge."

„Ich dachte, diese Droge ist zu unberechenbar für den regelmäßigen Konsum?" fragte Anna ungläubig.

„Ist sie auch. Aber Mamas Argument ist: ‚ich bin so alt, da macht es nichts, wenn ich ein bisschen früher sterbe, aber dafür Spaß habe'. Seit etwa zwei Jahren wirkt sie auch wie auf Droge, wenn sie das Zeug seit Wochen nicht genommen hat."

Anna und Andrea schwiegen betroffen.

Lucil zuckte mit den Schultern: „Ich lebe damit. Seit zwölf Jahren mittlerweile. Als ich rausgefunden habe, dass Mama diese Drogen nimmt, war ich verzweifelt. Ich war drei Wochen lang wie benommen. Nichts habe ich tun können, nicht mal kochen oder so was. Lili Jarnswitch hat mir damals sehr geholfen. Sie hat mich fast adoptiert, so oft war ich hier. Sie ist ein wunderbarer Mensch, auch wenn sie viele mit ihrer spitzen Zunge verschreckt. Hier können Sie auch bedenkenlos alles essen und trinken: sie lässt keine Drogen zu."

Andrea nickte: „Ja, ich weiß." Sie war noch benommen von der Information, dass Lady Willsfresh ihren Tod für diese schreckliche Droge mit den teilweise sehr beängstigenden Halluzinationen in Kauf nahm. Und dass sie ihrer Tochter dieses Wissen zumutete.

„Ich hoffe, sie war es nicht", murmelte Andrea im Auto, als sie zu Nick in die Pizzeria im Nachbarort fuhren.

„Ich auch!" bestätigte Anna. Als Lucil sich entschuldigte, weil sie nach ihrer Mutter sehen wollte, hatten Anna und Andrea sich von der Party verabschiedet.

„Nitt!" rief Sophie begeistert, als sie den großen Mann an einem der Tische entdeckte. Sie lief zu ihm und ließ sich von ihm auf den Schoß heben.

Nick lachte: „Hallo Engelchen! Na, wie geht's meiner Verlobten?"

„Gelobten?" wiederholte das Mädchen verwirrt.

„Ja, wir wollen doch heiraten, oder? Oder hast du einen anderen gefunden?"

„Nein!" protestierte Sophie und umschlang stürmisch Nicks Hals.

Er lachte: „Da wäre ich auch sehr traurig gewesen. Hübsch siehst du aus. Das ist ein schönes Kleid." Er strich das karierte Kleidchen mit den roten Bändern glatt: „Müssen das nicht Schleifen sein?"

„Die sind aufgegangen, beim Spielen."

„Soll ich dir wieder Schleifchen binden?" fragte er und fing damit an, bevor Sophie antwortete. „Was habt ihr denn gespielt?"

„Mit Puppen und im Garten."

„Mit dem schönen Kleid hast du im Garten gespielt?"

„Mmh! Hab aber nix dreckig gemacht, guck. Außerdem hab ich noch ein Schöneres", erklärte Sophie.

„Noch schöner? Glaub ich nicht. Das musst du mir zeigen", verlangte Nick.

Die Kleine nickte eifrig: „Zuhause."

„Bist du alleine hier?"

„Nei! Da sind Nana und Dea", erklärte sie fröhlich. Sie entdeckte Jennifer Treilert, die mit Nick am Tisch saß, als sie sich nach ihrer Schwester und deren Freundin umsah. „Ist das?" wollte sie flüsternd von Nick wissen.

„Das ist Jennifer Treilert, meine Chefin", erklärte Nick. „Sophie ist die Schwester von Andrea Jansens bester Freundin", erklärte er an Treilert gewandt. Die nickte nur, also wandte Nick sich wieder dem kleinen Mädchen zu: „Was macht ihr hier?" Er wusste, warum sie da waren, wollte aber, dass die LKA-Beamtin von einem zufälligen Treffen ausging.

„Essen!" erklärte Sophie.

Er musste lachen: weshalb sollten sie sonst da sein? Sophie drehte sich auf Nicks Schoß dem Tisch zu und griff nach der Karte. Er half ihr, die schwere, ledergebundene Karte aus dem Tischständer zu nehmen und legte sie offen vor sie hin. Während sie tat, als würde sie sie lesen, traten Anna und Andrea an den Tisch. Nick hatte einige Mühe gehabt, sich auf Sophie zu konzentrieren. Anna sah in ihrem kurzen, beigen Kleid toll aus, aber Andrea war mit dem hellblauen Seidenkleid aufsehenerregend.

„Hallo. Was machst du denn hier? Oh, hallo Frau Treilert", grüßte Andrea und gab ihr die Hand. Sie kannte die Frau nur mir strenger Hochsteckfrisur und Hosenanzug. Heute trug sie ihr blondes Haar offen. Trotzdem wirkte sie streng und unnahbar. Den Hosenanzug hatte sie gegen ein für diese Jahreszeit zu luftiges, schwarzes Kleid getauscht.

„Hallo Frau Jansen. Wie geht es Ihnen? Wie ich höre, haben Sie wieder eine Leiche gefunden?"

„Ja", nickte Andrea. „Leider! Das ist meine Freundin Anna Rei. Sie besucht mich aus Frankfurt. Anna, das ist Kriminalhauptkommissarin

Jennifer Treilert vom LKA. Sie muss immer in die Provinz kommen, wenn es hier eine Leiche gibt."

Treilert lachte etwas gezwungen: „Ich komme gerne hier hin, Frau Jansen: hier gibt es viele, liebe Freunde, die ich gerne sehe." Sie sah Nick dabei an, der aber vorgab, mit Sophie die Karte zu studieren.

„Sind Sie denn mit den Ermittlungen weiter?" fragte Andrea.

Treilert sah sie pikiert an, dann nickte sie: „Ja, wir machen gute Fortschritte. Den ganzen Nachmittag haben wir den... den ‚Vorfall' besprochen." Mit Blick auf Sophie hatte sie das Wort ‚Mord' vermieden.

„Das ist schön", lächelte Andrea. „Dann fassen Sie den Täter sicherlich bald!"

Anna und Nick schluckten hart bei Andreas schmeichelnden Worten.

„Nana, ich will Würstchen."

„Keine Pizza?" fragte Anna.

„Nein!" entschied Sophie. „Gut, dann komm: Nick und Frau Treilert müssen bestimmt noch arbeiten."

Verwirrt sah Sophie Anna an: „Kannst hier sitzen", sie deutete auf den freien Stuhl neben Nick. „Nitt hat auch Hunger."

Die Erwachsenen lachten.

„Ich hab schon gegessen, Engelchen. Aber setzt euch doch zu uns: wir haben alles besprochen, denke ich", schlug Nick vor.

Treilert sah unzufrieden aus, widersprach aber nicht.

Treilert verabschiedete sich bald. Nick seufzte: „Es wurde Zeit, dass ihr kommt. Mir sind langsam die dienstlichen Themen ausgegangen, mit denen ich sie vom privaten Kram ablenken konnte."

„Warum sagst du ihr nicht, dass euer Verhältnis auf jeden Fall dienstlich bleibt?" fragte Anna.

„Hab ich. Sehr deutlich sogar. Aber sie gibt nicht auf."

„Dann müssen wir doch ein Paar spielen, wenn wir sie das nächste Mal treffen", überlegte Anna.

„Dann sag ihr aber, dass du beim BKA bist", meinte Andrea. „Sonst kratzt sie dir die Augen aus."

Anna grinste: „Nur die Augen? Bei einem so tollen Mann wie Nick?"

Nick grinste: „Mach dich ruhig lustig! Ist sie nichts für dich?"

Anna sah den großen Mann erschrocken an: „Gott! Nein! Was denkst du von mir?"

Nick lachte: „Das Gleiche wie du von mir!"

„Ups!" grinste Anna.

„Sie steht auf dunkelhaarige, karrierebewusste, aber trotzdem leidenschaftliche Frauen", erklärte Andrea. „Davon passt nur ein Drittel auf Treilert. Abgesehen davon muss sie sich eine neue beste Freundin suchen, wenn sie was mit der anfängt! Du übrigens auch!"

Nick musterte Andrea, die ihm gegenüber saß, amüsiert.

Als Sophie fest in Nicks Armen schlief, fragte er die beiden Frauen nach dem Reifenprofil. Andrea erklärte, was sie herausgefunden hatten und endete: „Wir sind uns einig, dass wir nicht wollen, dass Lucil es war."

Nick sah sie belustigt an, dann fragte er Anna: „BKA-Methoden, ja?"

Anna lachte: „Nein. Anwälte!"

„Woher weiß die Anwältin von dieser Lucil?"

„Sie hat die Feuerwehrleute weiter ausgefragt, als du weg warst", erklärte Anna.

Nick sah Andrea vorwurfsvoll an.

Die verteidigte sich: „Das hast du nicht verboten!"

„Wann verstehst du, dass für dich alles verboten ist, was Polizeiarbeit ist?"

Andrea grinste: „Nie!"

Nick seufzte.

„Was hast du denn rausgefunden?" wollte sie von ihm wissen.

„Nicht viel. Von Ordnung und Sauberkeit hielt er nicht viel. Und er muss Monate schon nicht in der Wohnung gewesen sein."

„Das ist alles?"

„Mmh."

„Und Treilert?"

„Die weiß auch nicht mehr. – Sie geht von Drogendelikten aus, weil wir geringe Mengen Cannabis gefunden haben. Eigenbedarf, vielleicht etwas mehr."

Anna sah Nick ungläubig an: „Der Mord hat doch nichts mit Drogen zu tun!?"

Nick zuckte nur mit den Schultern.

Freitag um halb sechs Uhr morgens klingelte es an Andreas Haustüre. Stöhnend quälte sie sich aus dem Bett.

„Wer ist das?" murmelte Anna.

„Keine Ahnung. Aber ich bring ihn um!"

„Frau Jansen, oh nein!" Lieschen stürmte an Andrea vorbei in die Küche. Bleich, aufgelöst, verwirrt und nicht ganz korrekt gekleidet warf sie sich auf den erstbesten Stuhl. Sie hatte die blassblaue Bluse versetzt zusammengeknöpft, den schwarzen Rock verdreht und die Reißverschlüsse an den Stiefeln nicht geschlossen. Ihr Haar schien sie nicht gekämmt zu haben.

Als Andrea das Häufchen Elend sah, seufzte sie und setzte Kaffee auf. Dann besann sie sich und füllte den Wasserkocher. Lieschen trank keinen Kaffee – was Andrea zu der Uhrzeit sehr bedauerte.

„Lieschen, ich ziehe mich eben an, okay? So ist es mir zu kalt. Achten Sie solange auf das Kaf... äh... Teewasser?"

Die kleine Frau nickte benommen. Eigentlich musste man nicht auf das Teewasser aufpassen, doch Andrea wollte der esoterisch-exzentrischen

Frau eine Aufgabe geben, die sie vom ‚Verzweifelt-Sein' ablenkte.

„Wer ist das?" fragte Anna wacher.

„Lieschen", erklärte Andrea, während sie sich im Halbdunkeln anzog. „Schlaf weiter. Die muss nur reden."

„Jetzt? Es ist mitten in der Nacht!"

„Für Lieschen existiert so was nicht. Wenn etwas Schlimmes passiert, muss sie sich sofort darum kümmern, also darüber reden. Und weil wir beide ‚Auserwählte' sind, kommt sie halt zu mir."

„Auserwählte'?" wiederholte Anna skeptisch.

„Mmh. Sie lebt in einer sehr komplexen, anderen Welt. Ich habe aufgegeben, die verstehen zu wollen. Kannst zuhören, wenn du willst."

„Lieber nicht", murmelte Anna. „Kann die nicht kommen, wenn du im Büro bist?"

Andrea lachte leise: „Das ist keine Arbeit. Sie braucht nur jemanden, der ihr zuhört."

„Also bist du ihr Psychiater?"

„Mmh, so in etwa."

„Du bist verrückt! Warum machst du das?"

Andrea zuckte mit den Schultern: „Ich habe kaum eine Wahl. Sie hat mich als ihre Vertraute ausgewählt und ich weiß nicht, was sie tut, wenn ich sie jetzt vor die Türe setze. Selbstmordgefährdet ist sie nicht, aber sie kriegt in dem Zustand nicht alles mit und vielleicht läuft sie dann vor ein Auto oder so?"

„Für so was gibt es Psychiatrien mit geschultem Personal", knurrte Anna.

Andrea lächelte: „Mmh, bei uns schon. Hier werden solche Leute aber nicht so schnell weggesperrt. Die..." Andrea grinste, weil sie wusste, dass Anna sich aufregen würde: „Hier vervollständigen sie das Dorfbild, sagt Nick."

„Pfff!" machte Anna. „Dann schick sie zu ihm!"

Andrea lachte: „Der kennt die Spezialfälle hier auch alle. Kümmere dich einfach nicht darum und schlaf weiter."

Es wunderte Andrea etwas, dass die Tigerkatze Samira an der Haustüre um Einlass bat.

„Guten Morgen", flüsterte sie der Katze zu und streichelte sie zur Begrüßung. „Lieschen ist gerade gekommen. Willst du wirklich rein?"

„Rieche sie", antwortete Samira. „Hat Angst."

„Warum?"

„Die Lady ist tot."

„Welche?"

„Gibt nur eine", erklärte die Katze lakonisch. Sie schlich in die Küche und unter den Esstisch. Sie achtete darauf, dass Lieschen sie nicht sah.

„Was ist denn los?" fragte Andrea Lieschen, während sie das kochende Wasser auf den Kräutertee goss. Seit sie Lieschen kannte, achtete sie darauf, Tee im Haus zu haben. Sie wollte keine von Lieschens selbstzusammengestellten Teemischungen geschenkt bekommen.

„Frau Jansen", jammerte Lieschen mit herzzerreißendem Blick. „Ach, Frau Jansen. Vorrausgegangen sie uns ist", schniefte sie.

Andrea legte noch eine Packung Taschentücher auf den Tisch.

„Lady Willsfresh?" Ihr war eingefallen, dass Lili Jarnswitch ganz am Anfang ihrer Bekanntschaft erzählt hatte, dass nur Edna Willsfresh einen echten Adelstitel hatte. Die beiden anderen ‚Ladies' wurden nur so genannt, weil sie englische Offiziere geheiratet hatten. Bewundernd sah Lieschen Andrea mit verheulten Augen an. Dann schüttelte sie den Kopf und schniefte wieder in ihr Taschentuch: „Ich weiß ja: sehr mächtig Sie sind. Unterschätzen tu ich Sie doch von Zeit zu Zeit. Ja, uns vorrausgegangen die liebe Lady Willsfresh ist."

„Was ist passiert?" fragte Andrea atemlos. Gestern noch hatte sie mit der stetig jammernden Frau gesprochen – und mit deren bedauernswerter Tochter.

„Der Engel Posaunen zu unserem allmächtigen Ebenbild sie riefen", unterbrach Lieschen Andreas Gedanken an Lucil. „Ganz unerwartet dem Ruf sie folgte."

Andrea schwieg. Fragen würden sowieso nicht beantwortet werden und so ließ sie die unscheinbare Frau einfach erzählen. Sie spürte Samira neben ihren Füßen. Die Katze hatte sich an ihr Bein geschmiegt, gab aber keinen Laut von sich.

Nach eine Weile, in der niemand gesprochen hatte, begann Lieschen in ihrer eigentümlichen Sprache: „Traurig, sehr traurig sie war, als sie ging. Und verwirrt..."

‚Das war sie immer', dachte Andrea und sie meinte, Samira kichern zu hören.

„Sich gestritten sie hatte, schlimm gestritten! Mit ihrer lieben Freundin. So lange, so lange Freunde sie waren... Kummer wird sie gehen lassen haben."

Bei ihrer ersten Unterhaltung mit Lieschen hatte Andrea in jeder ihrer Redepause bis zehn gezählt. Das begann sie jetzt wieder. Neu war, dass Lieschen sich wiederholte. Scheinbar reagierte sie so auf den Schock. „Ach, schlimm, so schlimm es war... Gar nicht wissen Sie wollen, liebe Frau Jansen... so schlimm... Ach, was ein Glück, dass Sie nicht da waren, liebe Frau Jansen. So traurig gewesen wären Sie ... so traurig..."

„Sie soll endlich erzählen", knurrte Samira kaum hörbar. „Ich weiß nur das Bisschen, was der Floh-Kater von gegenüber erzählt hat."

Andrea versuchte ein Grinsen zu unterdrücken und sagte zu Lieschen: „Erzählen Sie mir doch der Reihe nach, was passiert ist. Dann finden wir sicher den Sinn des... den Sinn heraus, weshalb Gott das getan hat." Lieschen brauchte eine gewisse Terminologie, um sich sicher zu fühlen.

„Gefeiert gestern wir haben. Da Sie waren ja auch... Eine wundervolle Party es war! Dann gestritten, so schlimm gestritten die beiden lieben Freundinnen sich haben. Nein, so schlimm..." Wieder schwieg sie eine Weile.

Das war Andrea nicht von ihr gewohnt. Sie schwieg einfach mit.

„Und wissen Sie, warum? – Weil gesagt jemand hat, den Gartenwettbewerb die liebe Lady Willsfresh gewinnt. So gemein das ist: so angestrengt Lady Eleonore sich hat. Gesagt ich ihr das habe. Und dann trotzdem die liebe Lady Willsfresh soll gewinnen, obwohl doch so vergiftet ihr See ist. Und verbotene Mittel sie soll verwendet haben. Nein, so was sie Gottes Schöpfung antut. Und dann Gott sie zu sich holt. Denken Sie, er darüber reden mit ihr will?"

Überrascht sah Andrea Lieschen an. Wusste Lieschen, dass es verbotene Mittel waren? Oder glaubte sie einfach den Gerüchten?

Andrea schüttelte den Kopf: „Weiß ich noch nicht. Sagen Sie mir doch, was noch passiert ist."

„Gut", lobte Samira.

„Ja, was ist dann passiert? Zu beruhigen ich die lieben Freundinnen habe versucht und sie zu versöhnen, aber immer schlimmer es wurde."

‚Das glaube ich sofort', hörte Andrea die Katze mit höhnischem Unterton in ihrem Kopf.

„Besessen muss sie der Teufel haben, denn Lady Willsfresh der lieben Lady Eleonore hat gesagt, sie gar keine Lady sei. Ja, wirklich, das gesagt sie hat! Stellen Sie sich das vor: so eine edle, vornehme und elegante Frau keine Lady soll sein. Tief getroffen es die liebe Lady Eleonore hat, tief getroffen!"

‚Glaub ich', bemerkte Samira. ‚Die Edel-Ratte hatte doch eigentlich alle bestochen, das zu vergessen.'

Andrea gab vor, sich am Tee verschluckt zu haben, als Samira Lady Eleonore als ‚Edel-Ratte' bezeichnete.

„Aber dann versöhnen miteinander ich die beiden wundervollen Freundinnen konnte. Sehr gut die sich verstanden haben, als die Party endete. Und Tee sie getrunken haben. – Und? Wissen Sie nun, warum gerufen sie wurde?"

Lieschen sah Andrea erwartungsvoll an.

„Ja: weißt du, warum die Heulboje nicht mehr heult?" drängte auch Samira mit einem schadenfrohen Grinsen.

„Mmh…" überlegte Andrea und schubste Samira dabei leicht. Die beschwerte sich, war aber eher wegen Lieschens Frage belustigt.

„Sie wird sicher traurig wegen dem Streit gewesen sein…"

„Ja! Natürlich!" jubelte Lieschen. „Freiwillig ist sie gegangen, weil so bekümmert wegen des Streits sie war! Natürlich: ihr Wille es war und gnädig unser Gott war. Ach, Frau Jansen, so liebenswert Gott ist! Ach, warum darauf nicht ich gekommen bin... So klug Sie sind, Frau Jansen, so klug."

Kurz darauf stürmte Lieschen aus der Türe.

Samira kam unter den Tisch hervor: „Schönes Leben, wenn man so einfältig ist."

Nachdem Andrea mit Anna und Sophie gefrühstückt hatte, rief sie Hofmeister an, erzählte ihm vom Tod der Lady und bat darum, sich nach Lucil Willsfreshs Befinden erkundigen zu dürfen. Natürlich stimmte der umsichtige Mann sofort zu. Und so saß Andrea um zehn Uhr bei Lucil in der Villa ihrer Mutter und trank die siebte Tasse Kaffee an diesem Morgen. Mit Nick hatte sie nach Lieschens Abschied telefoniert. Er wusste schon von Lady

Willsfreshs Tod. Pia war die diensthabende Ärztin gewesen, die zur Erstellung des Totenscheins gerufen worden war. Sie hatte ihn informiert, da sie ihren Tod für verdächtig hielt. Was ihr aufgefallen war, wusste Nick noch nicht.

„Woher weißt du das überhaupt schon wieder?" hatte er Andrea vorwurfsvoll gefragt.

„Lieschen hat mich aus dem Bett geklingelt und mir das erzählt. Mach mir bloß keinen Vorwurf: ich hätte viel lieber noch `ne gute Stunde geschlafen!"

Nick hatte gelacht und erklärt: „Na gut: die Frau so früh am Morgen ist auch Strafe genug…"

„Ich hab keine Strafe verdient!" empörte sich Andrea, aber Nick hatte nur gelacht. Dann fiel ihr ein: „Nick, vielleicht war es Bruno Velten. Lucil Willsfresh hat gestern erzählt, dass ihre Mutter ihm die Pachterhöhung per Einschreiben mitgeteilt hat. Er weiß auch, dass Lucil eine andere Politik als ihre Mutter verfolgt. Er hat mehrmals gesagt, dass es für ihn besser werden würde, wenn Lucil erbt."

Nick hatte geseufzt und ihr für die Information gedankt.

„Danke, dass Sie gekommen sind", sagte Lucil leise. Sie hielt die mittlerweile nicht mehr dampfende Tasse Kaffee in beiden Händen und starrte darauf. Sie hatte nicht viel gesagt, seitdem Andrea da war. „Ich denke, die Gerichtsmedizinerin wird

feststellen, dass sie an einer Vergiftung mit Engelstrompete gestorben ist", überlegte Lucil nach einer
Weile.

„Hat sie denn gestern davon getrunken? Ich
dachte, Lili Jarnswitch duldet keine Drogen?"

„Tut sie auch nicht. Aber Eleonore hat immer
etwas mit. Die interessiert Lilis Verbot nicht. – Und
nach dem Streit gestern hat Mama vielleicht
auch... bestimmt sogar."

„Es sterben im Moment so viele", überlegte Lucil
eine Weile später.

Andrea sah sie erstaunt an.

Sie erklärte: „Erst Denis Kupfermark, jetzt
meine Mutter."

„Kannten Sie Denis Kupfermark?"

Langsam nickte Lucil: „Ja... leider... Ich hab
mich von ihm blenden lassen... Und einen lieben
Menschen betrogen."

Als sie schwieg, fragte Andrea nach: „Sie hatten
eine Affäre mit ihm?"

„Mmh."

„Und... und Lady Eleonore?"

Lucil zuckte mit den Schultern: „Er wollte sie
verlassen. Das hat er mir versprochen. Aber er
hätte mir auch das Blaue vom Himmel versprochen..."

„Und..." Andrea wusste nicht, wie sie fragen
sollte.

Lucil erzählte von sich aus: „Ich hatte einen Freund, ein ganz lieber, kluger Mann. Aber er hatte so wenig Zeit in den letzten Wochen und als ich mich so vernachlässigt gefühlt habe, hab ich... bin ich auf Denis reingefallen."

„Weiß Ihr Freund von der Affäre?"

Lucil nickte: „Er hat sofort Schluss gemacht. Ich bin ihm nicht mal böse. Nur mich könnte ich...", sie verschwieg den Rest. „Er fehlt mir. Ich... Ich hab das Gefühl, ganz alleine zu sein..."

„Haben Sie keine Geschwister? Was ist mit ihrem Vater?"

„Papa ist tot, seit zwölf Jahren. Meine Geschwister wohnen weit weg. Als Mama so exzentrisch wurde, sind sie so weit weg gezogen, dass Mama nicht einfach vorbei kommen konnte. Sie hat schon mal ihre Enkel eingesammelt und ist mit denen weggefahren, hat aber die Eltern nicht informiert. – Die muss ich noch anrufen... Was soll ich denen denn sagen?"

„Soll ich das tun?" bot Andrea an.

Lucil sah auf. Tränen schimmerten in ihren Augen: „Das würden Sie tun? Ist das Ihr Job?"

Andrea nickte: „Mein Chef sieht uns als ‚Unterstützer in Notlagen'. Und Sie sind in einer Notlage."

Lucil nickte dankbar: „Das wäre toll..."

Ein Bediensteter unterbrach sie: „Polizeioberkommissar Wilms, Mylady."

Verwirrt sah Lucil ihn an: „Wilms?" Noch verwirrter sah sie Nick an, dann besann sie sich, stand auf und begrüßte ihn.

Nick sprach ihr sein Beileid aus und grüßte auch Andrea sehr ruhig. „Ich muss mit Ihnen über Ihre Mutter sprechen", erklärte Nick. „Fühlen Sie sich dazu in der Lage?"

Lucil nickte: „Ja, klar. Setzen Sie sich. Kaffee? – Kann... Kann Frau Jansen bleiben?"

„Natürlich", bestätigte Nick. Zum Kaffee nickte er. „Es sieht so aus, als wäre Ihre Mutter vergiftet worden" Er beobachtete, welche Wirkung die Worte auf sie hatten.

Sie nickte: „Mit Engelstrompete nehme ich an?"

„Das wundert Sie nicht?"

„Nein. Sie hat das Zeug selbst getrunken. Ich wusste, dass es irgendwann... Aber... ich weiß auch nicht..." Sie zuckte mit den Schultern. „Ich wusste nicht, dass ‚irgendwann' so bald sein würde."

„Sind Sie sicher, dass sie die Droge selbst genommen hat?" fragte Nick nach einer Weile.

Lucil nickte: „Warum sollte sie jemand mit ihrer Lieblingsdroge vergiften? Engelstrompete ist unberechenbar und das wusste sie."

„Kann sie eine Überdosis genommen haben, weil der See mit einem verbotenen Mittel vergiftet worden ist und sie disqualifiziert worden wäre? So, wie Lady Eleonore angedeutet hat?" fragte Andrea.

Lucil schüttelte den Kopf: „Wir haben die Ergebnisse immer noch nicht. Und... Mama hätte unserem Gärtner das Leben schwer gemacht. Sie war durch die Droge zu exzentrisch für Selbstmord."

„Sie hat Bruno Velten die Pacht erhöht."

Lucil sah Nick überrascht an, dann nickte sie schulterzuckend: „Das hat sie oft. Und Velten war auch immer sehr wütend. Aber ich kenne ihn seit Jahren: er ist ein anständiger Kerl. Er... ich kann mir nicht vorstellen, dass er meine Mutter vergiften wollte. Und wann soll er das getan haben? Ich habe ihn gestern nicht gesehen."

„Können Sie sich vorstellen, dass er Denis Kupfermark überfahren hat?"

Verblüfft sah Lucil den Polizisten an: „Warum sollte er das tun?"

„Weil er herausgefunden hat, dass Kupfermark seine Frau zu verführen versuchte."

Erschrocken schwieg Lucil.

Andrea drückte ihre Hand: „Sie wussten doch, dass Denis mehrere „Freundinnen" hatte?"

Die junge Frau schüttelte den Kopf: „Ich wusste nur von Eleonore. Dass er mehr...", bedrückt senkte sie den Kopf.

Nick warf Andrea einen bedauernden Blick zu.

Sie zuckte mit den Schultern und wiederholte Nicks Frage.

„Weiß ich nicht", antwortete Lucil. „Kann sein... aber... keine Ahnung... – Ich bin so blöd! Wieso bin ich auf ihn reingefallen?"

Sie sah Andrea an. Die erwiderte den Blick nur ratlos.

Lucil sprang auf: „Ich bin so blöd!"

„Frau Willsfresh?" Nick hatte eine Weile beobachtet, wie die junge, hübsche Frau hin und her gelaufen war.

Sie reagierte: „Ja?"

„Haben Sie Denis Kupfermark überfahren?"

„Was?!? Nein!!" Sie setzte sich wieder, sah Nick aber verwirrt an.

„Fahren Sie den Maserati, der draußen steht?"

„Ja, wieso?"

„Das Reifenprofil passt zu dem, das wir in der Nähe des Mordopfers gefunden haben."

Andrea bewunderte ihren Freund für die Gelassenheit, mit der er Lucil das fragte. Lucil sah ihn erschrocken an. Schließlich schüttelte sie den Kopf: „Ich habe ihn nicht überfahren! Ich... David! Oh Gott!"

Ein Bediensteter hatte Nicks Bruder hereingeführt. Lucil fiel ihm um den Hals.

„Wie geht's dir? Ich bin sofort losgefahren, als ich es gehört habe. Es tut mir so leid!" erklärte der Arzt. Er drückte sie an sich.

Nick sah Andrea verwirrt an, die ebenso durcheinander war. Schluchzend lag Lucil in Davids Armen, der ihren Rücken streichelte und beruhigend mit ihr redete. Nick wartete eine Weile, dann rief er Lucil.

Der Doc sah erstaunt auf, dann blickte er bestürzt von Nick zu Lucil: „Mordermittlungen?"

Der jüngere Bruder nickte: „Ja. Wie... Ihr seid ein Paar?"

Lucil hatte sich wieder gefasst. Sie löste sich von David: „Ihr seid Brüder?"

Nick reagierte nicht, der Doc nickte.

„Ich habe David mit Denis Kupfermark betrogen. Er hat daraufhin Schluss gemacht. Das war vor drei oder vier Wochen, lange vor dem Mord an Denis."

„Ich wusste nicht, mit wem sie..."

Lucil nickte: „Ich habe ihm nicht gesagt, mit wem ich ihn betrogen habe, nur dass ich... ihn betrogen habe."

Nick schwieg eine Weile, dann stand er auf: „Ihr dürft beide die Stadt nicht verlassen! Ist das klar?"

Sie nickten kleinlaut.

Der Polizeibeamte reichte Lucil die Hand. „Ich hätte Sie gerne unter anderen Umständen kennengelernt! Noch mal mein Beileid zum Tod Ihrer Mutter! – Warum hast du nie von ihr erzählt?" fragte er seinen Bruder.

„Sie wollte es nicht... wegen ihrer Mutter..." murmelte der Doc betreten.

„Wehe, ich muss Mama und Papa sagen, dass du mordverdächtig bist! Ich sag es Stephan zuerst!"

Der Doc nickte nur.

An seinem Auto blieb Nick stehen. „Was sagst du dazu?"

Andrea sah ihn eine Weile an, bevor sie antwortete. Es war ein kühler Tag und sie hatte den Mantel eng um sich gezogen. Sie wirkte müde, hatte dunkle Schatten um die Augen. Gerne hätte er sie umarmt und ins Bett getragen, damit sie sich erholen konnte. Aber ebenso gerne würde er sich von ihr trösten lassen. Sie konnte das, ohne dass er sich wie ein Kind oder Weichling vorkam.

„Sie könnte Denis überfahren haben, weil er sie betrogen hat. Aber sie sagt ja, sie wusste nur von Lady Eleonore. Außerdem haben noch ungefähr tausend andere Frauen ein Motiv, wenn es Eifersucht war. Und dein Bruder könnte ihn überfahren haben, weil er ihm die Freundin ausgespannt hat, aber..."

„Meinst du, ich darf ihn in U-Haft stecken?" grinste Nick. Es wirkte nicht echt.

Andrea kicherte: „Möchtest du gerne?"

„Ja."

Andrea lachte: „Dann mach! Aber dann musst du den Fall abgeben."

Er zuckte mit den Schultern: „Dann übernimmt Marion und die hat da auch Spaß dran."

„Ist das nicht ‚Willkür'?"

„Wieso? Mordverdächtig ist er. Außerdem bin ich Treilert los, wenn ich befangen bin."

Andrea lachte auf und boxte ihn leicht in den Bauch: „Du kannst doch nicht deinen Bruder einsperren, nur weil du mit einer Verehrerin nicht klar kommst!?"

„Wieso nicht?"

Andrea schwieg perplex.

Nick kicherte: „Hast ja Recht! Aber so wäre ich zwei Sorgen los: Treilert und meinen mordverdächtigen Bruder. – Er hat Schluss gemacht und fährt sofort zu ihr, als er hört, dass ihre Mutter tot ist."

„Er liebt sie noch."

Der große Mann nickte: „Mmh. Bringt er deshalb auch den Mann um, der die Beziehung zerstört hat?"

Betreten sah Andrea zu dem Polizisten auf. „Welcher ist denn sein Wagen? Dann gucken wir uns das Reifenprofil an", schlug Andrea vor.

Nick seufzte. „Guck du", sagte er nach einer Weile. „Und sag es Anna oder Marion oder direkt Treilert, wenn es übereinstimmt."

Betroffen sah sie ihn an.

„Mach einfach", drängte er. „Der Toyota ist von ihm."

„Traust du ihm einen Mord zu?" fragte Andrea, nachdem sie das Bild auf Nicks Handydisplay mit den Reifen des Wagens verglichen hatte.

„Natürlich nicht!" fuhr Nick sie an. „Er ist mein Bruder!"

Andrea nickte und schwieg.

„Stimmt es überein?" fragte Nick.

Sie sah ihn unsicher an. „Du wolltest das doch nicht wissen?"

„Sag schon", brummte der Hüne.

Sie nickte: „Mmh, stimmt überein."

„Verdammte Scheiße!" Er schlug so heftig auf das Dach des Autos, dass der Alarm auslöste. Erschrocken zuckte Andrea zusammen. Nick kümmerte der Alarm nicht. Wütend und etwas orientierungslos blickte er über den Parkplatz.

Andrea legte ihre Hand auf seine Schulter: „Er war es bestimmt nicht!"

„Mmh", brummte er nur.

„Warum haben beide das gleiche Reifenprofil? Sie fährt einen Maserati, er einen Toyota."

„Sie hat keine besonderen Reifen auf dem Auto. Das sind noch die Winterreifen und die hat jeder, der gute Reifen kauft."

„Jeder? Dann hat jeder zweite solche Reifen?"

„Nee, zu teuer. Etwa jeder Zwanzigste in der Region. Aber nicht jeder Zwanzigste hat ein Motiv."

„Sag das nicht: Denis Kupfermark war scheinbar nicht wählerisch mit seinen Frauen."

Der Polizist nickte müde.

Er tat ihr leid. „Hey", sagte sie sanft und drückte seinen Arm. „Du kennst doch deinen Bruder! Traust du ihm das wirklich zu?"

Das Bedürfnis, sie in den Armen zu halten und sich trösten zu lassen, war größer denn je. Er gab ihm nach. „Nein. Aber ich muss es trotzdem melden... Eigentlich muss ich sie beide mitnehmen."

Andrea erwiderte seine Umarmung liebevoll tröstend: „Lass das Treilert oder einen anderen Kollegen machen. Niemand verlangt von dir, dass du deinen Bruder verhaftest." Sie spürte, dass ihr Freund nickte.

„Nick, was ist... Oh!" Der Doc und Lucil kamen, um den Grund für den Alarm herauszufinden. „Ist alles in Ordnung?" fragte der Doc. Er blickte zwischen Andrea und Nick hin und her, die ihre Umarmung lösten.

„Mach den Alarm aus", brummte Nick.

Der Doc gehorchte und sah seinen Bruder dann wieder fragend an.

„Das Reifenprofil passt zu dem am Tatort." Nicks Sprache war kaum verständlich. Andrea verstand ihn nur, weil sie wusste, was er sagte und sein Bruder verstand ihn, weil er selbst auf die gleiche Weise unverständlich murmelte, wenn ihn etwas sehr belastete.

Der Doc sah Nick fassungslos an. Langsam begann er den Kopf zu schütteln: „Ich war es nicht. Ich..."

„Weißt du, wie viele das sagen?" fragte Nick. Es klang müde aber trotzdem scharf.

Der Arzt stockte. Nach einer Weile fragte er: „Und jetzt?"

Nick schlug wieder auf den Wagen, diesmal aber nicht so feste. Er wandte sich von seinem Bruder und dessen Exfreundin ab. Andrea drückte seinen Arm.

„Haben Sie ein Alibi für die Tatzeit?" fragte sie in der Hoffnung, den Mordverdacht zu zerschlagen.

„Wann war das?"

„Donnerstag vor acht Tagen, halb acht Uhr morgens", antwortete Andrea, weil Nick schwieg.

Traurig schüttelte der Doc den Kopf: „An dem Tag hatte ich frei und hab lange geschlafen, alleine."

Lucil nickte: „Ich war auch alleine, habe Papierkram für Mama erledigt."

„Sch..." Andrea verschluckte den Rest des Wortes.

Dann schlug sie dem Doc und Lucil vor: „Wie wäre es, wenn Sie zur Wache fahren und Kommissarin Treilert oder einem der anderen Beamten alles erzählen? Sie sind beide mordverdächtig und es würde alles genau untersucht werden, aber Sie würden Nick nicht so in Bedrängnis bringen und... Sie sind sein Bruder", wandte sie sich drängend an den Doc. „Nicks Kollegen kennen Sie."

Nick hatte sich wieder der Gruppe zugewandt, schwieg aber.

„Ich fahre hin", sagte der Arzt. Er hatte kaum nachgedacht.

Lucil nickte, Tränen liefen ihr über die Wangen und sie griff nach der Hand des Docs: „Ja, ich auch", schluchzte sie. „Ich wollte das alles nicht! Ich wollte nicht, dass ihr euch streitet, weil ich so dumm und egoistisch war..."

Der Doc umarmte sie und versuchte, sie zu beruhigen.

Nick sah seinen Bruder an: „Versprich, dass du zur Wache fährst!"

Der Doc sah seinen jüngeren Bruder an: „Versprochen! – Ich war es nicht, Nick! Glaub mir! Als Bruder, nicht als Polizist."

Der Polizist nickte nur.

„Tut mir leid", murmelte der Doc erstickt.

„Klär das einfach", verlangte Nick. Er wandte sich zu Andrea um und küsste sie auf die Stirn: „Danke!"

Sie lächelte ihn an, konnte aber nichts sagen. Er ging mit langen Schritten zu seinem Wagen, bevor sie sich gefasst hatte.

„Sie sind ihm wirklich sehr wichtig", sagte der Doc zu Andrea.

„Ist er mir auch! Was macht er jetzt?"

Der Doc drückte ihre Schulter: „Machen Sie sich keine Sorgen um ihn. Er fährt sicher zu Jo und der passt gut auf ihn auf. Oder er..." Der Arzt brach ab.

„Was?" fragte Andrea nach.

David zuckt ertappt mit den Schultern: „Früher hat er sich schon mal von einer hübschen Frau ablenken lassen."

„Heute nicht mehr?" wunderte sie sich. Nick wurden immer noch viele kurze Affären nachgesagt.

„Nein, ich glaub nicht", murmelte der Doc. Sie sah ihn fragend an, aber er wich ihrem Blick aus und wandte sich Lucil zu.

Kapitel sieben

In ihrer Mittagspause fuhr Andrea nach Hause. Anna hatte Pfannkuchen gemacht und begrüßte sie fröhlich. Aber ihre Laune sank schnell, als sie Andreas Gesicht sah. „Was ist los?"

„Nicks Bruder David ist mordverdächtig."

„Ach du Sch...!" Sie besann sich auf ihre kleine Schwester und unterbrach sich selbst. „Wieso?"

„Er hatte eine Beziehung mit Lucil Willsfresh und sie hat ihn mit Denis Kupfermark betrogen. Sein Wagen hat das gleiche Reifenprofil wie das am Tatort."

Bestürzt sah Anna ihre Freundin an. „Und jetzt? Meldet..." Sie stockte.

Andrea erriet ihre Frage und antwortete: „Dr. Wilms und Lucil haben versprochen, selbst zur Wache zu fahren und Treilert alles zu erzählen."

„Und Nick?"

Andrea zuckte mit den Schultern: „Der ist verschwunden, als Dr. Wilms das versprochen hatte. Dr. Wilms meint, er wäre bestimmt zu Jo gefahren."

Anna nickte langsam: „Ich würde auch zu dir fahren. – Was sagt Lucil zu dem Ganzen?" fragte Anna, als Andrea schwieg.

„Die macht sich Vorwürfe. Weil sie Dr. Wilms betrogen hat, weil er jetzt mordverdächtig ist, weil Nick ihn hätte verhaften müssen und so weiter."

Anna beobachtete ihre Freundin: „Nimmst du ihr das übel?"

„Nein. Aber... Ich weiß auch nicht. Sie ging mir mit ihrer Jammerei auf die Nerven."

„Ihre Mutter ist gestorben", warf Anna erstaunt ein.

„Ja, aber Nick lebt noch und er hätte seinen eigenen Bruder verhaften müssen!" fuhr Andrea sie an.

Anna erschrak. Dann musste sie Grinsen: ihrer Freundin schien der Polizist doch wichtiger zu sein, als sie sich selbst gegenüber zugab.

„Du hättest ihn sehen sollen", murmelte Andrea. „Traurig, müde und irgendwie orientierungslos. Ich habe ihn noch nie so gesehen... Wie ginge es dir, wenn du Theresa verhaften müsstest?"

Anna nickte: „Ich würde meinen Dienst quittieren!" Theresa war ihre vier Jahre ältere Schwester. „Komm schon", forderte sie Andrea auf. „Das klärt sich alles! Ich bin sicher, Dr. Wilms war es nicht. Und Nick beruhigt sich auch wieder."

Andrea nickte nur.

„Ich muss noch mal mit Lieschen reden", überlegte Andrea beim Essen. „Vielleicht ist ihr gestern noch was aufgefallen. – Und Leuters wissen auch immer alles, was interessant ist."

Erst wollte Anna protestieren, doch dann unterdrückte sie den Impuls. Sie würde Andrea nicht davon abbringen können, den Seelenfrieden eines Menschen, den sie sehr mochte, wieder herzustellen. Anna würde Sophie zu Eva oder Andreas anderer Freundin in der Gemeinde, Hanne Giesberts, bringen. Sophie hatte schön mit Hannes Kindern gespielt, als sie sie vor einigen Tagen besucht hatten. Anna würde dann Andrea zu Lieschen und Leuters begleiten, um auf sie aufzupassen. Ihr graute vor beiden Begegnungen.

Andrea wollte erst zu Lieschen fahren, da die ‚weniger anstrengend' sei. Verheult machte die kleine, dünne, unscheinbare Frau auf. „Frau Jansen", heulte sie und fiel Andrea um den Hals. Die war etwas erstaunt, weil Lieschen sonst gerne auf körperlichen Kontakt verzichtete. „So traurig Sie auch sind? So ein Verlust! So ein Verlust. Sind... Oh!"

„Das ist meine Freundin Anna Rei", erklärte Andrea.

Lieschen schnappte sich Annas Hand: „Wie schön, Sie kennenzulernen, wie schön... Ach, kommen Sie doch, kommen Sie", lud Lieschen sie ins Haus. Sie hielt dabei Annas Hand fest und zog sie mit sich. Die sah Andrea vorwurfsvoll an. Andrea zuckte mit den Schultern und deutete an, dass Anna ja nicht hätte mitkommen müssen.

Lieschens kleine Wohnung war vollgestopft mit alten Möbeln und staubigen Teppichen. Kräuter, die in Bündeln von den Decken jedes Zimmers hingen, verströmten einen eigenartigen Geruch. Dunkle Gardinen ließen die Wohnung noch dunkler und etwas bedrohlich wirken. Lieschen bot ihnen Stühle an, von denen jeder wackelig und von Holzwürmern durchlöchert war. Vorsichtig setzten sich die Freundinnen, achteten aber darauf, sich selbst auffangen zu können, wenn die Stühle zusammenbrechen sollten. Lieschen stellte indes zwei dampfende Tassen vor Andrea und Anna. „Trinken Sie das, sehr gut das ist", erklärte sie begeistert. „Eine Mischung belebender, tröstender Kräuter das ist. Gespannt ich bin, Frau Jansen, ob erraten Sie es."

„Was erraten?"

„Welche Kräuter sind darin. Trinken Sie, wirklich sehr gut das ist."

Andrea musterte das nach gekochtem Heu riechende Gebräu widerwillig: „Ich habe heute schon so viel Kaffee getrunken, ich möchte lieber..."

„Hervorragend gegen Kaffee das ist!" rief Lieschen. „Wirklich: trinken Sie! So ungesund Kaffee ist! Bewundern ich Sie tu, weil immer noch so nett Sie sind, Kaffee mit den ‚Einfachen' zu trinken."

Anna warf ihrer Freundin einen schadenfrohen Blick zu.

„Du hast auch viel Kaffee getrunken, also musst du das Zeug auch trinken", zischte Andrea.

Anna tippte sich grinsend an die Stirn.

Sie erfuhren nicht viel Neues von Lieschen, zumindest nicht, was den Todesfall betraf. Aber Lieschen erklärte ihnen viel über Kräuter, Ausstrahlung von edlen und unedlen Steinen, Sternenkonstellationen und den Einfluss der Mondphasen auf alles Leben. Fragen nach Lady Willsfresh und Eleonore wich sie aus. Sie wollte nicht darüber reden.

Anna war heilfroh, als Andrea es aufgab, mehr von Lieschen erfahren wollen. Sie freute sich, als Andrea endlich erklärte, sie müssten Leuters noch besuchen. Diese Freude bereute Anna schnell.

„Kind! Ach, schön, dat du komms! Komm rein, komm rein! Ahh, dein liebe Freundin, komm rein! Wa wollten jrad Kaffe trinke. THEO!" schrie Frau Leuter und lief wieder ins Haus zurück.

Andrea seufzte.

„Noch können wir wieder gehen", flüsterte Anna.

Andrea nickte langsam, doch dann schüttelte sie den Kopf: „Und wenn die was wissen?"

Anna seufzte und folgte Andrea durch die kalten, dunklen, muffigen Räume. Es roch nach kaltem Rauch und feuchtem Stoff. „Lüften die hier nicht?" fragte Anna leise.

„Nein, dann geht doch die Wärme verloren."

„Welche Wärme?" knurrte Anna.

Andrea grinste: „Stell dich nicht so an: die leben seit Jahren so und sparen, wo sie können. Was die mit dem ganzen Gesparten tun, weiß ich aber nicht. Erschreck bei dem Kaffee nicht: die verbrauchen pro Tag nur drei Teelöffel Kaffeepulver."

Annas Blick war verwirrt: „So dünnen Kaffee trinken die? Das schmeckt doch nicht!?"

Andrea kicherte: „Morgens ist der Kaffee in Ordnung. Aber für den letzten Kaffee abends ist nichts mehr in den drei Teelöffeln Kaffee vom Morgen drin."

Erschrocken öffnete Anna den Mund. Aber vor Entsetzen fiel ihr nichts ein und sie schloss ihn wieder.

„Normalerweise vermeide ich es, nach elf Uhr herzukommen, weil der Kaffee dann nicht mehr schmeckt, aber heute geht es nicht anders."

Anna schluckte hart und hakte sich bei ihrer Freundin unter. „Sag mir noch mal, dass du ihn nicht liebst! Du tust verdammt viel für ihn! Du riskierst sogar deine Gesundheit und einen psychischen Schaden", knurrte Anna.

Andrea lachte wieder leise: „Ich liebe ihn auch! Er ist mein bester Freund. Ich bin nur nicht in ihn verliebt. Für dich würde ich das auch machen..."

„Und das macht mir Angst! Wenn mir was passiert muss ich mir ja noch zusätzlich um dich Sorgen machen!"

„Komm, komm!" rief Frau Leuter. Sie drängte sich zwischen die Freundinnen und schob sie in die Küche. Sie trug den dicken Wollmantel, den sie auch trug, wenn sie mit ihrem Mann mit dem Fahrrad durch die Stadt fuhr. ‚Was man anhat, muss man nicht heizen', hatte sie Andrea mal erklärt.

„Nee, is dat schön, dat ihr kommt", rief Frau Leuter begeistert. Sie drückte beide Frauen auf je einen Stuhl. Es waren alte Stühle, die etwas wackelten, aber sie machten einen stabilen Eindruck. Auf dem Esstisch lag ein fadenscheiniges Tuch in einem blassen Grauton. Früher war es wohl weiß gewesen.

Zittrig trug Herr Leuter Tassen und Besteck auf den Tisch. Als Anna ihm helfen wollte, hielt Andrea sie zurück: „Nicht! Dann wird er sauer, weil er meint, du denkst, er kann das nicht."

Anna verdrehte die Augen und sah zu, wie das klapperige Ehepaar langsam aber stetig und zittrig den Tisch deckten.

„Oh, Kind…" jammerte Frau Leuter. „Di Eerpele un di Look… Zwiebele, Look sind Zwiebele… Weißte, dat Wetter is so schlech un di Eerpele müsse doch jeflanz werde. Böhnsche un Erbs-che habe wir letzte Woch jesäht, abba di Eerpele… wir esse zich Eerpele, weiß-te?"

„Di Eisheilije sind noch nich vorbei, weiß-te?" ergänzte Herr Leuter sehr viel bedächtiger als seine Frau. Von Jo hatte Andrea etwas über die Eisheiligen gehört. Aber sie konnte sich nicht mehr genau daran erinnern. Herr Leuter erklärte umständlich, dass es die letzten Tage des Jahres waren, in denen es frieren konnte.

„Mitte Mai is dat", warf Frau Leuter ein, die für ihre Verhältnisse schon zu lange geschwiegen hatte.

„Also darf vor der ‚Kalten Sophie' keine frostempfindliche Pflanze gepflanzt werden?" fragte Andrea nach. Sie hatte so viel Milch in ihren ‚Kaffee' geschüttet, dass man den Kaffee nur noch erahnen konnte. Anna tat es ihr nach.

„Richtich, Kind! Janz richtich! Dat is..."

„Aber unsere gemeinsamen Freundinnen Lady Willsfresh und Lady Eleonore haben doch schon die Engelstrompeten und andere tropische Pflanzen draußen stehen?" unterbrach Andrea Frau Leuter.

Die zog ihre Stirn so in Falten, dass ihre ohnehin kleinen Augen noch kleiner wurden. Sie schüttelte den Kopf: „Nee, weiß-te, Kind, dat is nich unser Freundin... Dat Lädii Elli is eine liebe Freundin, eine janz liebe Frau."

Andrea bezweifelte stark, dass Lady Eleonore sich ‚Elli' nennen ließ.

„So schad, dat de liebe Denis von so eene Driitfimp überfahre worde is... Uutschmeke muss man dem, de Fahrer! Auspeitsche, jawoll!! Abba de Wilms, Nick findet dem joa nich. Un weiß-te, wi de sucht? Richtich Müh jibt de sisch... Abba dat ‚Willsfresh', dat is eine fiese Person. Nee, eine fiese Person! Isch war mit de auf der Schul..."

„In eine Klass", meldete sich Herr Leuter. Seine Frau sah ihn finster an und er verstummte wieder. „Isch war nich mit dem in eine Klass jewes!"

„Abba isch", erwiderte der kleine, dünne Mann.

„Joa, du schon. Un dat war eine janz schlimm Tuck, ne?"

„Joa, joa, war dat! Dat hat alle ,manipuliert', wi dat noidoitsch heißt."

Er sah Anna und Andrea stolz an, die ihm auch ein anerkennendes Nicken für seine ,Neudeutsch-Kenntnisse' schenkten.

„Ein fiese Furie war dat schon immer jewes", fauchte Frau Leuter. „Mein Freundin hat mal ein Haarband jefunde, so ein schön buntes. Un dat hat dat behalte. Dat lach joa auf de Straß. Abba dann hat dat Edna jesacht, dat war von der, un mein Freundin musste der dat wiederjebe un noch drei von der seine schönsten dabei. So war dat Edna schon immer: habjierisch un falsch! Dat is nich unser Freundin! Dat is ein fiese Härekentongk!... Furie! Furie verstehs-te, wa?" Angewidert sah Frau Leuter Andrea an.

„Dat kann dat Kind doch nich wisse, Leo", beruhigte Herr Leuter. „Abba nu habe wir dat joa jewarnt! Bis kein Freund von dat Edna."

Andrea nickte langsam. „Sie ist tot", erklärte sie, bevor Leuters wieder von Gemüse anfingen. Sie war auf deren Reaktion gespannt, Anna auch.

Erschrocken sahen beide Leuters sie an. Dann schlug Frau Leuter mit der offenen Hand auf den Tisch: „Verdient hat dat dat!"

Erschrocken sahen die jungen Frauen die Alte an.

„We war dat jewes?"

Noch erschrockener fragte Andrea: „Sie gehen von Mord aus?"

„Joa, sischer! Misch war immer klar jewes, dat so ein Härekentongk nich natürlisch kaputt jeht!"

Andrea schluckte und sagt langsam: „Die Polizei weiß noch nicht, wer es war."

„Wem hat dat denn zuletz jepiesakt?"

„Sie hat Bruno Velten die Pacht erhöht."

„Nee, de war dat nich", überlegte Frau Leuter. „De tut so wat nich. Wer denn?"

Andrea zuckte mit den Schultern.

„Janz sischer hat di wer bestraft!" triumphierte Frau Leuter.

„Sie hat sich mit Lady Eleonore gestritten und ihr gesagt, sie wäre keine echte Lady", fiel Andrea ein. „Das haben viele gehört."

Frau Leuter überlegte und schüttelte den Kopf, als sie ihren Mann den Kopf schütteln sah: „Enee, di liebe Lädii... Nee, dafür is dat doch viel zu fein. Doa lacht di nur drüber. Lädii Elli is nämlisch eine echte Lädii! So fein, so freundlisch, so hilfsbereit un nett", schwärmte Frau Leuter.

Andrea biss sich lieber auf die Zunge.

„Abba di ander Lädii, dat Jarnswitch... doa weiß isch nich... Weil, dat denkt immer nur an sisch. Dat teilt nich."

Herr Leuter nickte: „Doa ware mal Arbeiter jewes, auf der sein Land. Un di hatten doa so viel Kartoffelvlies über, doa habe wir mal janz nett jefracht. Wir wollte dene auch Wasser jebe. Di arm Leut: von Buljarije oder Unjarn oder so... dene muss man doch helfe... Nur so Zucker-Schpuus hat di jeizisch Lädii dene jejebe..." empört und fassungslos schüttelte Herr Leuter den Kopf.

‚Zucker-Brause' nannten Leuters Cola und Limonade. Andrea hatte im Schlichterbüro schon mit einigen Saisonarbeitern zu tun gehabt und sie wusste, dass diese Menschen genug Geld bekamen, um sich selbst versorgen und den Rest des Geldes mit nach Hause nehmen zu können. Diese ‚Zucker-Brause' hatten sie sich sehr wahrscheinlich selbst gekauft und das Angebot von Wasser hatte sie beleidigt.

„Dat habe di verbote jekricht von di Lädii", empörte sich Frau Leuter. „So viel Vlies hatten di über, abba niks wollten di uns jebe!"

„Di arm Leut. Jesacht habe di, dat di uns nich verstehn, damit di kein Ärjer kriejen, wenn di sare, dat di ‚Lädii' dat verbote hat."

Andrea unterdrückte ein Stöhnen. Anna gab ihr Zeichen, dass sie langsam gehen könnten: sie würden nichts mehr erfahren. Andrea nickte.

„Abba di war dat auch nich", schüttelte Frau Leuter den Kopf. „Di is so ,fein', dat di so wat nich tut..." Frau Leuter verzog ihr Gesicht angewidert.

Andrea beschloss, auf ihre Freundin zu hören und erklärte Leuters, dass sie gehen und Sophie abholen müssten. Als sie sah, wie Leuters Blick lauernd wurde, beschleunigte sie den Abschied. Sie wollte nicht schon wieder nach ihrer Beziehung zu Nick gefragt werden. Trotzdem riefen sie ihr nach: „Jrüß dem Nick von uns. Dem siehs du joa viel öfter. Un de is so ein netter Mann. De jute Mann: de macht disch schöne Kinder! – Un dat Frau-Kommissar... di mag de jar nich wirklisch! Doa is de nur nett zu, weil dat dem seine Ööver-düüvel... äh Chef is. De mag di nich! De will nur di Arbeit behalte un jeht darum nachts bei die... Bis mal nich traurisch, wenn de bei di is..."

Im Auto lachte Anna: „Hab ich das richtig verstanden: ,Nick macht dir schöne Kinder'?"

Andrea nickte seufzend: „Mmh, das erzählen die mir schon seit einem halben Jahr. Ich hab dir doch erzählt, dass die Nick Butterbrote gebracht haben und gesagt haben, die wären von mir."

Anna lachte: „Stimmt! Na, so kriegst du ihn bestimmt bald rum! Dann musst du ihm nur noch klar machen, dass er nicht mit Treilert ins Bett muss, weil sie seine Chefin ist."

Andrea warf ihrer Freundin einen amüsierten, aber finsteren Blick zu: „Erklärst du ihm das?"

„Ja, mach ich", kicherte Anna.

„Das ist bestimmt Nick", freute sich Andrea, als es an der Haustüre klingelte. „Der kommt immer, wenn er einen anstrengenden Tag hatte." Perplex starrte sie Armin an, als sie die Türe öffnete.

„Hallo, meine Liebe", säuselte er. Er drückte ihr einen Strauß Blumen in die Hände und nutzte ihre Überraschung, um an ihr vorbei in die Wohnung zu gelangen. „Freust du dich über meinen Besuch?" lächelte Armin, als Andrea ihm in die Küche gefolgt war.

Sie drückte Anna die Blumen in die Hand und nickte knapp: „Mmh."

„Ich wollte erst nicht kommen und warten, bis du dich meldest", strahlte Armin. „Aber dann hab ich gedacht: ,jede Frau liebt Aufmerksamkeit und ich kann sie ihr schenken'. Also bin ich hier: ich möchte, dass du dich wohl fühlst."

Andrea zwang sich, sich auf das garende Essen zu konzentrieren. Der Tag war anstrengend genug gewesen und es fiel ihr schwer, höflich zu bleiben. Anna hatte auch keine Lust, sich mit Armin zu beschäftigen. Schweigend suchte sie eine Vase und stellte die Blumen hinein, während Armin ununterbrochen redete.

Samira kam herein, gefolgt von ihrer neuen besten Freundin Sophie. Das Mädchen kletterte auf einen Stuhl und nahm dankbar das Stück Apfel, das Anna ihr anbot.

Samira sprang auf den Stuhl neben Sophie, machte es sich gemütlich und ließ Andrea wissen: „Der Backofenkater will dich heiraten."

Andrea warf ihr einen finsteren Blick zu. Samira schien zu grinsen: „Der macht sicher nicht so schöne Kinder wie Nicki."

Perplex legte Andrea die Gabel auf die Arbeitsplatte zurück, mit der sie gerade die Schnitzel hatte wenden wollen. Sie sah die Katze erstaunt an.

Armin bezog ihre Reaktion auf seine Geschichte und erklärte, es sei wahr, dass eine Frau in seiner Gemeinde ihn sehr verehrte, er sich aber für eine andere, viel liebreizendere interessiere.

Samira sprang vom Stuhl und strich Andrea um die Beine: ‚Die beknackten Alten haben Recht: mit Nicki wirst du schöne und intelligente Kinder haben. Aber die haben noch mehr Recht: die alte Heulkröte ist tot, weil sie sich gerächt hat.'

‚Woher weißt du das?' fragte Andrea in Gedanken. Manchmal las die Katze ihre Gedanken, wahrscheinlich nur, wenn sie Lust dazu hatte. Kröten mochte Samira nicht. Sie bezeichnete sie als schleimig, dumm und hinterhältig.

‚Hab ich gehört.'

Andrea sah sie ungeduldig an: ‚Weißt du noch mehr? Wie hat sie sich gerächt? An wem?'

‚Nein. Der undichte Sanft-Köter ist zum Essen gerollt, bevor er mehr erzählt hat.'

Andrea musste lachen: sie wusste sofort, welchen Hund Samira meinte. In der Nachbarschaft gab es eine sehr rundliche, sehr liebe und ununterbrochen sabbernde Bulldogge.

Anna und Armin sahen sie erstaunt an, aber Andrea ignorierte sie. Sie hob Samira auf den Arm und kraulte die überglückliche Katze. „Anna, guckst du eben nach dem Essen", bat sie ihre Freundin und setzte sich mit der Katze neben Sophie.

„Findest du das lustig, dass ich meine Frau ihr ganzen Leben lang verwöhnen will?" fragte Armin pikiert.

„Mao", erklärte Samira zwischen dem Schnurren, was Andrea – und auch Anna – als ‚ja' interpretierten. Sie versuchten, ein Lachen zu unterdrücken. Andrea war froh, dass es klingelte: „Komm, Sammy, wir machen Nick auf."

„Hallo", grüßte Nick leise. Er lächelte zwar, wirkte aber doch bedrückt. Samira schmiegte ihren Kopf in seine Hand und schnurrte noch seliger, als er sie kraulte.

„Hallo", lächelte Andrea zurück. „Geht es dir besser?"

„Mmh."

„War dein Bruder auf der Wache?"

„Mmh, Marion hat eben angerufen."

„Warst du nicht da?" Andrea war erstaunt.

„Nee, hab mir frei genommen. Hab Jana besucht, meine Patentochter, Stephans Tochter. Sie ist in einen Nagel getreten, als du im Krankenhaus lagst. Aber ihr geht's blendend: sie kommandiert ihre Eltern und Geschwister herum und genießt es."

Andrea lachte: „Dann hattest du einen schönen Tag, nach... nach heute Morgen?"

Der große Mann nickte nur.

„Komm rein", sagte Andrea und setzte Samira auf den Boden. „Das Essen müsste gleich fertig sein. Es gibt nur noch ein kleines Problem."

„Was für ein Problem?"

„Eins, das viel redet und furchtbar nervig ist", seufzte Andrea.

„Brrrrau!" bestätigte Samira.

„Armin?"

„Mmh."

Als Sophie Nick sah, sprang sie von ihrem Stuhl und rannte in seine Arme. Er hob sie hoch, begrüßte sie liebevoll und grüßte auch Anna und Armin.

„Brrruh", machte Samira.

Andrea lachte: „Du machst Sammy eifersüchtig, Nick."

Der Polizist lachte: „Ist doch nur, solange sie hier ist", erklärte er der Katze. Die schien zufrieden und widmete sich dem Futter, das Andrea ihr gab.

„Machst du das immer so? Aus den Augen, aus dem Sinn – auf zur Nächsten?" stichelte Anna.

Nick grinste: „Muss ich. Muss doch allen gerecht werden."

Anna lachte. Sie legte ihm den Arm um die Schultern, als er saß: „Geht's dir besser? Andrea hat mir von heute Morgen erzählt."

Er nickte: „Mmh, geht schon."

„Wenn ich dir helfen kann..."

Er lächelte zu ihr auf: „Danke. Aber was willst du machen?"

„Ich kann die Protokolle der Gespräche einsehen. Du nicht. Du bist abgezogen."

Nick zuckte mit den Schultern. „Ich weiß nicht, ob ich das will. – Und du kannst doch auch nicht einfach so fremde Fälle einsehen."

„Ich *darf* nicht. Ich *kann* schon", erklärte Anna leise. „An alles, was im Netz steht, komme ich ohne Probleme ran und ohne, dass es irgendwer merkt. Für alles andere hab ich einen BKA-Ausweis. Aber dann kommen Fragen – aber ich kann fast alles erklären. Sag einfach, wenn ich irgendwas für dich tun kann."

Der Polizeioberkommissar nickte.

„Hast du dir die Hände gewaschen, Sophie?" fragte Anna ihre Schwester, als Armin sich mit an den Tisch setzte.

„Nei."

„Dann mach das mal schnell, gut mit Seife! Du hast Nicks Hemd schon ganz dreckig gemacht, guck." Sie deutete auf einige bunte Flecken auf Nicks weißem Hemd: „Hast du Filzstift an den Händen?"

Betroffen betrachtete Sophie die Flecken, dann strahlte sie. „Dea hat Wäschemaschine. Ausziehen", kommandierte sie. Sie versuchte einen Knopf an Nicks Hemd zu öffnen.

Der lachte und nahm sanft ihre Hände: „Nein, lass, ist schon gut. Ich wasch das Zuhause. Geh mal Hände waschen."

Anna grinste ihn an, als Sophie ins Badezimmer rannte: „Dass so junge Mädchen dir schon an die Wäsche wollen..."

Nick lachte auf.

Anna deckte den Tisch. „Du sitzt auf Sophies Platz", erklärte sie. „Sie ist da etwas eigen. Obwohl *du* da wahrscheinlich sitzen bleiben darfst."

Nick lächelte: „Nein, schon gut. Wo ist denn frei?"

„Alle anderen sind frei. Wenn du neben ihr sitzen bleibst, musst du ihr nur ein bisschen mit schneiden und so helfen."

Der große Mann nickte und entschied sich für den Platz neben Sophie.

Als der Tisch fertig gedeckt und das Essen auf dem Tisch stand, seufzte Andrea. Armin saß Sophie gegenüber, Anna und sie standen noch.

„Das duftet ganz köstlich", schwärmte Armin.

Andrea seufzte wieder. Warum fiel dem Mann nicht auf, dass der Tisch nur für vier Leute gedeckt war? „Armin, ich..."

„Komm, setz dich", strahlte er sie an. „Du hast so lecker gekocht, da sollten wir das nicht kalt werden lassen."

Andrea war müde und der Tag war anstrengend und frustrierend gewesen. Die Ignoranz des eingebildeten Mannes ärgerte sie daher mehr als sonst.

„Komm schon!" forderte er erneut und klopfte einladend auf den Stuhl neben ihm.

„Mann!" schimpfte Andrea. „Glaubst du wirklich, du kannst hier jeden zweiten Tag auftauchen und ich stelle dir Essen vor die Nase? Ich bin doch kein Selbstbedienungsladen! Und wir sind auch nicht verheiratet! Und selbst dann bekommst du nicht jeden Abend warmes Essen, nur weil wir verheiratet sind! Oder du irgendwelche Blumen mitbringst! Herrgott!"

„Aber, meine Liebe..." stammelte Armin.

Andrea wurde noch wütender: „Ich bin nicht ‚deine Liebe'! Ich sag dir was: so darfst du mich erst nennen, wenn du mir in sechzig Jahren Ehe jedes Jahr meinen Urlaubswunsch erfüllt hast, ich drei liebenswerte Kinder habe und du immer noch genug Geld mit nach Hause bringst, das ich mir jeden Wunsch erfüllen kann! Mit anderen Worten: nie! Raus jetzt! Ich habe nicht für dich mitgekocht! Und ich hasse es, wenn man sich selbst einlädt!"

Armin ging. Er verabschiedete sich nicht mal.

„Tschuldigung", murmelte Andrea mit schlechtem Gewissen.

„Quatsch!" widersprach Anna mit Leidenschaft. „Den wärst du sonst nie wieder los geworden."

„Stimmt", bestätigte Nick und stand auf.

Andrea sah ihn erstaunt an: „Was ist los?"

Er lächelte etwas schief: „Von meinem Gehalt kann ich dir nicht jedes Jahr einen Urlaub bezahlen und eingeladen hast du mich auch nicht…"

„Was?? Nein!! Setz dich! Natürlich bist du eingeladen! Das hab ich doch nur… Das war doch nur, damit Armin nicht dauernd herkommt. Du darfst immer kommen. – Jetzt setz dich wieder", maulte Andrea, als Nick stehen blieb. „Ich hab erwartet, dass du kommst! Oder meinst du, sonst hätte ich vier Schnitzel gemacht?"

„Oder ich hätte für vier gedeckt?" warf Anna ein.

„Danke", lächelte Nick.

„Blödmann", knurrte Andrea. „Als wenn ich dich rauswerfen würde."

Anna grinste: „Seit heute weiß ich, dass sie dich wirklich mag: wir haben uns den ganzen Nachmittag mit den seltsamsten Gestalten der Gemeinde rumgeschlagen, um deinen Bruder zu entlasten."

Nick sah beide Frauen erstaunt an. Anna erklärte: „Leuters meinen übrigens, dass du nicht mit Treilert ..., nur weil sie deine Chefin ist und du den Job behalten willst."

Sprachlos sah der Hüne sie an, woran sie viel Spaß hatte. „Habt ihr was erfahren?" fragte er schließlich.

„Nein", murmelte Andrea. „Nichts. Aber morgen ist wieder eine Gartenparty bei Lady Eleonore. Vielleicht... Doch, Nick: ich geh dahin und ich frage, was da passiert ist! Ich will nicht, dass dein Bruder unschuldig im Gefängnis landet! Und davon hältst du mich nicht ab!"

Anna zuckte mit den Schultern, als sie Nicks um Unterstützung bittenden Blick sah. „Ich habe mir heute dieses ‚Lieschen' zwei Stunden lang angetan und danach zwei Stunden Leuters", erklärte sie. „Wenn du sie davon abbringen kannst, deinen Seelenfrieden wiederherzustellen, indem sie deinen Bruder entlastet, bitte! Ich weiß nicht, wie."

Nick schwieg. „Ich komme mit!" brummte er nach einer Weile.

„Nein, deine Oma..."

„Mir egal!" knurrte er. „Ich lass nicht zu, dass du noch mal vergiftet wirst!"

Die Sonne schien von einem wolkenlosen Himmel, als Andrea am nächsten Tag nachmittags zur Wache fuhr. Sie genoss die bereits wärmenden Strahlen.

Marion pfiff durch die Zähne, als sie Andrea sah: „Was hast du denn vor?" rief die kleine Beamtin vergnügt. „Musst du den Führerschein abgeben und willst den Kollegen bezirzen? – Das klappt nicht: ich bin dafür zuständig."

Andrea lachte. Sie trug ein knöchellanges, rotes Kleid mit Stickereien auf dem Oberteil. Es war ihr Lieblingskleid. „Ich bin zu einer Gartenparty eingeladen und Nick wollte mitkommen. Ist er da?"

Marion machte große Augen: „Ihr geht zusammen auf eine Party? Mitten in seiner Dienstzeit? Das muss aber einen verdammt guten Grund haben, dass ich ihm das erlaube."

Andrea sah ihre Freundin mit mehreren Augenaufschlägen an: „Für mich, ja? Sonst darf ich da nicht hin."

Marion grinste: „Kein guter Grund! Wenn du da nicht hin darfst, hat das einen guten Grund!"

Andrea lachte: „Ist er da?"

„Mmh, in seinem Büro. Guck, dass du Waltraut nicht begegnest. Die kratzt dir die Augen aus, wenn sie dich so mit ihm sieht."

„Mmh, Treilert auch."

„Brauchst du Personenschutz?"

„Ja, bitte."

Marion zuckt mit den Schultern: „Ich hab hier leider zu tun."

Lachend verabschiedete Andrea sich von der Beamtin. Sie klopfte an Nicks Bürotür und trat ein.

Erstaunt sah Treilert sie an.

„So spät schon?" brummte Nick und sah auf die Uhr. Treilert saß auf seinem Schreibtisch. Sie hatten sich wohl Fotos von Denis Kupfermarks Leiche angesehen. „Ich ziehe mich eben um", erklärte Nick. Er trug noch Uniform. Bevor er an Andrea vorbei aus dem Zimmer ging, lächelte er sie an: „Du siehst toll aus!"

Als er das Büro verlassen hatte, gefror die Luft. „Guten Tag, Frau Jansen", knurrte die LKA-Beamtin.

„Hallo", erwiderte Andrea. Sie wollte keinen Streit, da der gestrige Tag sie noch belastete. Außerdem rechnete sie damit, dass Nicks Oma es ihr sehr übel nehmen würde, wenn sie zuließ, dass Lady Eleonore Nick kennenlernte. Daher erklärte sie: „Ich bin auf eine Gartenparty bei Lady Eleonore eingeladen und Nick möchte mitkommen, um sich unauffällig ein Bild von der Gesellschaft zu machen, aus der Kupfermark und Lady Willsfresh kommen. Es ist – wenn Sie so wollen – nur ein dienstliches Treffen."

„In dem Kleid?" höhnte die steife Frau.

„Es ist die Gartenparty einer reichen Frau. Ich würde auch gerne etwas Wärmeres tragen. Aber

Lady Eleonore ist da sehr eigen und je weniger wir auffallen, desto besser."

Treilert musterte Andrea noch eine Weile, dann lächelte sie unerwartet: „Ich hätte eine Jacke, die zu Ihrem Kleid passt. Die kann ich Ihnen leihen?"

Verwirrt nickte Andrea.

„Er mag Sie, wissen Sie das?" Andrea nickte wieder. Sie gehorchte Treilerts Aufforderung und folgte ihr in ihr Büro. „Seine Freunde sind auch meine Freunde. Er hat einen guten Instinkt für Freunde."

Andrea stöhnte innerlich: sie wollte nicht Treilerts Freundin sein.

„Was macht ihr denn hier?" fragte Nick von der Türe aus.

Treilert hielt Andrea eine schwarze, paillettenbesetzte Jacke hin, die sie brav anzog. „Ihr war kalt, da habe ich ihr meine Jacke angeboten. Die steht ihr doch gut, oder?"

Der Polizist nickte pflichtbewusst. Er war der Meinung einen eher gequälten Ausdruck in Andreas Gesicht zu sehen. Aber sie lächelte, als sie ihn sah: „Du siehst verdammt gut aus, Herr Polizeioberkommissar! Wieso kannst du eigentlich Uniform, zerschlissene Jeans und alte T-Shirts und Anzüge tragen und siehst immer gut aus?"

Nick lachte amüsiert und zuckte mit den Schultern: „Vielleicht, weil ich von Natur aus gut aussehe?"

Andrea lachte: „Und dabei auch kein bisschen eingebildet... Wir müssen los, wir sind schon ziemlich spät."

„Was war das eben mit Treilert?" fragte Nick im Auto.

„Deine Freunde sind auch ihre Freunde, also bin ich ihre Freundin", erklärte Andrea unzufrieden.

Nick versuchte, ein Lachen zu unterdrücken: „Tut mir leid! Soll ich ihr sagen, dass wir keine Freunde sind?"

„Das ist noch schlimmer: dann wird sie eifersüchtig. Ist dir das nicht zu anstrengend?"

„Doch! Aber was soll ich machen? Ich habe ihr gesagt, dass ich mich niemals privat mit ihr treffen werde und niemals eine Beziehung mit einer Kollegin anfangen werde. Das ist doch deutlich, oder?"

„Hast du das genauso gesagt?"

„Mmh, ganz genau so."

Andrea zuckte mit den Schultern: „Dann weiß ich auch nicht..."

„Deine Oma wird sauer sein, wenn sie dich hier sieht", murmelte Andrea, als Nick den Motor abstellte.

Er musterte sie von der Seite. Treilerts Jacke hatte sie wieder ausgezogen. „Ist das wichtig, ob Oma sauer ist?"

Sie zuckte mit den Schultern und schwieg.

„Komm schon", Nick stieß sie freundschaftlich an. „Oma muss damit leben, dass ich nicht mehr auf sie höre."

Andrea kicherte, sah aber immer noch besorgt aus. Sie hakte sich bei ihm unter, als sie mit ihren schmalen Absätzen über die Kieseinfahrt laufen musste.

„Wer ist denn diese Lady Eleonore?" fragte Nick, als sie an einem der Tische auf der Terrasse saßen.

Andrea hatte zielstrebig einen ausgewählt, der in der Nähe eines Heizstrahlers stand und ihr die Möglichkeit gab, den blühenden Garten zu bestaunen. Ein Diener hatte sie empfangen und auf die Terrasse geführt. „Ich sehe sie nicht. Normalerweise begrüßt sie die wichtigen Gäste selbst. Aber es schwankt immer, wer wichtig ist."

„Da ist Oma... und Herr Friedrichs?" wunderte sich Nick.

„Mmh. Herr Friedrichs ist der Vorsitzende von diesem Garten-Wettbewerb-Komitee. Die Frau in beige ist Lady... nein, Lili Jarnswitch, die Freundin deiner Oma. Die ist in Ordnung und ganz bodenständig."

„Aber keine ‚Lady'?"

„Nein, nur Lady Willsfresh war eine echte Lady, durch Heirat. Lady Eleonore und Lili Jarnswitch werden von den Leuten hier nur so genannt, weil sie englische Offiziere geheiratet haben. Frau Jarnswitch hat mir das erzählt. Aber Lady Eleonore wird wohl fuchsteufelswild, wenn man sie nicht mit ‚Lady' anspricht. – Lieschen hat erzählt, dass Willsfresh und Lady Eleonore sich schlimm gestritten haben an dem Abend, bevor Lady Willsfresh gestorben ist. Willsfresh soll auch vor allen Gästen gesagt haben, dass Lady Eleonore keine richtige Lady ist."

„Denkst du, sie hat sie deshalb umgebracht?"

„Keine Ahnung. Kann ich mir nicht vorstellen, aber die Schreckschraube ist sehr... speziell! Und unberechenbar! – Wisst ihr eigentlich irgendwas über den Tod von Kupfermark oder Willsfresh?"

Nick schüttelte den Kopf: „Bei Kupfermark kommen wir nicht weiter: niemand hat was gesehen, das Reifenprofil reicht nicht aus und Motive gibt es jede Menge. Und Willsfresh... So wie ihre Tochter sagt, wird sie sich ja selbst vergiftet haben. Pia sagt, das ist bei Engelstrompete hochwahrscheinlich. Sie wundert sich sowieso, dass das nicht schon früher passiert ist."

„Hast du noch Zugang zu den Fällen?"

Er schüttelte den Kopf: „Nein, eigentlich nicht. Ich hab Marion mit der Zusammenarbeit mit dem LKA beauftragt. Aber Treilert will das nicht einsehen."

„Dann kennst du die Aussagen von deinem Bruder und Lucil?"

„Nein. Ich hab mich geweigert, die zu lesen, als Treilert mir die gegeben hat. Er ist mein Bruder! Ich will nichts mit... damit zu tun haben, wenn..."

„Denkst du denn, dass er..."

„Nein. Trotzdem."

„Nick? Was machst du denn hier?" rief seine Oma erstaunt.

Er umarmte und küsste sie: „Hallo Oma. Bin mit Andrea hier."

Lisa warf Andrea einen bösen und vorwurfsvollen Blick zu. Sie bot ihr nicht die Hand zum Gruß: „Ich habe Ihnen doch gesagt, weshalb er nicht..."

„Oma", mahnte Nick. „Ich habe sie gezwungen, mich mitzunehmen."

Lisas Blick wurde nicht freundlicher, aber ihre Freundin lenkte sie ab: „Nick? Hallo, Lili Jarnswitch. Bisher kannte ich nur die Fotos, die Ihre Oma von Ihnen hat. Es freut mich sehr, Sie kennenzulernen." Sie gab ihm die Hand und begrüßte dann auch Andrea freundlich. Die Frauen setzten sich zu Nick und Andrea an den Tisch.

„Und warum hast du sie gezwungen, dich mitzunehmen? Weil ich es verboten habe?"

Nick lachte. Er drückte seine Oma liebevoll an sich: „Für so pubertär hältst du mich? Nein."

Da Nicks Oma immer noch ungläubig und vorwurfsvoll guckte, erklärte Andrea: „Ich hab gestern gesagt, dass ich rausfinden will, ob irgendwer was über Denis' Tod weiß und Nick hat Angst, dass mir dann jemand was tut, also ist er als ‚Bodyguard' mitgekommen."

„Warum interessiert Sie der Tod dieses Jungen so?" fragte Lady Jarnswitch.

Andrea sah Nick zögernd an, also sagte er: „Das ist... Das dürfen Sie auf keinen Fall weiterzählen, das muss unter uns bleiben! Kann ich mich darauf verlassen?"

„Natürlich!" erklärten Lili Jarnswitch und Lisa gleichzeitig.

„Du kannst ihr vertrauen", bekräftigte Lisa.

Der Polizist nickte: „Gut." Er legte einen Arm um die Schultern seiner Oma: „Du wirst das nicht gerne hören", warnte er. Sie sah ihn verwirrt an, dann nickte sie. „Der Doc... steht unter Mordverdacht."

„Was??! Nein!!? Gütiger Gott! Wieso?"

Im Reflex nahm Andrea die Hand der alten Frau, die mit einem Male zerbrechlich wirkte.

„Wer ist das?" fragte Jarnswitch.

„Mein Bruder", erklärte Nick. „Er hatte eine Beziehung mit Lucil Willsfresh. Sie hat ihn mit Denis Kupfermark betrogen. Er hat es beendet, als..."

Lili Jarnswitch schnappte nach Luft und unterbrach Nick: „Der kleine Siegfried hatte eine Affäre mit Lucil? Heilige Scheiße! Da werden aber zwei Drachen Feuer, Gift und Galle gespuckt haben, wenn die das rausgefunden haben!"

„Denken Sie, die haben es rausgefunden?" fragte Andrea.

Die elegante Frau überlegte: „Eleonore... Nein, die wusste das nicht. Die hätte ihn am Leben gelassen, aber angekettet. Und Lucil hätte sie wahrscheinlich umgebracht und am Donnerstag nicht so begeistert empfangen. Edna... Hmm. Kann sein. Aber nein, auch nicht: sonst hätte sie das Eleonore gestern auch noch an den Kopf geworfen. Nein, ich denke nicht, dass eine von beiden davon wusste. Lucil ist ein kluges Mädchen: die weiß, was sie besser nicht erzählt."

„Trauen Sie ihr zu, Denis überfahren zu haben? Weil sie betrogen wurde?"

Lili Jarnswitch zog wieder an ihrem Ohrläppchen, wie sie es immer tat, wenn sie nachdachte. Die wertvollen Kreolen hatte sie vorher abgenommen und auf den Tisch gelegt. „Lucil ist ein liebes, kluges Mädchen, etwas verwirrt manchmal, weil sie gezwungen war, die Rolle mit ihrer Mutter zu tauschen. Sie ist sehr stark, manchmal aber auch sehr zerbrechlich. Aber Mord... oder nur Körperverletzung und Fahrerflucht... Nein, das traue ich ihr nicht zu. Allerdings sieht man Menschen immer nur vor die Stirn: eine Affäre mit Kupfermark hätte ich ihr auch nicht zugetraut."

„Das erklärt alles nicht, warum du unbedingt herkommen musstest", wandte Lisa ein und sah Nick an.

Der seufzte: „Oma, ich kann wirklich auf mich aufpassen! Und wenn Andrea meint, sie müsste den Doc entlasten, sehe ich nicht zu, wie sie sich noch mal vergiften lässt, weil sie zu viele Fragen stellt."

Irritiert sah Lisa von Nick zu Andrea: „Sie wollen..." sie brach ab.

„Ich... Nick war so unglücklich gestern, als er rausgefunden hat, dass sein Bruder vielleicht... Er ist mein Freund: ich... ich kann ihn doch nicht im Stich lassen", murmelte Andrea.

Lili Jarnswitch lachte auf. Kichernd forderte sie: „Na komm, Lissi: wenn die zwei so gut aufeinander aufpassen, brauchen wir uns keine Sorgen zu machen. Außerdem ist der Drache heute in Trauerkluft. Es hat ja ziemlich lange gedauert, bis sie es akzeptiert hat." Mit einem Kopfnicken wies sie auf die heranrauschende Lady Eleonore, in einem teuren, samtenen, schwarzen Kleid und einem ausladenden Hut aus gestärkter Spitze und schwarzen Federn.

„Mit dem Hut erinnert sie mich immer an eine bestimmte Sorte Rabenvögel", murmelte Lili Jarnswitch.

„Krähen, vermutlich", meinte Lisa.

„Aaskrähe, um genau zu sein", grinste Jarnswitch.

„Oh my dear friends", begrüßte Lady Eleonore sie gewohnt überschwänglich. Sie umarmte Lisa und Lili und gab Andrea die Hand und ein Küsschen auf die Wange. „My dear friends! So nice, dass ihr noch da seid! So viele verlassen mich in letzter Zeit... Oh, who is that?" Gierig musterte sie Nick.

Der wollte gerade aufstehen und sich vorstellen, als Lisa ihn wieder auf den Stuhl drückte: „Das ist Nick, mein..."

„Oh! I didn't know, dear Lissi?" Mit einem anzüglichen Lächeln streichelte sie Nicks Wange.

„Nein!" Lisa wurde rot: „Er ist nicht mein…"

„Liebe Eleonore, du wolltest meinen Freund doch kennenlernen: das ist er! Nick, das ist Lady Eleonore, meine liebe Freundin, von der ich sooft erzähle", unterbrach Lili Nicks Oma. Sie warf beiden warnende Blicke zu, so dass sie nicht widersprachen.

„Oh! Ach so ist das. A wonderful boy, dear Lili, a really wonderful boy." Sie ließ ihre Hand auf Nicks Brust liegen. Etwas überrascht wich Nick zurück.

Lili lächelte Eleonore süßlich an: „Ach, meine Liebe, wie Recht du hast! Er ist wirklich ganz wundervoll! Ich mag ihn gar nicht teilen!"

Das warnende Blitzen in Lili Jarnswitchs Augen nahm sogar Eleonore wahr. Sie nahm ihre Hand von Nicks Brust.

„Oh, may I have a seat bei euch? It is so nice to see friends like you. You are really lovely friends und nicht so stupid Gänse, die sich an meinen schönen Sachen vergreifen, weil sie neidisch sind und sich rächen wollen… Ich habe etwas Pause, weil gerade keine Gäste kommen, die ich begrüßen muss."

Eine Weile unterhielten sie sich mit der exzentrischen Frau, wobei es für jeden von ihnen anstrengend war, ihr zu folgen, ihre Absichten rechtzeitig zu erkennen und ihr Englisch-Deutsch-Gemisch zu verstehen. Lili Jarnswitch bewerkstelligte es am besten und wies die extravagante Gastgeberin einige Male in ihre Schranken.

„Oh, you are such ein kluger Junge, Nick! Wirklich: sehr klug! Hach, das ist so selten bei so gutaussehenden Männern..." schwärmte sie. Dabei legte sie erneut ihre Hand auf Nicks Arm und strich mit der anderen über seinen Hals.

Andrea sah ihn entschuldigend und mit schlechtem Gewissen an. Sie hätte ihn wirklich nicht mitnehmen sollen. Nick ertrug die Bewunderung stillschweigend. Es war ihm mehr als unangenehm, das sah Andrea ihm an.

„Eleonore!" sagte Lili Jarnswitch dieses Mal scharf. „Er ist mein Freund! Ich geb ihn nicht her! Und wenn du nicht sofort die Finger von ihm lässt, kannst du was erleben!"

Aufs Äußerste pikiert sah Lady Eleonore sie an, sie nahm ihre Hände von Nick und schien sich ihrer Gastgeberpflichten zu besinnen: „Oh dear! Ihr habt ja gar nichts zu trinken! Was möchtet ihr? Ich kümmere mich selbst darum."

„Schrapnell!" knurrte Lili Jarnswitch, als Eleonore davon eilte.

„Was ist denn mit der los? Seit wann kümmert die sich selbst um Getränke?" wunderte sich Lisa.

Lili zuckte mit den Schultern: „Hat sie gestern auch schon."

Nick atmete auf: „Danke, Frau Jarnswitch, für Ihre... – Keine Ahnung..."

Lili lachte: „Kein Problem. Ich hatte nur nicht erwartet, dass es so anstrengend werden würde. Die ist ja richtig heiß auf Sie."

„Ich hätte dich nicht mitnehmen sollen", jammerte Andrea. „Es tut mir leid! Ich hätte auf Sie hören sollen, Lisa!"

„Ich bin ein selbstständiger Mensch, der eigenständig Entscheidungen treffen kann!" sagte Nick. „Es war völlig egal, ob ihr damit einverstanden seid oder nicht: ich wäre auf jeden Fall jetzt hier!"

Mit einem Tablett und den gewünschten Getränken kam Lady Eleonore wieder. Vorsichtig und etwas unbeholfen stellte sie die Getränke auf den Tisch: Kakao für Andrea, Kaffee für Nick und Lisa, Champagner für Lili Jarnswitch und sie selbst.

‚Sie will Nick und tut dafür alles', erschien Samiras Stimme in Andreas Kopf. Verwirrt dachte sie darüber nach, während sie die Tasse zum Mund hob.

‚NEIIIIN!' schrie Samira so deutlich, dass Andrea die Tasse erschrocken wieder sinken ließ. „Stopp!" rief sie im gleichen Moment aus Reflex.

Die vier anderen sahen sie überrascht an. „Nicht trinken", murmelte Andrea.

„Warum?" wunderte sich Lisa. Das wusste Andrea noch nicht so genau. Sie stand auf und ging ein paar Schritte.

Nick folgte ihr: „Was ist los?" Er berührte sie am Arm und erschrak: „Du bist ja eiskalt!" Er legte ihr sein Sakko um die Schultern und umarmte sie zusätzlich.

„Irgendwas stimmt nicht", murmelte sie. „Sammy will nicht, dass ich den Kakao trinke." Sie kuschelte sich tiefer in seine Arme.

Nick wusste, dass Andrea manchmal Eingebungen hatte, die sie der Katze zuschrieb. „Warum?"

„Weiß ich nicht."

‚Die Hübsche auch nicht!' erschien in Andreas Kopf. Sie drehte sich um und sah Lady Jarnswitch von ihrem Champagner nippen.

„Nein!" rief Andrea, aber die Freundin von Nicks Oma setzte das Glas schon wieder ab.

„Oh, my dear! You are völlig confused! Oh, I see: der Kakao… oh, I'm so sorry! The milk ist schlecht! Oh my dear! I run for a better…"

„‚Der Engel Posaunen riefen sie'", murmelte Andrea. Lisa und Lili sahen sie verwundert an.

„Das hat Lieschen gesagt, als sie mir von Willsfreshs Tod erzählt hat."

Lili Jarnswitch schüttelte den Kopf: „Lieschen nennt die Engelstrompete so, also ‚Posaunen der Engel', aber Edna hat bei mir nichts davon getrunken. Die Hexe bringt sich ihren Engelstrompetensud immer mit, Edna nicht. Sie hat akzeptiert, dass ich das Zeug bei mir nicht haben will."

„Die hat das vorher oder nachher getrunken", ergänzte Lisa.

„Wer nimmt eigentlich die Auszeichnung für den schönsten Garten entgegen, wenn Lady Willsfreshs Garten gewinnen sollte?" fragte Andrea. Sie hatte ihren Freunden verboten, von den Getränken zu trinken, ihnen aber nicht erklären können, warum.

„Niemand", sagte Lisa bedauernd. „Eine Person ist für den Garten verantwortlich und wenn die aus irgendeinem Grund nicht kann, gewinnt der eigentlich Zweitplatzierte."

Andrea nickte als hätte sie das erwartet.

„Look, my sweet, that chocolate is better: I tasted it myself."

Andrea hatte schweigend auf Eleonores Rückkehr gewartet. Sie hatte Nicks Sakko enger um sich gezogen und nicht auf Lisas und Lilis Beteuerungen, ihre Vergiftung sei ein dummer Zufall und auf keinen Fall Absicht gewesen, reagiert.

„Trink, meine Liebe", flötete Lady Eleonore.

„Danke!" Andrea lächelte sie dankbar strahlend an. Sie trank einen großen Schluck aus der Tasse: „Sehr lecker!" lobte sie. „Vielen Dank, Lady Eleonore."

„Drink, my dear: da ist ja kaum weniger in the cup! Drink! You'll get wärmer!"

Andrea nickte freundlich lächelnd. Die Tasse konnte nicht leerer sein: sie hatte den Kakao wieder hineingespuckt.

„Sagen Sie, Lady Eleonore: haben Sie Lady Willsfresh gestern von Ihrem Engelstrompetensud etwas abgegeben?"

„Sure, my dear! She asked for that", versicherte die extravagante Lady. Sie hatte ihre Fingernägel in der Farbe ihres Lippenstifts lackiert. Andrea sah Lili Jarnswitch ungläubig den Kopf schütteln, reagierte aber nicht darauf.

„Sie haben ihr extra viel gegeben, richtig?"

„Yes, I did. I..."

„Weil Sie sie umbringen wollten, richtig?"

Erschrocken schnappten Lili und Lisa nach Luft. Auch Nick wirkte perplex.

Lady Eleonore dagegen sah sie herablassend und zufrieden an: „Oh, sure, my dear! Of course I killed this *empörtinend* goose!"

Andreas Freunden stockte der Atem.

„Weil sie sich an Ihren ‚schönen Sachen', also Denis Kupfermark vergriffen hat?"

„Richtig. Die blöde Gans. Sie sind schlauer als Sie aussehen..."

Andrea nickte ruhig: „Ruf Marion oder Treilert, Nick. Oder kannst du sie festnehmen?"

„Hmm, mach ich", murmelte Nick etwas überfordert und stand auf.

„Das kannst du nicht beweisen, du dummes Gör!" schnaubte Eleonore verächtlich und zum ersten Mal in unverstelltem Deutsch. „Und was ich gerade gesagt habe hat keine Relevanz: ich stehe unter Drogen."

Andrea nickte: „Ich weiß. Du hast ein paar Tropfen von der Engelstrompete in deinem Sekt, wie immer und wir haben eine tödliche Dosis, richtig?"

„Ich habe dir das ‚du' nicht angeboten, du..."

„Ich dir auch nicht!" erwiderte Andrea scharf. Weicher fragte sie: „Wie bist du eigentlich darauf gekommen, dass Lady Willsfresh Denis Kupfermark umgebracht hat?"

„Das einfältige Huhn!" schnaubte die exzentrische Frau. „So dämlich muss man erst mal sein, mir meinen Cherokee zu klauen, um meinen Jungen damit zu überfahren! Und dann stellt mir die Schnepfe das Auto wieder in die Garage und meint, ich merke nichts!"

„Aber keins von deinen Autos hat das Reifenprofil vom Tatort", wunderte sich Andrea.

„Klar, du dämliche Gans. Meinst du, ich lasse mir nachweisen, ich hätte meinen hübschen Jungen überfahren? Oder noch schlimmer: die Polizei denkt, die einfältige Göre Edna hätte das gemacht und nimmt sie mir weg?"

„Du hast die Reifen wechseln lassen, damit die Polizei nicht auf Willsfresh kommt und du sie umbringen kannst?"

„Bewundernswert, nicht wahr?"

Andrea schüttelte gleichgültig den Kopf: „Nein, armselig." Sie provozierte die arrogante Frau bewusst: sie wollte ein weiteres Geständnis. „Und uns willst du auch umbringen?"

Lady Eleonore schwieg mit einem breiten, selbstzufriedenen und überheblichen Grinsen.

„Du bist erst losgerannt, um uns etwas zu trinken zu holen, als dir klar wurde, dass Lady Jarnswitch Nick nicht dir überlassen würde. Aber wenn sie tot wäre, könntest du Nick haben, richtig? Aber dann hast du gesehen, wie Nick mich umarmt hat: da musste ich auch aus dem Weg und du bist noch mal losgerannt um mir die Droge in den Kakao zu mischen. So umständlich, wie du die Getränke auf den Tisch gestellt hast, musstest du aufpassen, dass Nick nicht den vergifteten Kaffee und du nicht den vergifteten Sekt bekommst, oder?"

„Das ist Champagner!" fauchte Eleonore aufgebracht.

Andrea zuckte gleichgültig mit den Schultern: „Trink das besser aus: so was Teures wirst du sicher nicht mehr bekommen: für Mord gehst du lange in Gefängnis und in deinem Alter... wer weiß, ob du lebend wieder rauskommst?"

Das schien die hochmütige Lady zu treffen. Wütend funkelte sie Andrea an.

„Andrea", mahnte Lili Jarnswitch leise.

Die sprang auf: „Diese scheinheilige, falsche Kuh wollte uns vergiften! Umbringen, weil sie etwas haben wollte, wobei wir vermeintlich im Weg stehen: Nick!"

„Andrea", sagte Nick sanft. Er war ein paar Schritte vom Tisch weggegangen, um mit Marion zu telefonieren. Jetzt legte er einen Arm um seine Freundin: „Beruhige dich. Sie wird bestraft."

„Es ist so gemein", schluchzte Andrea plötzlich und klammerte sich an seine Brust. „Zwei Menschen mussten sterben und viele Fische und ein Hund. Nur weil die ihren Willen durchsetzen wollte!"

Verwirrt sah Nick seine Oma und Lili Jarnswitch an, doch die waren auch ratlos.

„Wovon redest du?"

„Sie ist verwirrt, mein Lieber", erklärte Eleonore mit boshaft-süßer Stimme. „Sie hat so viel Engelstrompetensaft getrunken, dass sie nicht mehr weiß, was sie sagt."

Nick erschrak: nie wieder wollte er Andrea mit einer solchen Vergiftung erleben.

Sie schüttelte an seiner Brust den Kopf: „Ich hab den Kakao nicht getrunken, ich hab den wieder ausgespukt. Ich bin nicht vergiftet."

Nick atmete auf. Erleichtert drückte er sie fester an sich und küsste sie auf den Scheitel.

„Tach, Chef", rief Marion unbeeindruckt davon, dass Nick Andrea inmitten vieler fremder Menschen festumschlungen hielt. „Für wen waren die Armbänder?"

An einem Finger ließ sie die Handschellen über den Köpfen der neugierigen Gäste baumeln.

„Für sie", erklärte Nick. Mit einem Kopfnicken wies er auf Lady Eleonore. Er dirigierte Andrea auf den Stuhl neben Lili Jarnswitch, die sich sofort um sie kümmerte. Nick forderte Marion auf, ihm die Handschellen zu zuwerfen. Die kleine Beamtin, die sich erst noch den Weg zwischen mehreren Tischen hindurch bahnen musste, um bei ihrem Vorgesetzten und der Mordverdächtigen zu sein, befolgte den Befehl.

„Eleonore Eliasson, Sie sind wegen des Verdachts auf Mord und versuchten Mord festgenommen", murmelte Nick. „Stehen Sie auf."

„Und schwere Sachbeschädigung und Tierquälerei", ergänzte Andrea.

„Handschellen, mein Süßer, wollen wir doch lieber nur unter uns benutzen. Warte noch ein bisschen, mein ungestümer Bengel, bis die Gäste weg sind. Dann probieren wir die Handschellen aus. Ich kann dir tolle Sachen damit zeigen", säuselte Eleonore.

Sie streichelte Nicks Brust, der ihre Hand aber wenig rücksichtsvoll auf den Rücken bog: „Ich Ihnen auch", knurrte Nick. „So können Sie sich zum Beispiel nicht befreien und meine liebe Kollegin kann Sie in den Streifenwagen und in eine Zelle bringen. Danke, Marion."

„Kein Problem", ließ Marion ihn wissen. „Die geht auf mein Konto: meine Handschellen, mein Dienstwagen und ich zeige ihr ihr Zimmer."

Nick grinste: „Ja, gut. Aber das macht nur meinen Vorsprung etwas kleiner."

„Wie hast du das rausgefunden?"

„Ich nicht. Andrea."

Marion sah an Nick vorbei zu Andrea: „Geht's dir gut?" Sie nickte und Marion erklärte: „Gut gemacht!"

In Lili Jarnswitchs Küche duftete es nach frischem Kaffee und warmem Streuselkuchen. Die elegante Frau hatte Andrea, Nick und Lisa eingeladen, den Nachmittag bei ihr zu beenden.

„Frau Jansen?"

„Mmh?" Müde blickte Andrea sie an.

„Ich möchte gerne, dass wir uns duzen."

Überrascht und erfreut lachte Andrea auf: „Ja, gerne! Wie... Also... Warum..."

„Du hast mir das Leben gerettet. Ich hatte nicht damit gerechnet, mein Leben zu riskieren, wenn ich Nick als meinen Freund ausgebe."

Nick hatte Marion Proben der Getränke mitgegeben. Vor wenigen Minuten hatte das Labor mitgeteilt, dass ein Schnelltest das Gift der Engelstrompete in allen vier Getränken nachgewiesen hatte.

„Warum wollte sie auch Nick vergiften?" fragte Lisa verwirrt. Sie bedrückte die Situation am meisten.

„Ich denke, sie wollte uns drei umbringen und Nick nur ‚gefügig' machen. Wahrscheinlich war in seinem Kaffee nur ganz wenig."

„Jetzt erzähl endlich von Anfang an, wie es war", forderte Nick.

Andrea kicherte: „Du hast sie verhaftet und weißt nicht, wie es war?"

„Ich vertraue dir! Und wenn du falsch liegst, hat Marion sie verhaftet."

Andrea lachte. Ihr war eigentlich nicht danach: die Vorfälle waren ihr zutiefst zuwider. „Ihr wisst doch von dem vergifteten See bei Lady Willsfresh. Denis Kupfermark hat den auf Lady Eleonores Befehl hin mit Pflanzenschutzmittel vergiftet. Davon sind die Fische gestorben. Lady Willsfreshs Dackel hat einen davon gefressen und ist auch gestorben. Ich denke, Lady Eleonore wollte sich mit den vergifteten Fischen dafür rächen, dass der Dackel immer ihre komischen Seidenhühner zerfleddert. Wahrscheinlich hat sie nicht damit gerechnet, dass der Dackel einen der Fische frisst und daran stirbt. Denis' Schwester hat gesagt, dass er ihr erzählt hat, dass er den Dackel aus Versehen umgebracht hat. Und sie hat auch erzählt, dass sie sich bei Lady Willsfresh darüber verplappert hat. Lady Willsfresh wusste also, wer schuld am Tod ihres geliebten Dackels war. Aus Rache hat sie Denis überfahren. Sie neigt zu unverhältnismäßig überzogener Rache, das haben Leuters erzählt. Lady Eleonore hat das herausgefunden und wollte sich wieder rächen. Dazu kam, dass sie gehört hat, dass der vergiftete See wahrscheinlich nicht zu einer Abwertung von Lady Willsfreshs Garten führt und die wieder den ersten Platz machen wird. Lucil hatte erwähnt, dass das Labor Unstimmigkeiten bei den

Wasserproben aus dem See festgestellt hat und genauere Untersuchungen anstellte. Eleonore weiß wahrscheinlich genau, worum es geht. Und sie weiß, dass sie gewinnt, wenn Lady Willsfresh tot ist. Außerdem wäre das der fünfzehnte Sieg für Lady Willsfresh gewesen und damit wäre der Rekord von Eleonores Garten gebrochen. Das will sie bestimmt unter allen Umständen verhindern. Ihr habt eben selbst gesagt, dass Lady Eleonore sich nie um die Getränke kümmert. Aber gestern hat sie den Tee für Lady Willsfresh und heute unsere vergifteten Getränke geholt."

Die Freunde schwiegen.

„Alles nur, weil sie den ersten Platz haben wollte?" fragte Lisa schließlich ungläubig.

„Nicht ganz. Uns wollte sie vergiften, weil sie gemerkt hat, dass sie so bekommt, was sie will: den ersten Platz für Willsfreshs Tod, Nick für unseren Tod. Sie ist krank: sie nimmt diese Drogen seit Jahren und die verursachen Wahrnehmungsstörungen, Wahnvorstellungen, Realitätsverlust und so weiter. Auch wenn sie immer nur ganz wenig genommen hat, vernebelte die Droge ihren Verstand. Aber sie denkt, sie wäre völlig klar und voll zurechnungsfähig. Das habe ich auch gedacht, als ich... als ich dachte, unter dem Kirmesplatz wäre ein Vulkan und Außerirdische würden mich retten. Und Dr. Wilms hat auch gesagt, dass man auf der Droge ‚hängen bleiben' kann. Was er damit meint, ist mir erst klar geworden, als Lucil Willsfresh meinte, ihre Mutter wäre nicht immer so verwirrt gewesen. Lady Willsfresh hat nicht andauernd Drogen genommen. Aber sie hat ständig so gewirkt, weil die Drogen ihr die Kontrolle über sich selbst genommen haben, ihr irreparable, psychische Schäden zugefügt haben."

Epilog

„Wo warst du?" fragte Anna vorwurfsvoll, als Andrea endlich nach Hause kam. Es war drei Uhr in der Nacht.

Sehr zufrieden aber müde ließ Andrea sich zu ihrer Freundin auf das Sofa fallen. „Ich war fleißig", erklärte sie. Sie bettete ihren Kopf auf Annas Bein und strahlte sie an.

„Mmh, ‚fleißig'. Wie heißt er?"

Andrea lachte: „Ich hab wirklich gearbeitet. Erst mit Nick, dann mit Hofmeister."

„Bis drei Uhr nachts?"

„Glaubst du mir nicht?"

„Doch, doch", versicherte Anna. „Natürlich. Wenn ich dir ein Röhrchen gebe, pustest du dann da rein?"

Andrea lachte: „Ich hab nichts getrunken, na ja, doch: Kaffee ohne Ende. Aber echt teuren."

„Was ist denn passiert?" fragte Anna. Sanft strich sie Andrea das Haar aus der Stirn.

„Wir haben Lady Eleonore verhaftet und Lucil hat den Besitz ihrer Mutter aufgelöst."

„Was!?? Ehrlich?"

Andrea nickte zufrieden. Als Samira maunzend um Einlass bat, stand Andrea fröhlich auf. Sie hob die Katze hoch, bevor die ganz im Zimmer war.

Dann legte sie sich wieder auf das Sofa und setzte die erstaunte, aber selige Katze auf ihren Bauch. Während sie Samira kraulte, erzählte Andrea von der Verhaftung Lady Eleonores und dem anschließenden Anruf Hofmeisters, sie möge arbeiten kommen. „Lucil war mit einem Haufen Anwälte und Steuerberater bei Hofmeister. Wir waren so viele, dass wir zu ihr umgezogen sind. Da haben wir Kaffee, Kuchen, belegte Brötchen und alles gekriegt, was wir wollten."

„Und was wollte sie?"

„Sie hat seit Jahren alles dokumentiert, was ihre Mutter gemacht hat: jede Pachterhöhung, jede verpasste Lohnangleichung, jede Lohnkürzung. Und sie hat auch seit Jahren jedes Jahr berechnen lassen, was es sie kostet, die Fehler ihrer Mutter zu beheben."

„Was? Warum?"

Andrea setzte sich auf: „Hör zu: sie zahlt allen Angestellten rückwirkend auf drei Jahre gerechte Löhne, sie macht alle ungerechtfertigten Lohnkürzungen rückgängig und gibt nicht realisierte Lohnerhöhungen. Außerdem zahlt sie den Pächtern ungerechtfertigte Pachterhöhungen zurück. Die lässt sie aber wählen, ob sie das Geld wollen, oder Land in entsprechender Größe. Da wird es etwas schwierig, weil sie nicht genug Geld hat, um alle Pächter auszubezahlen und sie hat nicht genug Land, um allen Land zu überschreiben. Sie hofft, dass sie sich so mit den Bauern einigt, dass das alles klappt."

Anna sah ihre Freundin staunend an „Und sie hat so viel Geld?"

„Mmh. Sie verkauft alle Häuser, die ihre Familie hier besitzt, auch die große Villa. Käufer hat sie scheinbar schon. Sie selbst nimmt nur einen Bruchteil des Geldes – aber arbeiten muss sie in Ihrem Leben auch nicht mehr. Sie will zu ihren Geschwistern in die Nähe von Hannover ziehen."

„Und was habt ihr, Hofmeister und du damit zu tun?"

„Sie hat uns jeden einzelnen Fall geschildert und uns gefragt, ob ihr Angebot fair ist. Wir durften verbessern, mussten wir aber meistens nicht. Dann haben wir in einem Schreiben bescheinigt, dass das Angebot rechtlich in Ordnung ist und die Angestellten beziehungsweise Pächter es annehmen können, ohne betrogen zu werden. Sie will den Pächtern und Angestellten die Sicherheit geben, dass jemand, den sie nicht bezahlt, ihre Angebote geprüft hat. – Sie sagt, wenn sie das Grab ihres Vaters besucht, will sie nicht feindselig angestarrt werden. Montag ist die Beerdigung ihrer Mutter, Freitag will sie umgezogen sein."

„Hat sie nur darauf gewartet, dass ihre Mutter stirbt?"

Andrea zuckte mit den Schultern: „Irgendwie schon. Sie sagt, sie hat sie geliebt. Aber sie hat sich auch nach einem eigenen Leben gesehnt."

Andrea schubste Anna leicht: „Es ist Pfingstkirmes in Niederheid. Morgen sind Jo und Nick und deren Kumpels auch da. Hanne und Marion wollten auch kommen. Gehen wir auch? Jo wird in Feierlaune sein: Lucil bietet ihm morgen früh etwa 40 Hektar Land an."

„Ist das viel?"

„Nick sagt, es gibt Bauern, die eine hässliche, dumme Frau mit einer ansteckenden Krankheit für zwanzig Hektar heiraten würden."

Anna grinste: „Dann ist das viel! Klar gehen wir hin! – Das ist wie ein Märchen: die böse Mutter stirbt und die gute Tochter bringt alles ins Lot."

„Mmh. Nur der Märchenprinz fehlt: Dr. Wilms vertraut ihr nicht mehr. Er hat Angst, dass sie sich

wieder vernachlässigt fühlt, wenn er im Krankenhaus viel zu tun hat."

„Ich verstehe ihn", nickte Anna. „Aber ich hätte
es ihr gegönnt."

„Holla!" staunte Holger. Er stand mit Nick, Jo,
Jan, Armin und Malte um einen Stehtisch auf der
kleinen Kirmes und trank Bier. Aufgefallen war
ihm eine schlanke, blonde Frau in kurzem Rock
und schlichter Bluse. „Wer ist denn das?"

Jo sah kurz auf: „Nicks Boss."

Nick seufzte, während seine Freunde die Frau
genauer musterten.

„Die sieht heiß aus. Kennt ihr euch?" fragte Holger. „Also, ich meine..."

„...im ‚biblischen Sinne'", half Malte, mit Blick
auf die Kinder, die gerade um sie herum liefen.

„Das hab ich verstanden", knurrte Nick. „Sie ist
mein Boss!"

Jan und Jo grinsten breit: „Nichts ist so sexy,
wie eine Frau, vor der du am Morgen danach salutieren musst.‟

„Jack Nicholson in ‚Eine Frage der Ehre‟, fügte
Jo grinsend an, als Armin sie schockiert ansah.

Malte musterte die beiden Männer: „Jetzt weiß
ich endlich, warum ihr Emily und Eva geheiratet
habt."

Nick und Holger lachten laut auf. Armin blickte
sie verwirrt an. Jan sah etwas betreten aber grinsend zwischen seinen Freunden umher und Jo

grinste Malte breit an: „Was willst du damit sagen?"

„Och, nichts", erklärte der mit unschuldigem Gesicht. „Du erzählst es nur Eva und dann... dann geht's mir nicht mehr so gut..." Lachend klopften die Freunde ihm auf die Schultern.

„Da kommt deine Süße", sagte Malte lächelnd zu Nick. „Das Kind steht ihr."

„Mmh", nickte der Polizist.

„Muss man bei ihr auch ‚am Morgen danach' salutieren?" grinste Holger.

Gerade als Nick antworten wollte, schwärmte Armin: „Nein! Sie ist ganz anders: lieb, fürsorglich, einfühlsam..."

Nick verdrehte die Augen, während Armin weiter redete. Er trank einen großen Schluck aus seiner Flasche. „...und häuslich", endete Armin.

Nick spuckte das Bier wieder aus. Hustend schüttelte er den Kopf: „Lass sie das bloß niemals hören!"

„Was denn? Wieso..."

Nick klopfte Armin lachend auf die Schultern: „Sag ihr niemals, sie wäre ‚häuslich'! Das endet schlimmer, als wenn du dich bei ihr zum Essen einlädst." Armin wurde rot und schwieg.

Jennifer Treilert unterbrach die Männer.

Als Eva und Emily ihre Männer gebeten hatten, mit ihnen über die Kirmes zu gehen, hatten sich die anderen Männer angeschlossen. Auch Maltes

Freundin Linda kam dazu. Lachend und herumalbernd folgten die Unverheirateten den beiden verheirateten Paaren. Nick, Linda und Malte kümmerten sich dabei und Jans Söhne Philipp und Benjamin, die gar nicht mehr mit Lachen und Kichern aufhören konnten. Emily sah sich manchmal skeptisch und besorgt nach ihnen um, aber Jan und Jo lenkten ihre Aufmerksamkeit schnell wieder auf etwas anderes.

Holger grinste zwischendurch: „Kann ja sein, dass die beiden ‚am Morgen danach' salutieren müssen, aber man kann nicht sagen, dass die ihre Frauen nicht im Griff haben." Malte und Nick lachten. Armin warf ihnen tadelnde Blicke zu.

„Oh nein!" stöhnte Nick.

„Doch!" grinste Jo und schob seinen Freund mit festem Griff durch die Menschen, die um eine Tanzfläche standen.

„Warum? Geh doch selbst!" protestierte Nick.

„Ich darf nicht, wie du weißt..."

„Und ich will nicht!"

„Ach, komm: wir freuen uns jedes Jahr darauf", meinte Jan.

„Na, toll", murrte Nick. „Ich aber nicht!" Seufzend ergab er sich dem Willen seiner Freunde.

Zusammen standen sie am Rande der Tanzfläche und beobachteten das Tanzpaar. Als das Lied endete, kam der Mann grinsend zu Nick und gab ihm einen kunstvoll gebundenen, bunten Blumenkranz: „Du weißt, dass die mich lynchen, wenn ich dir den nicht gebe", erklärte er halb schadenfroh, halb bedauernd.

Der Polizist nickt ergeben. Er bekam lauten Applaus, als er auf die Tanzfläche trat. In den Zuschauern entdeckte er viele bekannte Gesichter, auch Marion, Anna und Andrea. Er ging zu ihnen, sprach kurz und leise mit Marion, dann wandte er sich Andrea zu: „Tanzt du mit mir?"

Sie sah ihn erschrocken an: „Was? Nein! Hier?"

„Sicher, hier. Komm, bitte tanz mit mir." Sie zögerte und er grinste: „Ich lad dich auch zum Essen ein."

Sie kicherte. Zögernd hob sie ihre Hand, legte sie aber noch nicht in seine: „Was ist das hier eigentlich?"

„Erkläre ich. Komm."

„Na gut", willigte sie ein.

Nick schenkte ihr ein warmes Lächeln und führte sie auf die Tanzfläche. Er setzte ihr vorsichtig den Kranz auf den Kopf. Die Zuschauer applaudierten, seine Freunde pfiffen begeistert.

„Das ist der ‚Junggesellentanz'. Irgendein alter Brauch, der pünktlich zur Pfingstkirmes immer wieder ausgegraben wird. Unverheiratete Männer bekommen diesen Blumenkranz und müssen sich dann eine Frau suchen, mit der sie tanzen."

„Egal welche Frau?"

„Völlig egal. Ich hätte auch Eva oder meine Schwester fragen können. Normalerweise frage ich Marion, aber..."

„Marion? Hier sind tausend hübsche Frauen, die nicht deine Kolleginnen sind und du fragst Marion?"

Nick lachte leise: „Ja klar. Ihr mache ich keine Hoffnungen und es ist schön entspannt. Wenn ich irgendeine andere frage, bekomme ich sofort wieder eine Affäre angedichtet und sie macht sich womöglich noch Hoffnungen, die ich nicht erfüllen will."

Andrea überlegte eine Weile, dann meinte sie: „Ich glaube, dein Liebesleben ist ganz schön kompliziert."

Nick lachte und nickte: „Ja. Kann ich aber nichts für!"

Andrea grinste: „Dann werd hässlich."

Er lachte wieder: „Und wie soll ich das machen?"

Es fühlte sich gut an, mit Nick zu tanzen. Er hielt und führte sie sicher. Die Zuschauer hatte Andrea vergessen. Sie fühlte sich etwa so, als wäre sie mit ihm alleine essen: geborgen, gelöst, beachtet, sicher. Nur dass sie auf dieser Tanzfläche noch mehr im Mittelpunkt stand. Sie bedauerte es, als das Lied endete.

Nick dankte ihr mit einer leichten Verbeugung und einem Handkuss. „Ich muss den Blumenkranz weitergeben. Bis später." Vorsichtig nahm er den Kranz von ihrem Kopf. Während Andrea zu Anna und Sophie zurückging, gab Nick den Kranz einem stämmigen Mann unter den Zuschauern.

Schadenfroh lachend wies der den Kranz zurück: „Ich bin verheiratet, Nick! Seit Januar. Weißt du das nicht mehr?"

Nick grinste, nahm die Blumen zurück und ging wieder zu Andrea: „Tanzt du noch mal mit mir?"

„Was? Wie... Ich meine: ja, klar! Aber wieso musst du zweimal?"

„Ulbrichs, Thorsten hat im Januar geheiratet. Dem wollte ich den Kranz geben."

Sie folgte ihm auf die Tanzfläche: „Ja, und?"

„Der Blumenkranz wird von Junggeselle zu Junggeselle weitergegeben. Wenn einer den einem Verheirateten gibt, gibt der den zurück."

„Dann muss man ja wissen, wer alles verheiratet ist!" entsetzte sich Andrea.

Der Polizist nickte.

Als das Lied endete, lächelte Andrea Nick an: „Danke für den Tanz. Es hat Spaß gemacht." Sie reckte sich zu ihm hoch und küsste ihn auf die Wange.

Etwas perplex sah Nick ihr nach. Dann ging er zu seinen Freunden zurück und drückte den Kranz im Vorbeigehen einem anderen Mann in die Hand.

Jo begrüßte Nick mit einem frischen Bier.

„Sie tanzt wundervoll, nicht wahr?" schwärmte Armin.

Nick sah ihn erstaunt an, dann nickte er schlicht.

„Du kannst ja richtig tanzen!?" Holger schlug Nick die Hand auf die Schulter.

Der nickte: „Klar, hab den gleichen Tanzkurs wie ihr gemacht. Ich will nur nicht. Ihr zwingt..."

„Das sah aber gerade *ganz* anders aus, mein Lieber", widersprach Holger.

Nick grinste und trank einen großen Schluck von seinem Bier. Das tat er immer, wenn er nicht antworten wollte, wie Jo auch.

Der grinste: „War Absicht, oder?"

„Sicher!" bestätigte Nick.

„Was?" wollte Jan wissen.

„Er wusste genau, dass Ulbrichs, Thorsten verheiratet ist."

„Was? Echt?" wunderte sich Armin.

Nick lachte: „Ja, klar. Ich war auf der Hochzeit. Ich musste Jo nach Hause tragen, weil er nicht mehr wusste, ob er gewöhnlich auf Händen oder Füßen läuft."

Jo überlegte einen Moment, dann grinste er: „Stimmt. – Wo war meine Frau da?"

„Die saß am Küchentisch, hat ein winziges Baby gestillt, geschimpft wie ein Rohrspatz und geheult wie ein Schlosshund. Erinnere sie besser nicht daran."

Jo nickte: „Mmh, besser nicht."

„Also du wusstest, dass Thorsten verheiratet ist, als du ihm den Kranz gegeben hast?!" fragte Jan nach.

„Ja, klar!" grinste Nick.

Armin sah ihn verwirrt an: „Und wieso hast du ihm dann den Kranz gegeben?"

Seine Kumpels stöhnten.

„Nicki! Ich hab dich tanzen sehen! Ich war richtig stolz, dass du mein Bruder bist!" Stephan umarmte Nick und gab den anderen Männern die Hand.

„Hallo Judith." Nick umarmte und küsste seine Schwägerin. Sein Bruder war schon so lange mit ihr zusammen, dass sie für Nick eher eine Schwester als die Frau seines Bruders war. „Wo sind eure Kinder?"

Die dunkelhaarige Frau mit dem streng wirkenden Gesicht und der Engelsgeduld zuckte mit den Schultern: „Jana läuft mit ihren Freundinnen und einer armen Mutter hier rum und die Jungs halten Oma und Opa auf Trab."

„Klaus und Anni?"

„Mmh. Deine Eltern waren gestern mit denen hier. Da haben die Kinder so viel Zuckerwatte und Eis gegessen, dass Mama und Papa heute recht billig davon kommen müssten."

Jo schüttelte den Kopf: „Vergiss es! Kein Kind kann sich an Magenschmerzen von gestern erinnern, wenn es heute wieder Zuckerwatte haben kann. Hallo Judith." Er gab ihr auch ein Küsschen auf die Wange. Er kannte sie genauso lange wie Nick. Sie und Stephan hatten früher oft auf Nick und Jo und manchmal auch auf andere Gleichaltrige aufpassen müssen.

„Wer ist sie jetzt?" wollte Judith wissen. „Stephan hat mir irgendwas erzählt, verstanden habe ich aber nichts."

„Weil du nie zuhörst."

„Falsch, Schatz", erklärte Judith ihrem Mann. „Das werfen Frauen ihren Männern vor. Nicht umgekehrt. Er hat mir was von Drogen und dass sie dich nicht will erzählt. Bist du wirklich in eine Drogensüchtige verliebt?"

Nick und Jo lachten. Sie gingen mit Stephan und Judith zu Andrea, Anna, Sophie und Marion.

„Sie ist nicht drogensüchtig. Es war ein Missverständnis, dass sie Drogen bekommen hat."

„Aber du bist wirklich verliebt?" Seine Schwägerin musterte ihn prüfend.

Jo grinste: „Viel schlimmer! Er hat gerade sogar freiwillig zweimal mit ihr getanzt..."

„Was? Echt?" rief Stephan dazwischen.

Jo nickte: „Aber Armin will auch was von ihr."

„Armin?" Stephan drehte sich ungläubig zu Nicks Freunden um.

Judith zuckte mit den Schultern: „Sie wäre die Erste, von der er nichts will. Ist sie das?"

„Mmh, die Blonde."

„Und sie will dich nicht?"

Der Polizist nickte, Jo schränkte ein: „Noch nicht!"

Judith musterte beide Männer, dann fiel ihr ein: „Warum hätte sich das auch ändern sollen: du wolltest immer das, was du nicht haben durftest und du hast ihn immer unterstützt", wandte sie sich an Jo.

Stephan küsste seine Frau auf die Wange: „Du hast Recht: die sind nur größer geworden, mehr hat sich nicht geändert." Lachend wehrte er sich gegen Jos und Nicks Übergriffe.

Judith nickte: „Mmh, bei euch allen dreien!"

„Andrea Jansen?"

Andrea sah die Frau mit dem strengen Zug um den Mund und den sanften, braunen Augen an: „Ja?"

Die Frau lächelte und gab ihr die Hand. Sie wirkte gleich sehr viel freundlicher, wenn sie lächelte. „Hallo. Judith Wilms. Ich hatte meinen Schwager gefragt, ob er mich Ihnen vorstellt, aber der muss meinen Mann verprügeln."

Sie wies auf die drei herumalbernden Männer. Andrea und Anna lachten, als sie Nick, Jo und Stephan sahen, die sich zwischen Losbude und Würstchenbude zum Schein prügelten.

„Worum geht es?" fragte Andrea.

Judith schüttelte den Kopf: „Um gar nichts. Das machen die einfach aus Spaß."

Andrea sah sie erstaunt an, dann grinste sie: „Durften Sie einen Minderjährigen heiraten?"

Erst befürchtete sie, Judith würde beleidigt gehen oder sie beschimpfen, aber sie lachte laut auf und sagte: „Wir werden uns gut verstehen! Ich freue mich darauf, Sie kennenzulernen."

Etwas erstaunt, aber erleichtert lachte Andrea mit. Sie stellte ihr Anna und Sophie vor. Es dauerte nicht lange, bis sie sich so gut miteinander unterhielten, dass sie die streitenden Männer vergessen hatten.

Lachend und mit Getränken in den Händen kamen die Männer schließlich zu den Frauen. Nick und Jo boten Anna und Andrea je ein Bier und Sophie Limonade an. Stephan gab seiner Frau Orangensaft. Erstaunt sah Nick sie an: „Hat er dich rumgekriegt? Bist du schwanger?"

„Seh ich so aus?" Judith sah erstaunt an sich herab.

„Nein", meinte Nick. „Aber du trinkst O-Saft."

„Mein Mann gibt mir kein Bier."

Stephan stöhnte und tauschte ihren Saft gegen sein Bier.

„Ach, er ist schwanger. Ja, das sieht man", grinste Jo und klopfte Stephan auf den Bauch.

„Pass bloß auf, Joey! Ich hab dir schon mal gesagt: du kannst dir für deinen Streichelzoo auch…"

„Andrea!" fiel Jo ein. „Ich hab `ne Frage."

Sie zuckte mit den Schultern: „Klar, frag."

„Lucil Willsfresh war heute Morgen mit einem Haufen Anwälte bei mir. Sie will mir Land schenken. Bei dem Papierkram war auch ein Schreiben von Hofmeister. Ist das richtig?"

Andrea nickte lächelnd: „Ja..."

„Aber... Wieso schenkt die mir das ganze Land?"

„Das ist kein Geschenk." Da auch Judith, Stephan und Nick sie neugierig ansahen, erzählte sie von dem Treffen mit Lucil.

Als sie endete, fragte Jo: „Also ist der Wisch echt und ich bekomme wirklich knapp 40 Hektar Land?"

Nick pfiff durch die Zähne, Stephan stieß beeindruckt die Luft aus.

„Sie hatte wenig Zeit und ich konnte das alles nicht genau prüfen. Ich hab einfach Hofmeisters Wisch geglaubt und in den Vertrag einfügen lassen, dass ich innerhalb einer Zwei-Wochen-Frist davon zurücktreten kann."

Andrea lächelte: „Es ist alles echt. Sie will die Ungerechtigkeiten ihrer Mutter rückgängig..."

Jubelnd hob Jo sie hoch und wirbelte sie herum. Er küsste sie auf beide Wangen, dann sah er sich um: „Wo ist Maria?"

Die Freunde sahen ihm nach, als er davon stürmte und seine Frau durch die Luft wirbelte.

Nick grinste: „Ab jetzt gibt's Freibier."

„Ich hab mich schon gewundert, dass er nicht so richtig in Feierlaune ist", meinte Andrea. „Ich hatte damit gerechnet, dass er den Biervorrat schon aufgekauft hat."

Nick, Judith und Stephan lachten.

Jo kam zu ihnen zurück, umarmte Nick, küsste Judith und wirbelte Anna und Sophie durch die Luft. Sophie behielt er auf dem Arm, als er Stephan angrinste: „Was wolltest du über meinen ‚Streichelzoo' sagen?"

„Äh… Dass ich nichts lieber machen würde, als weiterhin der Steuerberater für deinen Streichelzoo zu sein."

Lachend umarmte Jo auch Stephan.

„Musst du morgen arbeiten?" fragte er dann Nick.

„Nein."

„Super!" Jo schlug ihm so hart gegen die Schulter, dass er schwankte. „Ich auch nicht."

„Musst du nicht melken?" wunderte sich Judith.

Jo grinste: „Meine Frau hat mir frei gegeben." Er winkte Holger, Armin, Linda und Malte herbei. Jan entschuldigte sich bei seiner Frau und kam neugierig dazu.

Nick beugte sich zu Andreas Ohr: „Du hättest mich warnen sollen."

„Warum?"

„Dann hätte ich meiner Schwester absagen können und mehr gegessen."

Andrea lachte: „Das schaffst du schon. Außerdem durfte ich nicht: Schweigepflicht. Was ist mit deiner Schwester?"

„Frühstück", brummte der Hüne. „Soll um neun Uhr da sein."

Andrea lachte: „Dann hast du ein Problem: Jo hat gerade einen Kellner organisiert."

Nick schüttelte grinsend den Kopf: „Das war klar: warum laufen, wenn man laufen lassen kann?"

„Ich dachte, das ist Vorsorge, wenn keiner von euch mehr laufen kann?"

„Wieso ‚euch'? Du bist dabei! Glaub nicht, dass du dich drücken kannst."

„Einer Dame die Möglichkeit zum Rückzug zu versagen, gehört sich nicht, Nick", mischte Armin sich ein. Er lächelte Andrea warm und etwas unbeholfen an.

Nick versuchte ein ernstes Gesicht zu machen: „Welcher Dame? Ich rede mit Andrea …"

„Ey!" beschwerte die sich lachend und boxte ihn in den Bauch. „Blödmann!"

Armin schwieg perplex.

Lachend kramte Andrea ihr klingelndes Handy aus der Tasche und entschuldigte sich.

„Das war sehr… sehr unfreundlich, Nick!" empörte sich Armin.

Der große Mann lachte, legte einen Arm um seinen Kumpel und zog ihn zu seinen Freunden. „Stephan, was sagen wir Babsi morgen?"

„Ach du Schei…!" ratlos sah der ältere den jüngeren Bruder an.

Nick prostete seinem Bruder schadenfroh zu: „Das Schöne ist: wenn du so besoffen bist wie ich, bekommst du den ganzen Ärger und ich kein bisschen."

Stephan bedachte ihn mit einem finsteren Blick, wusste aber keine Antwort. Er schloss sich seinem kleinen Bruder an und trank einen großen Schluck des frischen, kühlen Bieres.

„Wer ist das?" fragte Stephan Anna und wies mit einem Kopfnicken auf Treilert, die sich mit Nick unterhielt. „Die ist ja schlimmer als jeder Groupie."

„Treilert vom LKA. Seine Vorgesetzte bei Mordfällen in der Gemeinde."

„Und die will was von ihm?"

Anna sah Nicks Bruder erstaunt an.

„Das ist doch mehr als deutlich", sagte Judith vorwurfsvoll.

Jo trug immer noch Sophie auf dem Arm, die sich köstlich mit ihm, Jan, Holger und Linda amüsierte. Jo hatte ihr gezeigt, dass seine Kumpels sich beschwerten, wenn sie deren Biergläser weiter hoch drückte, während sie tranken.

Eva und Emily standen etwas abseits und unterhielten sich. Emilys Söhne spielten um sie herum Fangen. Armin stand etwas verloren zwischen den anderen und wartete auf Andreas Rückkehr. Sie telefonierte immer noch.

„Er hat ihr mehrmals gesagt, dass er nicht will. Aber das kümmert sie scheinbar gar nicht."

„Dann ist die echt egozentrisch", meinte Judith. „Ich hab mal erlebt, wie Nick einem Mädchen gesagt hat, dass sie keine Chance hat. Er hat das zwar ausgesprochen freundlich gemacht, aber ich hätte ihm trotzdem ein paar gescheuert."

„Warum?" wollte Stephan wissen.

Judith zuckte mit den Schultern: „Weil es so deutlich war, dass kein Spielraum für Hoffnungen war."

Stephan küsste seine Frau grinsend: „Dann muss ich ihn fragen, wie er das gemacht hat."

„Warum? Musst du eine von deinen Geliebten loswerden?"

Stephan lachte: „Nein. Mit denen bin ich sehr zufrieden. Aber meiner Frau muss ich klar machen, dass ich noch ein Kind will."

Judith stöhnte, küsste ihn aber lächelnd: „Darüber reden wir noch."

„Super! Das ist mehr als beim letzten Mal", freute sich Stephan. Dann wies er auf Nick: „Wenn die so weiter macht, bekommt er schlechte Laune. Wie kann man als Vorgesetzte seine Untergebenen betatschen? Auch noch so penetrant und in der Öffentlichkeit?"

„Keine Ahnung", murmelte Anna. „Aber ich ‚rette' ihn mal."

Anna legte Nick einen Arm um die Taille. Sie reckte sich zu ihm hoch und drückte ihm einen

Kuss auf die Lippen: „Was wird das, Nick? Willst du mich eifersüchtig machen?"

Dankbar sah Nick sie an. Er legte seinen Arm um ihre Schultern: „Es ist alles in Ordnung. Mach dir keine Gedanken."

„Wirklich?" Mit einem strahlenden Lächeln blickte sie zu ihm auf. Das Lächeln war sogar echt: sie mochte den Menschen, der ihre beste Freundin liebte, wirklich gerne.

„Ja", lächelte Nick. „Jennifer Treilert wollte nur noch mal die beiden Morde besprechen."

Anna sah die blonde Frau skeptisch an: „Auf der Kirmes? Die Morde sind doch aufgeklärt. Hat das nicht Zeit bis Dienstag?"

„Unsere Arbeitsmethoden gehen Sie gar nichts an", fauchte Treilert.

Anna sah sie erstaunt an, dann zuckte sie mit den Schultern: „Ja, gut. Aber heute Abend feiern wir! Und die Arbeit muss warten. Komm, Nick…"

„Wir sind noch nicht fertig", erklärte Treilert mit schneidender Stimme. Sie hielt Nick am Arm fest.

„Das reicht jetzt", entschied Anna. Sie hörte Nick beruhigend ihren Namen sagen, hatte aber keine Lust mehr, freundlich zu sein: „BKA. Ihre Zusammenarbeit mit dem Polizeioberkommissar ist beendet: die Morde sind aufgeklärt. Jetzt benötigen wir seine Hilfe. Schönen Abend!"

Erstarrt blickte Treilert auf Annas Dienstausweis. Die schob Nick zu seinen Freunden und wandte sich dann selbst zum Gehen.

„Das BKA hat hier keinen Fall. Ich werde mich über Sie beschweren..." rief Treilert.

„KHK Anna Rei. Soll ich Ihnen das Formular schicken?" knurrt Anna.

Jo hatte Sophie nicht mehr auf dem Arm, die spielte jetzt mit Jans Söhnen Fangen und Verstecken. Nick hatte sich, nachdem Treilert gegangen war, zu seinen Freunden gesellt und sehr schnell zwei Bier heruntergekippt, das Dritte trank er wieder in Ruhe und mit Genuss. Noch bevor Marion die Freunde grüßen konnte, gab Jo ihr ein Glas Bier. Mit Handzeichen orderte er am Pavillon neue.

„Danke", sagte Nicks kleine Kollegin erstaunt. „Warum..."

„Nimm einfach", meinte Nick.

„Danke! Das heißt aber nicht, dass ich dich jetzt übersehe, wenn du zu schnell bist."

Jo grinste und stieß mit ihr an. Marion zuckte mit den Schultern und sah Nick an: „Kevin hat eben angerufen: Lucil Willsfresh hat uns die Ergebnisse der Teichproben geschickt. ‚Paraquatdichlorid' hat das Labor gefunden."

„Was ist das?" wollte Anna wissen.

Nick bedeutete ihr, zu warten. Er wollte wissen, was die Landwirte dazu sagten.

„Holla!" fiel Holger auf.

Malte nickte besorgt.

„‚Gramoxone'", brummte Jo.

Marion nickte: „Die Kollegen stellen gerade die Häuser der Sumpfhexe auf den Kopf."

„Gibt's das Zeug überhaupt noch?" wunderte sich Holger.

„Nee", brummte Jo. „Das ist seit Jahren nicht mehr im Handel."

Nick sah Jo nachdenklich an: „Woher hat sie es dann?"

„Restmengen aus Holland?" rief Malte schulterzuckend.

„Herbizid, oder?"

„Mmh, Totalherbizid, stark wassergefährdend", antwortete Jo. „Wie groß ist der See?"

„Etwa fünfzig Quadratmeter Oberfläche", schätzte Marion.

Die Landwirte stöhnten.

„Teufel! Wer hat so viel Geld?" fragte Holger.

„Die muss das Zeug ja kanisterweise in den See gekippt haben?" wunderte sich Jo.

Der Polizeioberkommissar nickte: „Sie hat genug Geld."

„Stimmt", mischte Marion sich wieder ein. „Aber sie hat auch Rohrreiniger in den See gekippt. Das Labor ist erst nur von Pflanzenschutzmitteln ausgegangen und hatte etwas Probleme, als die noch andere Chemikalien entdeckt haben."

Nick seufzte: „Jetzt fehlt Andrea. Sie kann sowas immer erklären."

Anna nickte.

Marion zuckte mit den Schultern: „Ich würde sagen, sie wollte die Fische töten und sich damit für die toten Hühner rächen."

„Und warum Pflanzenschutzmittel? Sie hätte auch nur Rohrreiniger nehmen können", fragte Malte.

„Es sollte so aussehen, als wäre das Pflanzenschutzmittel aus Versehen in den See gelangt", riet Jo.

„Und warum ‚Gramoxone'? Andere sind so viel einfach zu bekommen."

„Nicht-zugelassene Mittel führen zur Disqualifikation", meinte Nick. „So konnte sie sich für die toten Hühner rächen und gleichzeitig den Gartenwettbewerb gewinnen..."

„Außerdem gibt es kein zugelassenes Herbizid auf Chlorbasis mehr. Den Rohrreiniger konnte sie nur mit ‚Gramoxone' vertuschen – oder es versuchen", fiel Jo ein.

„Und als ihr klar wurde, dass das Labor nicht so blöd ist und auf das Herbizid reinfällt, hat sie die Willsfresh mit Engelstrompete vergiftet, damit es nach einem Unfall aussieht..."

„...und weil die ihren Liebhaber überfahren hatte", ergänzte Anna Marions Erklärung.

Nick feixte zufrieden: „Zu sechst schaffen wir das auch ohne sie: wir brauchen Andrea gar nicht."

Jo lachte: „*Wir* nicht! *Du* schon!"

Nick seufzte. Dann nickte er grinsend: „Stimmt." Es gefiel ihm ganz gut, verliebt zu sein.

Seine Freunde lachten und klopften ihm auf die Schultern. Und es gefiel Nick, dass seine Freunde da sein würden, egal, wie seine Beziehung zu Andrea sich entwickeln würde.

„Hat Lady Eleonore denn gestanden?" wollte Anna wissen.

Nick zuckte mit den Schultern: „Ja, jede Menge. Aber gleichzeitig hat sie ihre Anwälte angewiesen, ihr Blut testen zu lassen. Sie kann alles sagen: sie ist nicht zurechnungsfähig und nicht schuldfähig. Ich denke, sie wird den Rest ihres Lebens in der geschlossenen Psychiatrie und Entzugskliniken verbringen."

„Mit wem hast du solange telefoniert?" fragte Anna ihre Freundin fröhlich, als Andrea endlich wieder zu ihnen kam.

Seufzend legte Andrea einen Arm um Anna und ließ ihren Kopf an ihre Schulter sinken.

Etwas erstaunt erwiderte Anna die Umarmung: „Was ist los?"

„Das war Fabian. Er... Der will mich besuchen kommen."

„WAS!?" entsetzte sich Anna.

Andrea nickte nur müde. „Ich will nicht", schluchzte sie schließlich. „Ich will nicht, dass er kommt!"

Anna nahm sie in die Arme.

„Das Arschloch hat sie wieder angerufen", murmelte Jo so leise, dass nur Nick neben ihm ihn verstand.

„Scheiße!" murmelte Nick ebenso leise, als er Jos Blick folgte. Er stellte sein halbvolles Glas auf den Tisch und ging zu den beiden Frauen.

„Was ist los?" fragte Jan besorgt.

„Das Arschloch hat sie wieder angerufen", knurrte Jo diesmal lauter.

„Wer ist das?" wollte Holger wissen.

„Ihr Ex oder ihr Vater."

„Fabian?" fragte Nick.

Anna nickte.

„Was ist denn los, meine Liebe?" fragte Armin. Er streichelte sanft Andreas Arm.

Energisch zog sie den Arm weg, reagierte aber nicht auf seine Frage.

„Es hilft, darüber zu reden, mein Schatz", erklärte Armin fürsorglich. Sie zog abermals ihren Arm weg, als er sie berührte.

„Lass sie", murmelte Nick, während er Armin etwas von ihr weg drückte.

Andrea drehte sich zu ihm um: „Er will mich besuchen kommen! Er will mich tatsächlich besuchen kommen, damit wir uns nicht so sehr auseinander leben."

Nick fiel nichts zu sagen ein. Hilflos zuckte Andrea mit den Schultern.

Anna drehte sie wieder zu sich um: „Hör zu! – Andrea!" Sie nahm ihren Kopf zwischen die Hände und zwang sie so, sie anzusehen. – Konzentrier dich auf was Schönes! Und vergiss den Anruf heute Abend. Da kümmern wir uns morgen drum. Überleg: was macht dir Spaß? – Andrea! Was macht dir Spaß? Ich fahre auch mit dir Kettenkarussell."

Andrea lächelte leicht, schüttelt aber den Kopf. Sie fuhr gerne mit dem Kettenkarussell, Anna überhaupt nicht. Nach einer Weile drehte sie sich zu Nick um: „Tanzt du noch mal mit mir? Das hat Spaß gemacht."

Verblüfft nickte der Polizist.

„Aber du musst fragen", meinte Andrea.

Nick lachte auf. Er sah Anna hinter Andrea grinsen: „So viel zur Emanzipation."

„Klappe!" meinte Andrea. Sie küsste Anna auf die Wange: „Danke!"

Anna nickte mit einem lieben Lächeln: „Quatsch! Jetzt hör ihm endlich zu, wenn er schon fragen muss."

„Ist das sein Verständnis vom Trösten?" fragte Jo Anna, als sie zu ihm und seinen Freunden an die beiden Stehtische zurückkam. Er stellte ihr sofort ein Glas Bier hin.

„Es war ihr Wunsch", erklärte Anna.

Stephan, Jan, Malte, Linda, Marion und Judith sahen sich bedeutsam an. Armin stand abseits und sah Nick und Andrea zu. Jo brummte zufrieden etwas Unverständliches.

„Dann feiern wir wohl bald Hochzeit", überlegte Holger, wie immer pragmatisch. „Hast du dir mittlerweile einen Beitrag überlegt, Malte?"

„Ja, hat er", kam Linda ihrem Freund zuvor, der verneinen wollte. „Den Blumenschmuck für die Kirche."

Malte sah die großgewachsene Frau erstaunt an: „ICH soll die Kirche schmücken?"

„Nein, Schatz, das mache ich. Du sollst nur bezahlen." Maltes dummes Gesicht und Lindas zufriedenes Grinsen brachte alle zum Lachen.

„Ich organisiere den Polizeischutz vor Nicks Verehrerinnen", grinste Marion.

Jo klopfte ihr lachend auf die Schulter: „Hervorragend! Daran hätte ich nicht gedacht. – Und du, Stephan?" Der zuckte mit den Schultern: „Klar, bin ich dabei. Ich weiß aber nicht, womit."

„Da fällt uns was ein", grinste Jo.

„Was ist überhaupt mit dir? Dass du deine Frau spendest, gilt nicht", meinte Stephan.

„Ich werde Trauzeuge", erklärte Jo schulterzuckend. „Ich spende jede Menge Zeit, Nerven und Bier."

„Darauf trinke ich", entschloss sich Holger und hob sein Glas. „Darauf, dass Jo endlich Trauzeuge wird – und sein Bier!"

Heiliges Feuer
Andrea ermittelt
1. Niederrheinkrimi von Ursula Fuchs
Taschenbuch, 250 Seiten
ISBN Buch: 978-3-7534-0687-9
ISBN eBuch: 978-3-7534-1452-2

Muttersöhnchen
Andrea ermittelt (ein bisschen)
2. Niederrheinkrimi von Ursula Fuchs
Taschenbuch, 300 Seiten
ISBN Buch: 978-3-7562-9385-8
ISBN eBuch: 978-3-7568-4685-6

Liebe ist das schönste Motiv

3. Niederrheinkrimi

Andrea ermittelt
(wirklich nicht viel)

Ursula Fuchs

Liebe ist das schönste Motiv
Andrea ermittelt (wirklich nicht viel)
3. Niederrheinkrimi von Ursula Fuchs
Taschenbuch, 270 Seiten
ISBN Buch: 978-3-7578-2873-8
ISBN eBuch: 978-3-7578-5905-1

Über mich

Ich wurde 1982 in Lusaka, Sambia, geboren. Meine frühe Kindheit verbrachte ich in Sambia und Simbabwe, bis ich mit 6 Jahren am deutschen Niederrhein eingeschult wurde. Ich weiß noch, wie seltsam ich es fand, im Sommer, bei strahlendem Sonnenschein mit vielen Menschen schön geordnet in der großen Aula der Schule die Einschulung zu „feiern". Feiern in Afrika waren nie in Gebäuden. Und nie „geordnet" – zumindest soweit ich mich erinnere.

Nach 13 Jahren Schule und anschließender Gartenbaulehre ging ich zum Studium nach Osnabrück.

Nach dem Studium, auf der Suche nach dem richtigen Job, begann ich diese Krimireihe, die am Niederrhein spielt. Mittlerweile sind sieben Krimis entstanden, der Achte ist begonnen.

Seit 2011 bin ich glücklich zurück am Niederrhein. Ich fahre zwar gerne in Urlaub und sehe mir andere schöne Orte an, habe aber bisher keinen gefunden, an dem ich lieber leben möchte, als am Niederrhein.

Weitere Infos zu meinen Krimis:
www.ursula-fuchs.com